MIRA®

Der Preis dieses Bandes versteht sich einschließlich
der gesetzlichen Mehrwertsteuer.

Umwelthinweis:
Dieses Buch wurde auf chlor- und säurefreiem Papier gedruckt.

Die Handlung und die Figuren dieses Romans sind frei erfunden.
Ähnlichkeiten mit lebenden oder verstorbenen Personen
sind nicht beabsichtigt und wären rein zufällig.

Anne Stuart

Im Angesicht der Angst

Roman

Aus dem Amerikanischen von
Katja Henkel

MIRA®

MIRA® TASCHENBUCH
Band 25194
1. Auflage: Oktober 2006

MIRA® TASCHENBÜCHER
erscheinen in der Cora Verlag GmbH & Co. KG,
Axel-Springer-Platz 1, 20350 Hamburg
Deutsche Taschenbucherstausgabe

Titel der nordamerikanischen Originalausgabe:
Into the Fire

erschienen bei: MIRA Books, Toronto
Published by arrangement with
Harlequin Enterprises II B.V., Amsterdam

Konzeption/Reihengestaltung: fredeboldpartner.network, Köln
Umschlaggestaltung: pecher und soiron, Köln
Redaktion: Claudia Wuttke
Titelabbildung: Mauritius Images/Getty Images, München
Autorenfoto: © by Harlequin Enterprise S.A., Schweiz
Satz: Buch-Werkstatt GmbH, Bad Aibling
Druck und Bindearbeiten: Ebner & Spiegel, Ulm
Printed in Germany
ISBN 3-89941-287-7

www.mira-taschenbuch.de

1. KAPITEL

Es war eine kalte Nacht im November, die Heizung in ihrem alten Volvo funktionierte schon seit vierzig Meilen nicht mehr. Jamie starrte in die Dunkelheit und ignorierte die Warnlämpchen am Armaturenbrett. Im Grunde ignorierte sie, abgesehen von ihrem endgültigen Ziel, sowieso alles. Sie hatte sanfte New-Age-Musik eingelegt, um sich zu beruhigen, doch weil sie gegen die einschläfernde Wirkung ankämpfen musste, verkrampfte sie sich nur noch mehr. Ihre Finger waren schon ganz taub, so fest hielt sie das Lenkrad umklammert.

Was zum Teufel tat sie überhaupt? Nate war tot, vor drei Monaten ermordet worden – dort hinzufahren änderte nichts daran. Es würde deswegen nicht weniger wehtun.

Sie konzentrierte sich auf die Straße, versuchte nach siebzehn Stunden Fahrt weiterhin wach zu bleiben. Nate war tot, und niemand konnte ihr sagen, was wirklich geschehen war. Man hatte ihn in einer alten Werkstatt in Cooperstown in Wisconsin gefunden, wo er zu Tode geprügelt worden war. Die Polizei hatte nach einer eher flüchtigen Untersuchung den Fall einfach abgeschlossen. Es hätte sich um einen misslungenen Drogendeal gehandelt, sagten die Ermittler, und dass sie wichtigere Dinge zu tun hätten. Das war nun drei Monate her. Keiner schien sich mehr für diese Geschichte zu interessieren.

Keiner außer Jamie Kincaid und ihre Mutter. Nate hatte bei ihrer Familie gelebt, seit sie zehn Jahre alt war: Seine eigenen Eltern waren bei einem tragischen Brand ums Leben gekommen. Für sie war er immer eher ein Bruder als ein Cousin gewesen. Und für Isobel und Victor Kincaid mehr ein Sohn als ein Neffe. Manchmal hatte sie sogar das Gefühl gehabt, dass Nate an erster Stelle kam, aber sie wollte nicht undankbar sein und hatte diese Gedanken immer sofort wieder unterdrückt. Ihre Eltern liebten sie genauso sehr wie Nate. Jeder liebte den bezaubernden Nate mit seinem wunderschönen Lächeln. Er sah ihren Eltern sogar ähnlich, er hatte die dunklen Augen und das gute Aussehen der Kincaids geerbt. Etwas, womit Jamie als Adoptivkind natürlich nicht dienen konnte.

Doch das hatte nie eine Rolle gespielt. In dieser kleinen Familie gab es genügend Liebe, unabhängig davon, welche Katastrophen über sie hereinbrechen mochten. Und tatsächlich war Nate sein Leben lang von Katastrophen geradezu verfolgt worden. Bis hin zu seiner Ermordung, tausend Meilen von seiner Heimat entfernt.

Der Polizei war das alles egal. Isobel nicht. Als sie von seinem Tod erfuhr, stürzte sie in eine tiefe Depression, sie weigerte sich zu essen oder das Haus zu verlassen. Wochenlang betrauerte sie ihren Neffen mit erbitterter, fast schon biblischer Leidenschaft. Sowohl Isobel als auch Jamie brauchten Antworten, bevor sie ihn in Frieden ruhen lassen konnten. Nach einem düsteren

Thanksgiving-Fest setzte sich Jamie in ihr altes Auto und fuhr eintausend Meilen weit, um diese Antworten zu bekommen.

Mit etwas Verstand wäre sie in Marshfield in Rhode Island geblieben. Auf den Straßen herrschte wegen des Feiertags dichter Verkehr, ihr Auto war uralt, kaum verlässlich genug für ihren kurzen Arbeitsweg – sie unterrichtete an einer kleinen Privatschule. Heldenhafte Taten konnte man mit diesem Wagen nicht mehr vollbringen, das wusste sie.

Die Scheibenwischer hatten schon vor Stunden den Geist aufgegeben. Zum Glück hatte es gleichzeitig aufgehört zu regnen. Seit Jamie Stunden zuvor die Grenze nach Wisconsin hinter sich gelassen hatte, fuhr sie nur über dunkle, nasse Nebenstraßen. Wie demütigend es sein musste, ausgerechnet in Wisconsin zu sterben, dachte sie. Nate war so ein auffallender, alles überragender Mensch gewesen – er hätte anders, besser aus dem Leben scheiden müssen. Nicht in einem schmutzigen Zimmer über einer Reparaturwerkstatt.

Dillon Gaynor war schuld daran, dass genau das geschehen war. Nates bester Freund seit Kindertagen, sein Untergang, der Mensch, der ihn in die Gosse gezerrt und dort festgehalten hatte. Nate hatte ihn immer Killer genannt, und womöglich hatte er seinem Namen vor drei Monaten ja alle Ehre gemacht.

Die Polizei hatte ihn verhört, ihn danach aber gehen

lassen. Anklage wurde nicht erhoben, der Fall wurde schnell abgeschlossen, da andere, wichtigere Ermittlungen ihre Aufmerksamkeit erforderten. Die Frage, die Jamie quälte, war ganz einfach: War Dillon Gaynor ungestraft mit einem Mord davongekommen?

Irgendwo im westlichen Pennsylvania hatte sie sich gefragt, was sie sich zum Teufel noch mal überhaupt dabei dachte, einen Mann zu verfolgen, der in der Lage war zu töten. Einen Mann, der sie schon früher als jugendlicher Rowdy zu Tode geängstigt hatte. Seit zwölf Jahren hatte sie ihn nicht mehr gesehen – er war ja nicht einmal zur Beerdigung seines ältesten Freundes gekommen. Und selbst wenn er Nate nicht persönlich zu Tode geprügelt hatte, so traf ihn doch Schuld. Er hatte ihn immer mit Drogen versorgt, ihn auf die schiefe Bahn gebracht. Am liebsten würde sie ihn nie mehr wiedersehen müssen.

Doch ab Ohio hatte sie aufgehört, darüber nachzudenken. Sie brauchte diese Antworten genauso wie ihre so verzweifelt trauernde Mutter. Und Dillon würde es bestimmt nicht wagen, ihr etwas anzutun. Er war zwar nicht viel mehr als Abschaum, einer, der die Schule abgebrochen und permanent Ärger mit dem Gesetz hatte, aber trotz allem war er sehr, sehr klug. Beinahe beängstigend klug. Er war zu klug, um zu glauben, dass er mit einem weiteren Mord davonkommen könnte.

Außerdem hatte sie eine plausible Erklärung für ihr Auftauchen. Dillon hatte noch eine Kiste mit Nates persönlichen Sachen, die er trotz ihrer mehrfachen energischen Aufforderung nie geschickt hatte. Keiner wusste, was sich in dieser Kiste befand – vielleicht ja die Patek-Philippe-Uhr, ein altes Erbstück, vielleicht auch ein Hinweis darauf, was geschehen war. Oder nur schmutzige Wäsche und unbezahlte Rechnungen. Das war egal. Isobel war versessen darauf, alles zu bekommen, was Nate jemals gehört hatte. Und Jamie hatte nach diesem schrecklichen Thanksgiving-Essen versprochen, die Kiste zu holen.

In Indiana war sie dann völlig erschöpft. Sie hatte sich mit schwarzem Kaffee und Ritz Crackern wach gehalten, die hämmernden Kopfschmerzen waren ihr so vertraut, dass sie sich fast wie gute alte Bekannte anfühlten. Sie stellte die New-Age-CD ab, aber im Radio lief nur wütender Hip-Hop oder traurige Countrymusic. Schließlich fand sie einen klassischen Sender, doch der machte sie müde, also stellte sie die New-Age-Musik wieder an und umklammerte das Lenkrad noch fester.

An Illinois konnte sie sich nur noch vage erinnern. Und selbst durch Chicago zu fahren hatte ihr nichts ausgemacht, obwohl sie normalerweise große Angst vor Stadtverkehr hatte. Aber es war schon spät gewesen, die Berufspendler lagen bereits zu Hause in ihren Betten, und sie raste viel zu schnell durch die Stadt, immer mit der Angst im Nacken, von der Polizei angehalten zu werden.

Doch niemand stoppte sie. Und nun war sie nur noch

ein paar Meilen von ihrem Ziel entfernt. Sie hatte eine Adresse, sie hatte eine Straßenkarte, sie hatte einen eisernen Willen.

Und ein Auto, das drohte, jeden Moment schlappzumachen. Zudem begann es zu schneien. Erst als sie die Scheibenwischer anstellen wollte, fiel ihr wieder ein, dass sie kaputt waren. Auf dieser engen Seitenstraße schien die Nacht noch dunkler zu sein, die Scheinwerfer konnten nicht allzu viel gegen die Finsternis ausrichten.

Und dann wurde auch dieses Licht von Minute zu Minute schwächer, das Auto verlangsamte die Fahrt, bis es plötzlich mitten auf der Straße zum Stehen kam. Das New-Age-Klavier spielte noch immer, klang aber inzwischen ziemlich verzerrt. Dann war Stille, die Lichter erloschen, sie blieb in der Dunkelheit sitzen.

Losheulen wäre eine Möglichkeit, eine ziemlich gute sogar, aber seit Nates Tod hatte sie nicht mehr richtig geweint. Sie befürchtete, wenn sie einmal anfangen würde zu weinen, nie mehr damit aufhören zu können.

Und auf keinen Fall durfte sie in Tränen ausbrechen, kurz bevor sie Dillon Gaynor gegenübertrat. Diese Genugtuung würde sie ihm nicht gönnen.

Sie kurbelte das Fenster hinunter, nahm den Gang heraus und stieg aus. Sie konnte den Wagen nicht einfach mitten auf der Straße stehen lassen, nicht einmal auf einer derart verlassenen wie dieser.

Das Auto zu schieben erwies sich viel schwerer, als

sie gedacht hatte. Auch durch das offene Fenster zu lenken war nicht einfach. Und als es bei einem kleinen Gefälle plötzlich an Fahrt zulegte, konnte sie es nicht mehr halten, es wurde immer schneller. Sie stolperte, fiel hin und konnte nur noch zusehen, wie ihr Auto die Böschung hinunterrutschte und auf der Seite liegen blieb.

Sie hörte ein knirschendes Geräusch und zuckte zusammen. Volvos waren stabil – die konnten eine Menge aushalten. Selbst ein zwölf Jahre alter Volvo war deutlich härter im Nehmen als ein neues amerikanisches Auto. Sie musste nur jemanden finden, der es am nächsten Tag abschleppte und reparierte.

Himmel, Dillon lebte in einer alten Werkstatt. Vielleicht arbeitete dort ja noch jemand, dann hätte sie gleich zwei Fliegen mit einer Klappe geschlagen.

Ihre Armbanduhr, auch ein altes Familienerbstück, musste jeden Tag aufgezogen werden. Sie war bereits vor Stunden stehen geblieben – Jamie hatte nicht die geringste Ahnung, wie spät es sein mochte. Auf jeden Fall nach Mitternacht. Seit sie auf diese Seitenstraße abgebogen war, die in die kleine Stadt Cooperstown führte, hatte sie kein anderes Auto mehr gesehen. Sie hatte die Wahl – sie konnte ihrem Wagen die Böschung hinunter folgen, auf die Rückbank klettern und darauf warten, dass es Tag wurde. Es schneite zwar schon etwas kräftiger, aber eine Nacht mit Minustemperaturen würde sie schon nicht umbringen.

Am nächsten Morgen, wenn sie steif und mit Schmerzen aufwachte, könnte sie es sich dann noch mal anders überlegen. Sie konnte den Volvo einfach hier lassen, sich einen Leihwagen nehmen und auf direktem Weg wieder nach Hause fahren. Was wollte sie von einem Mann wie Dillon Gaynor schon erfahren? Einem Mann, der seine Geheimnisse immer für sich behalten hatte?

Nein, sie konnte jetzt nicht aufgeben. Sie war schon zu weit gekommen, hatte sich innerlich darauf vorbereitet ihm gegenüberzutreten. Ihre Bedenken hatte sie in Rhode Island zurückgelassen. Jetzt gab es keine Möglichkeit mehr zur Umkehr.

Sie rutschte die verschneite Böschung hinunter, um ihre Tasche aus dem Auto zu holen. Anschließend musste sie einfach nur dieser einsamen Straße folgen, um zu finden, wonach sie suchte.

Bald fühlten sich ihre Füße taub an. Ihr Knie schmerzte, sie hatte es sich aufgeschlagen, als sie auf dem Pflaster gestürzt war, und ihr war eiskalt. Ihren Wintermantel hatte sie in Rhode Island gelassen, weil es dort ungewöhnlich mild gewesen war. Sie lief immer weiter durch die langsam treibenden Schneeflocken, eingemummelt in einen dicken Pulli, der auch schon bessere Tage gesehen hatte.

Das Haus, in dem Nate gestorben war, stand am Rand der kleinen heruntergekommenen Stadt. Im Straßenatlas hatte sie Cooperstown nicht mal ausfindig machen können – sie musste sich die Route im Internet heraussuchen. Das Gebäude sah aus wie eine alte Fabrik, und sie wäre daran vorbeigelaufen, wenn sie hinter einem der schmutzigen Fenster nicht Licht entdeckt hätte. Und das Schild neben der Tür – Gaynor's Reparaturwerkstatt.

Nach so vielen Meilen, so vielen Stunden, blieb sie vor der verschlossenen Tür einfach stehen, zu ängstlich, den letzten Schritt zu machen. Sie konnte Stimmen hören. Einen Augenblick später öffnete sich die Tür, Licht und Lärm strömten in die Nacht, zwei Männer stürzten heraus, wütend ineinander verkeilt.

Sie sprang gerade noch rechtzeitig zur Seite. Die beiden landeten im Schnee, der obenauf liegende Mann hämmerte mit der Faust methodisch und fast schon beiläufig ins Gesicht des anderen. Sie dachte an eine bestimmte Prügelei vor zwölf Jahren. Damals hatte derselbe Mann die Schlägerei begonnen.

Er ließ den anderen im Schnee liegen und stand auf. Sie konnte das Blut an seinen Händen sehen, er wischte es an seiner Jeans ab. „Wag dich nie mehr her", sagte er.

Es war dieselbe Stimme. Heiserer zwar, aber dieselbe. Nate war zu Tode geprügelt worden, bis zur Unkenntlichkeit, exakt in diesem Haus. Womöglich von diesen Händen.

Sie blieb im Schatten, stumm, bewegungslos, entsetzt. Er sah sie trotzdem, riss den Kopf hoch und starrte in die Dunkelheit.

„Wer ist da?"

Er war nicht allein. Ein kleiner Mann stand im Türrahmen. Der Typ auf dem Boden stöhnte und fluchte, war aber klug genug, sich nicht zu bewegen. Jamie überlegte, ob sie wohl noch genug Zeit hatte, um wegzulaufen.

Doch genau das durfte sie nicht tun. Es gehörte leider zu ihren schlechten Angewohnheiten, vor Problemen davonzulaufen, diesmal aber war sie entschlossen, sich den Tatsachen zu stellen.

Sie trat aus dem Schatten und ging auf ihn zu. Er würde natürlich nicht mehr wissen, wer sie war. Schon damals hatte er sie kaum wahrgenommen, und seit der Nacht, als sich ihrer beider Leben mit einem Schlag änderte, hatten sie sich nicht wiedergesehen. Mit Sicherheit war sie der letzte Mensch, mit dem er rechnete.

Zumindest das stimmte. „Was zum Teufel tust du hier?“

Er wusste genau, wer sie war. Überrascht würgte sie die einzige Antwort hervor, die ihr einfiel: „Ich suche nach einer Erklärung.“

„Nate ist tot“, sagte Dillon mit gepresster Stimme und ausdruckslosem Gesicht.

„Das weiß ich. Ich will wissen, wieso.“

Darauf sagte er nichts. Er sah genauso aus, wie sie ihn in Erinnerung hatte, und zugleich ganz anders. Er stand mit dem Rücken zum Licht, sie konnte sein Gesicht nicht genau sehen. Nur das Blut an seinen Händen.

„Geh nach Hause, Jamie“, sagte er nach einer Ewigkeit.

„Geh zurück in dein sicheres kleines Lehrerinnenleben. Hier gibt es nichts für dich.“

Sie hatte keine Zeit, sich zu fragen, woher er von ihrem Job wusste. „Das kann ich nicht. Ich habe es meiner Mutter versprochen. Wir suchen nach Antworten auf unsere Fragen.“

„Deine Mutter.“ Dillon lachte rau. „Hätte ich mir denken können, dass die Gräfin was damit zu tun hat. Es ist mir scheißegal, was deine verdammte Mutter will. Mich interessiert nur, was ich will. Und zwar, dass du wieder in dein Auto steigst und deinen kleinen Hintern hier wegschaffst, bevor ich die Geduld verliere. Ich habe bereits schlechte Laune, und du weißt am besten, dass ich dann nicht sehr umgänglich bin.“

Diese Bemerkung war so absurd, dass sie beinahe losgelacht hätte. „Du bist nie sonderlich umgänglich“, sagte sie.

„Das stimmt.“ Er blickte an ihr vorbei. „Wo ist dein Auto?“

„Ich hatte eine Panne.“

„Und ich soll dir helfen?“

„Mensch, Dillon!“ rief der Mann hinter ihm. „Lass das arme Mädchen doch nicht in der Kälte herumstehen. Du machst ihr ja Angst.“

„Was nicht schwer ist“, entgegnete Dillon ungerührt.

„Komm schon, Mann. Das Spiel ist doch sowieso vorbei. Zu zweit können wir nicht weitermachen, und ich glaube kaum, dass Thomas in nächster Zeit in der Lage sein wird, Karten zu spielen." Er trat vor die Tür, ein kleiner, magerer Mann, kleiner als sie. Selbst klitschnass wog er bestimmt nicht mehr als hundertzwanzig Pfund. Weniger als sie. Denn wenn sie eines nicht hatte, dann war es ein kleiner Hintern.

„Ich bin Mouser", sagte er. „Und du heißt Janie?"

„Jamie", korrigierte Dillon ihn. „Jamie Kincaid. Nates Schwester."

Mouser wich instinktiv einen Schritt zurück, er wirkte überrascht. „Ich wusste nicht, dass er Geschwister hatte. Ich dachte immer, er wäre aus einem Schlangenei geschlüpft."

„Ich bin seine Cousine", sagte sie. „Wir sind zusammen aufgewachsen."

„Dann weißt du ja, wie er war." Mouser nickte. „Hör nicht auf Dillon. So ist er eben, wenn jemand beim Kartenspielen betrügt, vor allem, wenn er sich auch noch ungeschickt anstellt. Das beleidigt seine Intelligenz. Deswegen liegt Thomas hier im Matsch. Aber er wird dich sicher nicht draußen stehen und erfrieren lassen."

„Sagt wer?" Dillon stapfte ins Haus, ließ die Tür hinter sich aber offen.

„Eine höflichere Einladung wirst du wohl kaum bekommen", sagte Mouser. „Du solltest lieber reingehen, bevor er es sich noch mal anders überlegt und uns beide aussperrt."

Die Luft im Haus war stickig und verraucht, Mouser schloss die Tür hinter sich und sperrte die Kälte aus. Und damit jede Fluchtmöglichkeit. Es herrschte ein heilloses Durcheinander. Zwei Stühle waren umgekippt, Bierflaschen lagen auf dem Boden verstreut herum. Dillon stand in einer Ecke, rauchte eine Zigarette und betrachtete sie mit halb geschlossenen Augen.

Sie unterdrückte ein Husten. Das Zimmer war ein einziger Schweinestall, aber was hatte sie auch von einem wie ihm erwartet?

„Du bist also Nates Schwester", sagte Mouser, nachdem er sie in dem verqualmten Licht besser sehen konnte. „Keine große Familienähnlichkeit, oder?"

„Cousine", sagte sie wieder. „Wir sind nur zusammen aufgewachsen. Und ich bin adoptiert."

„Du Glückliche", entgegnete Mouser seltsamerweise. Dann schaute er Dillon an. „Vielleicht sollte ich euch beide allein lassen, damit ihr über alte Zeiten plaudern könnt."

„Sehr unwahrscheinlich", sagte Dillon.

„Gut, dann klärt eben eure Meinungsverschiedenheiten. Sei nett zu ihr, Killer. Schließlich taucht nicht jeden Tag so ein hübsches, armes Ding bei dir auf. Benimm dich zur Abwechslung mal wie ein Gentleman." Mousers Stimme klang streng.

„Jamie weiß am besten, dass das nicht meine Art ist. Kratz Thomas vom Gehweg, ja? Ich kann heute Nacht keine weiteren Komplikationen mehr brauchen. Sie reicht schon völlig."

„Mache ich. Aber ich warne dich, ich will sie das nächste Mal unversehrt und munter wiedersehen", sagte Mouser.

„Unversehrt bestimmt", entgegnete er. „Was munter angeht, das kann ich nicht versprechen."

„Komisch, deine Frauen behaupten immer das Gegenteil", murmelte Mouser.

„Falls es dir noch nicht aufgefallen sein sollte, sie ist nicht eine von meinen Frauen", zischte Dillon.

„Oh, das ist mir aufgefallen", rief Mouser fröhlich. „Mir fällt alles auf. Lass dich nicht einschüchtern, Jamie. Er bellt eher, als dass er beißt."

Was sie nicht gerade bestätigen konnte.

Die Tür fiel ins Schloss, und sie blieben alleine in dem verrauchten Raum zurück.

Er begann, die umgekippten Stühle aufzustellen. Sie befanden sich in einer Art Küche, es gab eine Mikrowelle, eine Kochplatte, ein Waschbecken und einen alten Kühlschrank, der zweifellos mit Bierflaschen gefüllt war. Der alte Eichentisch in der Mitte des Zimmers war so wuchtig, dass Dillon viel zu nah an ihr vorbeigehen musste, um zum Waschbecken zu gelangen. Er machte auch keine Anstalten, ihr auszuweichen, also wich sie zurück, um ihm Platz zu machen.

Er wusch sich das Blut von den Knöcheln. Sie starrte

auf seine Hände. Es waren große, starke Hände, voller kleiner Kratzer und Narben. Die Knöchel waren aufgeschlagen – es handelte sich also nicht ausschließlich um das Blut seines Opfers. Gegen Schmerzen schien er immun zu sein – er trocknete die offenen Stellen mit einem Papiertuch ab, das er anschließend in den überquellenden Mülleimer neben dem Waschbecken werfen wollte. Er verpasste sein Ziel; es schwebte in anmutigem Bogen zu Boden.

Er drehte sich um, lehnte sich ans Waschbecken und musterte sie von Kopf bis Fuß.

Es war nett von Mouser gewesen, sie ein hübsches armes Ding zu nennen. Gegen armes Ding war auch nichts einzuwenden, aber hübsch war nun wirklich übertrieben. Vor allem, nachdem sie seit zwei Tagen nicht mehr geschlafen hatte, ungeschminkt war und ihr hellbraunes Haar strähnig an ihrem Kopf klebte. Selbst in Bestform war sie nie Dillons Typ gewesen, Gott sei Dank, und so wie sie jetzt aussah, war sie vor ihm absolut sicher. Soweit man in Dillons Nähe überhaupt sicher sein konnte.

„Du kannst hier übernachten", sagte er abrupt. „Es ist schon nach drei, und ich habe keine Lust, jetzt dein Auto anzusehen. Morgen werde ich jemanden bitten, es abzuschleppen, dann werde ich es hier reparieren und du kannst wieder verschwinden."

„Du reparierst es?" fragte sie.

„Ich bin Autoschrauber, schon vergessen? Ich kann

jedes Auto reparieren. Ich habe nur keinen Abschleppwagen. Das besorgen andere Leute für mich." Er öffnete den Kühlschrank, und zu ihrer Überraschung konnte sie kein Bier darin entdecken. Vermutlich hatten sie bereits alles leer getrunken. „Du willst wahrscheinlich Nates Sachen holen. Ist in Ordnung, sie nehmen sowieso nur Platz weg."

„Warum hast du sie uns dann nicht geschickt?"

„Zu viel Aufwand." Er nahm eine Milchpackung aus dem Kühlschrank, öffnete sie und begann zu trinken.

Sie fragte sich, was er wohl tun würde, wenn sie ohnmächtig würde. Die Wahrscheinlichkeit war gar nicht so gering – sie konnte sich nicht erinnern, wann sie das letzte Mal etwas gegessen hatte, und nach dem langen Marsch in der Kälte war ihr nun heiß und schwindlig. Sie war kurz davor umzufallen, und er hatte ihr noch nicht mal einen Stuhl angeboten. Sie sollte sich einfach auf den nächstbesten setzten, aber aus irgendeinem Grund konnte sie sich nicht rühren.

Sie bemerkte, dass er sie wieder beobachtete. Seine Augen waren genauso kalt und blau wie früher. „Du siehst beschissen aus", sagte er.

„Danke schön."

Er stieß sich vom Waschbecken ab. „Komm schon. Ich habe keine Lust, dich die Treppe raufzutragen, weil du mir hier zusammenbrichst."

Er war also doch aufmerksamer, als sie gedacht hatte.

Es gab mindestens drei verschlossene Türen, die aus dieser Küche herausführten. Nun öffnete er eine, und dahinter lag eine dunkle, schmale Treppe.

Er nahm jeweils zwei Stufen auf einmal. Sie selbst zog sich mühsam am Geländer nach oben, langsam, schließlich wusste sie, dass er oben auf sie wartete.

Als sie den ersten Stock erreichte, wollte er ihren Arm nehmen, erschrocken zuckte sie zurück.

Plötzlich war nichts mehr unter ihr – sie fiel. Was würde ihre Mutter tun, wenn sie sich das Genick auf dieser wackligen Treppe brach, und warum kümmerte sie das überhaupt, und …

Er riss sie am Arm zurück. „Willst du dich umbringen?“ blaffte er sie an.

Er war sehr stark. Stärker, als sie ihn in Erinnerung hatte. Morgen würde sie blaue Flecken am Arm haben.

„Du kannst mich jetzt loslassen“, sagte sie.

„Damit du einen Kopfsprung die Treppe hinunter machst? Sicherlich nicht!“ Er ging den Flur entlang und zerrte sie hinter sich her.

Die nackte Glühbirne an der Decke beleuchtete den Weg nur spärlich. Es roch nach Benzin und Küche und allem Möglichen, was sie gar nicht genauer erkunden wollte. Er stieß eine Tür auf, zog an einer Schnur und musste feststellen, dass das Licht nicht funktionierte.

„Shit“, murrte er. „Warte.“

Zumindest ließ er sie jetzt los. Sie blieb im Flur stehen.

Er verschwand hinter einer anderen Tür. Dann kam er mit einem Schlafsack und einer kleinen Lampe zurück. Er drückte sich an ihr vorbei ins Zimmer, und Sekunden später ging Licht an. Er hatte die Lampe neben die Matratze gestellt, die auf dem Boden lag, ansonsten war der kleine, trübselige Raum völlig kahl.

Er warf den Schlafsack auf die Matratze. „Damit wirst du auskommen müssen. Das Badezimmer ist am Ende des Flurs. Brauchst du was zum Anziehen?"

„Nein, ich behalte meine Kleider an."

Sein Lächeln war kalt und kurz. „Hätte ich mir denken können. Schlaf jetzt, Jamie. Morgen wirst du dich wieder schön auf den Heimweg machen."

Noch bevor sie etwas antworten konnte, schloss er die Tür und ließ sie in dem winzigen, leeren Raum zurück.

Jemand war hier in diesem riesigen alten Gebäude. Das wusste er, ohne zu sehen, ohne zu hören. Er wusste, dass endlich jemand gekommen war, um ihn aus der Starre zu erlösen, die ihn gefangen hielt.

Hatte der Neuankömmling Angst vor Geistern? Er wollte ihm keine Angst machen, wer auch immer es war. Zumindest noch nicht. Zuerst musste er herausfinden, ob er ihm nützlich sein konnte.

Und ob er ihm behilflich sein würde, Dillon Gaynor umzubringen. Er wartete schon zu lange darauf. Es war höchste Zeit, dass Dillon bezahlte.

2. KAPITEL

Das Badezimmer war kein wirklicher Segen, so, wie es dort aussah. Sie hatte sich schon immer gefragt, warum Männer solche Schweine waren – das musste etwas mit diesem Extra-Chromosom zu tun haben. Das einzige Handtuch sah ziemlich grau aus, also wusch sie sich nur das Gesicht und blickte dann in ihr Spiegelbild.

Armes Ding, ja? Mit achtundzwanzig Jahren sah Jamie Kincaid im Grunde aus wie immer. Blasse Haut, graue Augen, die Haarfarbe irgendwo zwischen braun und blond.

Sie strich sich das Haar aus dem Gesicht und starrte sich nachdenklich an. Ganz nette Form, gute Haut, gleichmäßige Gesichtszüge. Sie brauchte sich nicht zu verstecken, war aber auch nichts Besonderes. Der einzige Grund, warum Dillon sie überhaupt wahrgenommen hatte, war ihr Cousin gewesen. Ohne Nate hätte er die brave Jamie nicht mal bemerkt. Denn an der Highschool verkehrten sie natürlich in völlig unterschiedlichen Kreisen.

Wenn er überhaupt mal in der Schule war. Offenbar hatte sich nie jemand darum gekümmert. Seine Mutter hatte die Familie verlassen, als er noch sehr jung war, und sein Vater kam volltrunken bei einem Autounfall ums Leben. Da war Dillon gerade sechzehn. Er schmiss die Schule kurz vorm Abschluss, irgendetwas war geschehen, was genau, wusste sie nicht, die Geschichte kam niemals ans Licht. Vielleicht hatte er ein Mädchen geschwängert, was in seinem Fall noch ein relativ harmloses Vergehen gewesen wäre. Oder hatte er jemanden zusammengeschlagen und war festgenommen worden? Sie wusste nur, dass jeder wütend auf ihn war, vor allem ihre Familie. Außer Nate, der fand das alles lustig. Und Dillon wirkte später, wenn sie ihn mal aus der Ferne sah, noch aufmüpfiger als vorher.

Nach diesem Rattenloch zu urteilen, in dem er am Rande der Gesellschaft lebte, hatte sich daran auch nichts geändert. Zu mehr war er vermutlich wegen seiner Alkohol- und Drogenprobleme nicht in der Lage. Noch hatte die Sucht keine Spuren auf seinem Gesicht hinterlassen. Er sah noch ziemlich genauso aus wie vor zwölf Jahren, nur ein paar interessante Falten waren hinzugekommen.

Dabei brauchte er eigentlich nichts, was ihn noch interessanter machte. Jamie schauderte und wandte sich vom Spiegel ab. Alles war noch schwerer, als sie erwartet hatte. Ihn wiederzusehen ließ alle möglichen Gefühle in ihr aufleben, unwillkommene Erinnerungen kamen in ihr hoch und strömten durch ihren Körper. Er sorgte allein durch seine Anwesenheit dafür, dass sie sich wieder genauso jung und verletzlich fühlte wie damals. Es war ein Fehler gewesen, hierher zu kommen.

Gleich morgen früh würde sie wieder abreisen. Sobald ihr Auto fahrtüchtig war. Er wollte sie loswerden, und sie wollte gehen. Also würde sie einfach Nates persönliche Dinge einpacken und verschwinden. Dillon würde ihr sowieso keine Fragen beantworten. Das hätte sie sich doch denken können. Er konnte schweigen wie ein Grab.

An der Tür gab es natürlich kein Schloss. Obwohl das auch egal war – soweit sie wusste, war sie mit Dillon allein in dem alten Haus, und von einem Schloss würde er sich ohnehin nicht abhalten lassen. Davon mal abgesehen, dass sie ihn überhaupt nicht interessierte.

Sie schloss die Tür trotzdem, schnappte sich dann die Lampe und hielt sie über die Matratze, die sehr dünn war und voller Flecken. Aber zumindest krabbelte nichts darauf herum, und sie war so müde, dass sie am liebsten losgeheult hätte. Sie schüttelte den Schlafsack aus, zog den Reißverschluss auf und schlüpfte hinein.

Um sich dann erschrocken, so schnell es ging, wieder daraus zu befreien. Die Lampe fiel um. Der alte Schlafsack roch nach Dillon. Roch nach seiner Haut, ein unbeschreiblicher Duft, unverkennbar und beunruhigend. Fast … erotisch. Sie konnte auf keinen Fall in diesem Ding schlafen – das wäre so, als ob sie in seinen Armen läge.

Zitternd hockte sie sich auf die dünne Matratze. Sie konnte aber unter keinen Umständen die lange Heimfahrt antreten, bevor sie sich nicht endlich einmal richtig ausgeschlafen hatte. Und mit irgendetwas musste sie sich zudecken.

Sie streckte sich auf der Matratze aus und zog den

Schlafsack über sich. Er legte sich wie eine seidige Wolke auf sie.

Sie konnte ihm also nicht entrinnen, zumindest nicht heute Nacht. Nachdem sie beschlossen hatte, direkt in die Höhle des Löwen zu marschieren, musste sie jetzt eben das Beste daraus machen.

Morgen würde sie verschwinden. Wieder Vernunft annehmen. Wenn ihre Mutter Erklärungen wollte, dann sollte sie doch einen Privatdetektiv engagieren.

Nate war tot. Nichts würde ihn zurückbringen. Im Moment schien ihr das Streben nach Erklärungen, nach Gerechtigkeit, womöglich auch nach Rache viel zu gefährlich. Vielleicht sah ja alles ganz anders aus, wenn sie erst einmal richtig geschlafen hatte. Glauben konnte sie das allerdings nicht. Ein Blick in Dillon Gaynors kalte blaue Augen hatte gereicht, um wieder zu wissen, wie gefährlich er sein konnte. Und sie gehörte nun mal zu den Frauen, denen Sicherheit über alles ging.

Sie knipste das Licht aus, und sofort war das Zimmer in tiefschwarze Dunkelheit gehüllt. Irgendwo vor dem Fenster blinkte ein Neonschild. Er hatte ihr kein Kopfkissen gegeben, und sie hatte auch nicht vor, nach einem zu suchen. Also rollte sie ihren Pulli zusammen, legte ihn sich unter den Kopf und zog den Schlafsack bis ans Kinn.

Er war überall. Unter ihr, über ihr, um sie herum. Sie konnte nicht länger dagegen ankämpfen. Sie schloss die Augen und begann, sich zu erinnern.

Zwölf Jahre zuvor

Es war ein wunderbarer Frühlingsabend in Rhode Island, als Jamie Kincaid auf einen Schlag erwachsen wurde. Sie war sechzehn Jahre alt, privilegiert, geliebt, sie lebte in einer Traumwelt, in der sie sich um nichts anderes als Schulnoten und Jungs Gedanken machen musste. Die Noten waren auch kein Problem – wie ihr Cousin Nate immer behauptete war sie klüger, als gut für sie war.

Und Jungs waren meist auch kein Thema. Sie hatte einen netten, harmlosen Freund, der ihr bisher höchstens ein paar Zungenküsse gegeben hatte, und als er sie am Abend vor dem Abschlussball sitzen ließ, war sie eher beleidigt als verletzt. Da sie nun schon mal das Kleid hatte und außerdem im Ausschuss mitarbeitete, wollte sie auf jeden Fall hingehen. Dann musste eben ihr Cousin Nate sie begleiten.

Nate war mehr ein Bruder für sie. Er lebte seit neun Jahren bei seiner Tante Isobel und seinem Onkel Victor, nachdem seine Eltern bei einem Brand ums Leben gekommen waren. Jamie war ihr einziges Kind, und sie hatte sich immer einen älteren Bruder gewünscht. Damals war der zehnjährige Nate die Erfüllung all ihrer Träume.

Sie betete ihn nach wie vor an, auch wenn nach neun gemeinsamen Jahren der Reiz des Neuen ein wenig verflogen war. Doch jeder betete Nate an – er war unglaublich hübsch, hatte ein strahlendes Lächeln, dunkle Augen, seidiges schwarzes Haar und war athletisch gebaut. Der perfekte Sportler und personifizierte Jungmädchentraum. Er wurde von Schülern und Lehrern gleichermaßen geliebt, genauso wie von seinen Ersatzeltern und seiner in ihn vernarrten Cousine Jamie.

„Na, wie gehts, Kleine?"

Jamie blickte zu ihm auf. Sie saß in dem zartrosa Ballkleid auf dem Boden und fragte sich, ob die unvergossenen Tränen ihr Make-up trotzdem verschmiert hatten. Sitzen gelassen zu werden war kein Grund zum Heulen. Es war einfach nur … ärgerlich.

Ihr gelang ein schiefes Lächeln. Nate hasste Gefühlsausbrüche. Er spazierte recht sorglos durchs Leben und umgab sich am liebsten mit Menschen, die genauso waren wie er selbst. Und seit Jamie ihn anhimmelte, gab sie ihr Bestes. „Ich bin gerade sitzen gelassen worden. Zack hat gesagt, dass er nicht mehr mit mir zusammen sein will und mit Sara Jackson zum Abschlussball geht."

Nate schüttelte den Kopf. „Perfekt gewählter Zeitpunkt. Ich habe doch gleich gesagt, dass Zack ein Versager ist. Sollen Dillon und ich ihn verprügeln?"

Jamie unterdrückte ein Frösteln. Ihr Cousin machte nur Scherze, aber wenn es um seinen Freund Dillon Gaynor ging, dann konnte man nie wissen … „Nicht nötig. Ich werde mich früher oder später schon rächen."

„Ich vermute, du willst trotzdem zum Abschlussball gehen? Vergiss es, Süße! Ich liebe dich zwar wie ein

Bruder, aber ich werde dich nicht zu einem Schulball begleiten. Ich musste mich schon mal durch einen solchen Abend quälen."

Sie schüttelte den Kopf. „Ich würde dich niemals darum bitten. Ich geh einfach nicht hin."

„Was machst du dann? Tante Isobel und Onkel Victor sind schon ausgegangen, und ich bin mit Killer verabredet. Willst du mitkommen?"

Killer war Nates Spitzname für seinen heruntergekommenen Freund Dillon. Manchmal fragte Jamie sich, ob dieser Name nicht allzu gut zu ihm passte. „Ist schon gut. Ihr wollt doch keine Sechzehnjährige mit euch herumschleppen. Macht nichts. Ich habe da sowieso ein Buch, das ich lesen will …"

„Nix da", sagte Nate unbeeindruckt. „Wenn du schon den Abschlussball verpasst, dann will ich nicht, dass du dich allein in ein Buch vergräbst. Du kommst mit uns. Wird Zeit, dass du mal was Aufregendes erlebst. Und erfährst, wie die andere Hälfte der Menschheit lebt. Ein bisschen Abenteuer."

„Ich bin nicht scharf auf Abenteuer."

„Dein großer Cousin wird schon auf dich aufpassen", sagte er. „Und Dillon wird dafür sorgen, dass dir nichts passiert."

„Als ob man dem trauen könnte", sagte sie spöttisch.

„Wem?" fragte Dillon, der plötzlich in der Tür stand und sich leicht an den Rahmen lehnte.

Das gehörte zu den Dingen, die sie an ihm nicht mochte. Immer schien er aus dem Nichts aufzutauchen. Offenbar wusste er genau, wann ihre Eltern nicht zu Hause waren – Victor und Isobel Kincaid mochten Nates Freund nicht, und er war klug genug, sich rar zu machen, solange sie in der Nähe waren. Doch sobald sie nicht da waren, flegelte er sich auf der Couch vor dem großen Fernseher, schlang ihr Essen herunter, rauchte und musterte sie mit seinen kalten, unverschämt blauen Augen. Wenn er sie überhaupt einmal beachtete.

„Meine kleine Cousine glaubt, dass du ein gefährlicher Mann bist", sagte Nate lachend. Er war ein paar Zentimeter kleiner als Dillon, überhaupt hätten sie gegensätzlicher nicht sein können. Nates dunkles Haar und Dillons hellblonde Zotteln, Nates Gutmütigkeit und Dillons Unhöflichkeit, die schon an Verächtlichkeit grenzte. Kein Wunder, dass ihre Mutter ihn nicht leiden konnte.

„Da hat sie Recht", sagte Dillon und blickte zu ihr hinunter. „Bist du so weit?"

„Ich versuche Jamie zu überreden, mit uns zu kommen. Sie ist versetzt worden, und ich dachte, es wäre an der Zeit, dass sie mal ihren Horizont erweitert."

Sie rechnete mit Dillons Protest, doch er sah sie nur achselzuckend an. „Wenn du meinst, dass sie dichthält."

„Sie ist mein größter Fan", sagte Nate. „Sie würde uns niemals verpfeifen. Außerdem hast du keine Begleitung. Nimm doch sie."

„Nein!“ rief Jamie, ihr Entsetzen übertraf jede Form der Höflichkeit.

Doch Dillon schien eher amüsiert als beleidigt. „Da, wo wir hingehen, brauche ich keine Begleitung. Ich glaube, das bringt uns nur in Schwierigkeiten, Nate.“

Nate schenkte ihm sein strahlendstes Lächeln, mit dem er Freund und Feind gleichermaßen für sich gewinnen konnte, ein Lächeln, das den Verstand von Männern wie von Frauen gleichermaßen verwirrte. „Du weißt doch, wie sehr ich Schwierigkeiten liebe.“ Er streckte Jamie die Hand hin und zog sie auf die Füße.

„Aber das kann sie nicht anlassen“, sagte Dillon.

„Killer, nun sei doch kein Spielverderber“, rief Nate. „Ich finde es lustig, bei Crazy Jack mit meiner Cousine im Ballkleid aufzutauchen.“

„Ich glaube nicht, dass das eine gute Idee ist“, sagte Jamie nervös.

„Klar. Zieh ein paar sexy Klamotten an, sei zur Abwechslung mal ein böses Mädchen. Würde dir das nicht auch gefallen?“

„Nicht besonders.“ Sie warf Dillon einen vorsichtigen Blick zu. Normalerweise ignorierte er sie, bisher hatte sie vermutlich kaum mehr als ein Dutzend Worte mit ihm gewechselt. „Was meinst du, Dillon? Soll ich mit euch kommen?“

Sie hätte wissen müssen, dass sie von ihm keine Antwort bekommen würde. „Wie du magst. Aber beeil dich.“

Sie war verrückt genug, mitzugehen. Ihre Eltern tolerierten Dillon nur Nate zuliebe, aber keinesfalls würden sie Jamie erlauben, mit den beiden auszugehen. Dillon kam aus keiner guten Familie, und so führte er sich auch auf. Er hatte bereits wegen Autodiebstahls drei Monate in Jugendhaft gesessen, und niemand glaubte wirklich, dass er sich gebessert hatte. Er war wohl einfach nur vorsichtiger geworden.

Jamie konnte nicht begreifen, was Nate in ihm sah. Vielleicht lag es an seiner Ihr-könnt-mich-mal-Einstellung. Nate bezauberte jeden, den er traf, er brauchte ständig Bestätigung. Dillon hingegen war das völlig egal. Er machte, was er wollte, und ließ es einfach drauf ankommen.

Und nun würde sie mit ihm ausgehen. Nun, nicht wirklich mit ihm. Sie zog einfach mit ihrem Cousin und Dillon los, und sobald sie bei Crazy Jack waren, wo immer das sein mochte, würde er schon eine andere finden. Nate würde sich um sie kümmern – sie vertraute ihm blind.

Das Ballkleid zerriss ein wenig, als sie es sich über den Kopf zerrte. Sie warf es in eine Ecke, zog ein Paar Jeans an und eine weiße Bluse, die sie bis oben zuknöpfte, damit Dillon nicht auf falsche Gedanken kam. Dann eilte sie in die Küche, bevor sie es sich noch anders überlegen konnte.

Sie tranken Bier. Ihrem Vater würde das überhaupt nicht gefallen – die Jungs waren erst neunzehn, und einer von ihnen musste ja auch noch Auto fahren. Das war natürlich alles Dillons Schuld. Vielleicht würde sie heute Abend ja herausfinden, was Nate so toll an ihm fand. Dann konnte sie ihren Eltern dabei behilflich sein, Nate von Dillons gefährlichem Einfluss zu befreien.

„Das ist schon besser, Süße", sagte Nate anerkennend. Dillon schüttete schweigend sein Bier in sich hinein.

„Wir sollten besser los. Sonst ist Rachel sauer."

„Wer ist Rachel?" fragte Jamie. Vielleicht hatte Dillon ja doch eine Freundin. Er sah ja wirklich sehr gut aus. Er war groß, hatte blaue Augen, endlos lange Beine und war ziemlich dünn. Er hatte die schönsten Wangenknochen, die sie jemals bei einem Mann gesehen hatte, das musste sie schon zugeben. Und einen Mund, den manche Mädchen bestimmt anziehend fanden. Wenn sie auf Abenteuer standen.

„Mach dir keine Gedanken über Rachel", sagte Nate liebevoll. „Das ist nichts Ernstes. Nur so zum Spaß."

„Ist sie deine oder Dillons Begleiterin?" fragte sie.

„Nimm das." Dillon drückte ihr ein Sixpack Bier in die Arme. „Du hast wohl vergessen, dass du heute Abend meine Verabredung bist."

Sie sah ihn an, nicht sicher, ob er sich über sie lustig machte oder nicht. Bei Dillon wusste man nie.

Am besten war es, ihn einfach zu ignorieren. Sie presste das Bier an ihre Brust, in der Hoffnung, dass es so nicht zu sehen war, und folgte den beiden nach draußen.

Es war ein warmer Maiabend. Die Vögel zwitscherten

aus voller Kehle, eine warme Brise fuhr durch die leuchtend grünen Blätter der Bäume. Es war diese Art von Abend, der immer ein schmerzliches, sehnsuchtsvolles Gefühl in ihrem Bauch entstehen ließ, auch wenn sie nie so richtig herausgefunden hatte, wonach sie sich eigentlich sehnte.

Dillons altes Auto stand in der Auffahrt. Es war nicht zu übersehen – ein sehr altes, gelbes Cadillac Cabriolet, das er repariert hatte. Es war groß und ziemlich schnell; wenn er es darauf anlegte, konnte er damit sogar der Polizei entkommen.

Dillon hatte immer schon an Autos herumgebastelt. Er fuhr, seit er dreizehn war; ob er inzwischen einen Führerschein hatte, wusste sie nicht. Er ging zur Fahrerseite und sprang hinein, ohne die Tür zu öffnen. Und ihre natürlich auch nicht.

Sie wollte hinten einsteigen, aber Nate kam ihr zuvor. „Du sitzt vorne, Schätzchen. Ich möchte den Rücksitz für mich und Rachel haben."

Er lächelte sie an, so betörend wie immer, und sie wagte nicht zu widersprechen.

„Die Türen funktionieren nicht", sagte Dillon. „Du musst reinklettern. Gib mir ein Bier."

Sie zögerte. Sie konnte noch immer zum Abschlussball gehen – es war keine Schande, allein zu gehen, außerdem hatte sie extra das Kleid gekauft. Dieses dumme rosa Kleid, das sie aus Versehen zerrissen hatte.

Sicherheit oder Abenteuer? Dillon blickte sie mit seinen kalten blauen Augen herausfordernd an. Sie kletterte über die Tür und ließ sich auf den abgenutzten Ledersitz fallen, das Bier stellte sie neben sich.

Er nahm eines heraus, öffnete es und klemmte es sich zwischen die Beine. Damit lenkte er ihre Aufmerksamkeit auf seinen Schritt. Sie riss den Kopf herum und starrte stur geradeaus. Er hatte sicher nicht bemerkt, dass sie rot geworden war. Dazu interessierte er sich zu wenig für sie.

Er fuhr schnell, aber gut. Er hatte einen Kassettenrekorder eingebaut und ließ laut Heavymetal laufen. Als er die Dose ausgetrunken hatte, warf er sie in die Büsche und machte eine neue auf, ohne auch nur einmal in ihre Richtung zu schauen.

Sie hatte keine Ahnung, wohin sie fuhren. Zu ihrem aufregenden Gefühl im Magen gesellte sich Furcht, als er in einen Waldweg einbog, ohne vom Gas zu gehen. Sie rasten über den ausgefahrenen Weg immer tiefer in den Wald, bis er schließlich auf einer Lichtung anhielt. Ein ramponierter alter Kleintransporter parkte neben einigen rostigen Autowracks, ein schmaler Weg führte durch den Wald zu einem baufälligen Haus.

Nate war bereits aus dem Wagen gesprungen. „Ihr wartet hier. Ich habe Rachel gesagt, dass wir uns im Haus treffen. Ich hole nur schnell den Kram und bin gleich wieder da.“

Dillon stellte den Motor ab und streckte sich auf dem

Sitz aus. „Lass dir Zeit“, sagte er träge. „Meine Begleitung wird mich schon unterhalten.“

War das Aufregung oder Angst, was sie spürte? Oder eine berauschende Mischung aus beidem? „Vielleicht sollte ich mit ihm gehen …“ sagte sie nervös.

„Das glaube ich kaum. Er und Rachel wollen sicher etwas alleine sein. Irgendwann kommt er schon zurück.“

„Irgendwann?“ wiederholte sie, sie konnte die Angst in ihrer Stimme hören.

„Schau nicht so ängstlich, Engel. Ich beiße nicht. Zumindest nicht sehr feste.“

Sie saß bereits so weit von ihm entfernt, wie es nur möglich war. Er riss eine weitere Bierdose aus den Plastikringen und stellte den Rest auf den Boden. „Nimm ein Bier“, sagte er. Sie war sich nicht sicher, ob das ein Angebot oder ein Befehl war.

„Ich glaube nicht …“

„Ich dachte, heute wäre deine große Nacht der Rebellion. Nimm ein Bier, Jamie.“

Sie gehorchte. Es war ja nicht so, dass sie noch nie Bier getrunken hatte. Es schmeckte ihr einfach nicht sonderlich. Aber sie war so nervös, dass sich ihr Magen beinahe umdrehte, vielleicht würde das Bier sie ja beruhigen, ihr helfen, sich zu entspannen. Dillon sollte sie nicht für eine totale Idiotin halten. Wobei sie nicht darüber nachdenken wollte, warum seine Meinung auf einmal eine Rolle spielen sollte.

Das Bier war lauwarm und schmeckte stark nach Hefe, sie nahm trotzdem einen großen Schluck. Dillon drückte sich an die Tür, kam ihr nicht zu nahe, beobachtete sie nur mit halb geschlossenen Augen. „Nate wird was anderes mitbringen, falls du Gras bevorzugst."

„Tue ich nicht!" sagte sie schnell.

„Ein einfaches Nein reicht", zog er sie auf. „Ich wette, das kannst du besonders gut, Engel. Nein sagen, meine ich. Oder sagst du manchmal auch Ja?"

Sie antwortete nicht, er schien das auch gar nicht zu erwarten. Er lehnte sich wieder zurück, blickte in den dunkler werdenden Himmel, völlig entspannt, während Jamie Meilen entfernt auf der anderen Seite im Auto saß und sich an ihr Bier klammerte.

Er war der Traum eines jeden Mädchens, dachte sie. Der neue James Dean, der böse Junge mit dem umwerfenden Lächeln und einem Mund, der selbst eine Nonne in Versuchung führen könnte. Und sie war nicht mal eine Nonne.

„Möchtest du ein bisschen rummachen?" fragte sie plötzlich.

Er drehte sich schwerfällig zu ihr um. „Ist das ein Angebot?"

Sie wand sich unbehaglich. „Nun, wenn ich wirklich deine Verabredung bin …"

„Bist du nicht", sagte er. „Sosehr ich das Angebot zu schätzen weiß, deine Jungfräulichkeit zu opfern, werde ich diesmal lieber passen. Ich mache nicht rum."

Sie nahm noch einen Schluck Bier. Die Dose war schon fast leer, sie fragte sich, ob er ihr noch eine anbieten würde. Vermutlich nicht. „Nicht? Magst du keine Mädchen?"

Sein Lächeln war das Gefährlichste, das sie je im Leben zu Gesicht bekommen hatte. „Ich mag Mädchen sogar ziemlich gerne. Aber ich mache nicht rum, ich schmuse nicht und ich knutsche auch nicht."

„Was machst du dann?"

„Ich ficke."

Jamie verschluckte sich. „Wie bitte?"

„Du hast mich schon verstanden. Ich ficke. Ich küsse Frauen nur, wenn ich sie vögeln will, und Minderjährige wie dich küsse ich schon gar nicht, es sei denn, es ist eine sichere Sache. Und ich gehe mal nicht davon aus, dass du in nächster Zukunft diese Jeans ausziehen wirst, oder? Zumindest nicht für mich."

Sie starrte ihn nur an. Die Nacht war hereingebrochen, der Wind war etwas stärker geworden und fuhr durch seine blonden Haare wie die Finger einer Liebenden. „Nein", sagte sie mit leiser Stimme.

Er lächelte spöttisch. „Hab ich auch nicht erwartet, so, wie du an die Tür gequetscht sitzt. Mach dir keine Sorgen, Babygirl. Ich werde dich nicht anrühren." Er drehte den Kopf und spähte in die Dunkelheit. „Es wird nicht mehr lange dauern. Nate hat nicht viel Ausdauer."

„Ausdauer? Wovon sprichst du?"

„Er und Rachel haben gerade Sex. Er steht mehr auf

Quantität als Qualität, und Rachel passt in dieser Hinsicht ganz gut zu ihm. Sie werden in ein paar Minuten rauskommen und nach Sex riechen, ganz berauscht davon sein. Davon und von dem Dope, das sie mitbringen."

„Wessen Haus ist das?"

„Meines."

„Und es sind deine Drogen?"

„Ja."

Sie war still. Sie hatte all die obligatorischen Unterrichtsstunden über Drogenaufklärung besucht, sie kannte die Gefahren. Sie wusste genau, wie Marihuana roch, wusste, dass Kiffer erst furchtbar albern und dann ziemlich schlaff wurden. „Bist du ein Dealer?"

„Wieso? Brauchst du was?"

„Nein. Ich bin nur neugierig."

„Ich denke, du solltest deine Neugier besser unter Kontrolle haben, Engel", sagte er. Er schaute auf die Uhr, eine billige Timex, und fluchte. „Vielleicht ist Nate kreativer als sonst." Er betrachtete sie nachdenklich. „Und vielleicht habe ich meine Meinung ja geändert."

„Wie?" Ihre Stimme war nicht mehr als ein nervöses kleines Quieken.

„Komm her."

3. KAPITEL

Verwirrt wachte Jamie in der Dunkelheit auf und kämpfte gegen die Panik an. Von irgendwoher kam tosender Lärm, ihr war kalt, ihr Rücken tat weh, und einen Moment lang wusste sich nicht, wo sie überhaupt war. Das Neonlicht vor dem Fenster blinkte wieder auf, erleuchtete kurz den kleinen Raum, und da fiel ihr alles wieder ein. Ihre Angst nahm zu.

Sie setzte sich auf und versuchte, tief und ruhig zu atmen. Sie schlief nicht gerne in fremden Betten – was auch ein Grund gewesen war, warum sie, ohne an einem Motel zu halten, direkt nach Wisconsin gefahren war. Selbst in ihrem eigenen Bett schlief sie nur selten gut – oft wurde sie von den kleinsten Geräuschen geweckt, lag dann endlos lange wach und starrte in die Dunkelheit.

Dieses Mal hatte sie wenigstens einen guten Grund dafür. Die Fensterbank war von ihrem Platz aus auf Augenhöhe, sie blickte hinaus auf die Straße, in das graue Licht eines Novembermorgens. Sie wusste nicht, wie lange sie geschlafen hatte – es konnten Stunden sein oder Minuten. Kalt war es in dem Zimmer, das in dem unbarmherzigen Licht wie eine Gefängniszelle wirkte. Jetzt erkannte sie auch, was dieser Lärm zu bedeuten hatte: Durch den Luftschacht neben ihrer Matratze wurde Wärme ins Zimmer geblasen. In diesem Haus gab es also doch einen Ofen – wenn auch einen ziemlich lauten.

Sie legte sich wieder zurück und schloss die Augen. Es hatte keinen Sinn aufzustehen – Dillon schlief bestimmt seinen Rausch aus und war sowieso noch nicht in der Lage, ihr zu helfen. Nicht, dass er das überhaupt vorhatte – sie hatten sich schließlich nie sonderlich gut verstanden. Aber zumindest wollte er, dass sie wieder nach Hause kam, wenn auch nur, weil er sie sowieso nie hatte leiden können.

Sie zitterte. Die Erinnerungen an diese unselige Nacht vor so vielen Jahren hatten sie nie wirklich losgelassen. Manchmal dachte sie monate- oder sogar jahrelang nicht daran, vergaß die schmerzhafte Demütigung und Schande, und dann reichte ein Blick in Dillons kalte blaue Augen, und alles brach wieder mit aller Macht über sie herein. Das Lustgefühl, das seine Hände hervorgerufen hatten, und das schreckliche Ende dieser Nacht.

Sie holte noch einmal tief Luft und zwang ihren steifen Körper, sich zu entspannen. Das alles ist lange her, dachte sie. Außerdem war Dillon am Ende jener Nacht so sturzbesoffen gewesen, dass er sich mit Sicherheit nicht mehr an die Details erinnern konnte. Falls er sich überhaupt an diese Nacht erinnerte.

Sie musste verrückt gewesen sein zu glauben, dass sie hier unbehelligt wieder herauskommen würde. Vielleicht aber war das der wahre Grund dafür, warum sie einfach in ihren Wagen gestiegen und losgefahren war, wie ein Engel auf Mission. Sie wollte natürlich eine Erklärung für Nates Tod. Aber sie musste sich auch endlich Dillon Gaynor stellen und die Geister ihrer Vergangenheit bekämpfen. Sie hinter sich lassen, damit sie sich endlich um ihre Zukunft kümmern konnte. Und ob es ihr nun gefiel oder nicht, Dillon gehörte zu ihrer Vergangenheit, untrennbar verbunden mit Nate.

Sie trug nun seit achtundvierzig Stunden dieselben Klamotten und fühlte sich mehr als dreckig. Auf ihrem Rückweg würde sie auf jeden Fall am ersten Motel halten, mindestens zwei Stunden lang duschen und noch ein wenig versuchen zu schlafen. Dann würde sie direkt nach Rhode Island fahren, mit ebenso vielen unbeantworteten Fragen wie vor ihrer Reise.

Wenigstens wurde das Zimmer langsam wärmer, und sie konnte endlich den Schlafsack weglegen. Sie fuhr sich mit einer Hand durch ihr wirres Haar und stand auf. Dann entdeckte sie ihren Koffer.

Sie glaubte keine Sekunde lang, dass das ein gutes Zeichen war. Wenn Dillon ihr Auto hätte reparieren können, dann würde ihr Koffer jetzt nicht da stehen.

Sie öffnete die Tür und blickte in den langen, schmalen Gang. Das Badezimmer am anderen Ende war leer. Alle anderen Türen waren geschlossen. Sie fragte sich, hinter welcher er wohl schlief.

Das spielte natürlich überhaupt keine Rolle, aber auf einmal erschien ihr das Badezimmer verdammt verlockend. Sie konnte ohnehin erst verschwinden, wenn

Dillon aufgewacht war und ihr Nates Sachen gegeben hatte. Und sie wollte nicht eine Sekunde länger in diesen Klamotten bleiben.

Wenigstens für das Badezimmer gab es einen Schlüssel. Das Schloss war das gleiche wie in ihrem Zimmer. Mit etwas mehr Verstand hätte sie gestern den Schlüssel nehmen und sich einschließen können. Dann wäre Dillon auch nicht in der Lage gewesen, mitten in der Nacht ihren Koffer ins Zimmer zu stellen. Hatte er ihr beim Schlafen zugesehen? Wohl kaum.

Es gab eine schmutzige, alte Badewanne mit Füßen und einen Duschkopf, aber wenigstens war das Wasser warm, und das graue Handtuch roch frisch. Sie kämmte ihr nasses Haar mit den Fingern und schnitt ihrem Spiegelbild eine Grimasse. Sie hatte nur Jeans und T-Shirts in den Koffer geworfen. Mit ihrem ungeschminkten Gesicht, dem nassen Haar und den Klamotten sah sie aus wie eine Zwölfjährige. Jede andere achtundzwanzigjährige Frau hätte das gefreut. Doch Jamie erinnerte es nur daran, wie sie sich mit sechzehn gefühlt hatte, als Dillon Gaynor der furchtbare Mittelpunkt ihres Lebens gewesen war.

Sie hatte sich immer wieder ausgemalt, wie es sein würde, ihn eines Tages wiederzusehen. Sie wollte kühl wirken, ruhig, erwachsen, mit perfekter Frisur und Make-up, vielleicht einen dezenten Anzug tragen und die Perlenkette, die sie von ihren Eltern geschenkt bekommen hatte. Sie würde aussehen wie die Frau, zu der man sie erzogen hatte.

Stattdessen war sie wie ein armes, kleines Ding auf seiner Türschwelle erschienen. Und auch heute würde er die erfahrene, erfolgreiche Frau, die sie war, nicht zu sehen bekommen. Sondern ein Kind. Und er würde sich erinnern.

Vielleicht. Oder vielleicht war diese eine Nacht nur eine von tausenden für ihn. Vielleicht wusste er es gar nicht mehr.

Das Problem war nur, dass sie es noch wusste.

Als sie aus dem Badezimmer kam, war es immer noch dunkel und still, alle Türen waren geschlossen. Sie warf ihre schmutzigen Kleider in eine Ecke des Zimmers und schaute nach draußen. Es wurde heller, es mochte vielleicht sieben Uhr morgens sein. Sie hatte zwei Möglichkeiten: Zu warten, bis Dillon wieder nüchtern war und aufstand, oder nach unten gehen und sich selbst um einige Dinge zu kümmern. Die Wahl fiel ihr nicht schwer. Sie musste herausfinden, wo ihr Auto war, es abschleppen lassen, Isobel anrufen, irgendwo Kaffee besorgen und etwas essen …

Die enge Treppe war dunkel, falls es irgendwo einen Lichtschalter gab, dann konnte sie ihn nicht finden. Vorsichtig ging sie nach unten, hielt sich an dem wackligen Geländer fest und tastete mit dem Fuß nach der nächsten Stufe. Als sie heil unten angekommen war und gerade zur

Küche gehen wollte, trat sie auf etwas Weiches und Matschiges. Es war ziemlich groß.

Sie schrie auf, sprang zurück und kam sich in der nächsten Sekunde bereits blöd vor. Wahrscheinlich war es nichts Schlimmes, vielleicht nur ein Kleidungsstück …

Die Küchentür wurde aufgerissen, Dillon füllte den Türrahmen aus. „Warum zum Teufel brüllst du so?“ fragte er ungeduldig. „Bist du gestürzt?“

„Ich – ich bin auf etwas getreten“, stammelte sie. „Wahrscheinlich war es gar nichts …“ Sie blickte auf die Stelle vor der Treppe. Und schluckte. „Oder vielleicht doch.“

„Das ist nur eine Ratte“, sagte Dillon, seine Stimme war so ausdruckslos wie seine Miene. „Die tauchen hier gelegentlich auf.“

„Hier gibt es Ratten?“ fragte sie entsetzt.

„Tut mir Leid, Prinzessin, du bist hier nicht im Taj Mahal. Sondern in einem alten Lagerhaus, Ratten inbegriffen. Manchmal zeigen sie sich, allerdings nur, wenn sie tot sind. Irgendjemand muss vor Jahren Rattengift hinter die Wände gestreut haben, und es wirkt noch immer. Dann und wann finde ich eine hübsche, frische Leiche. So muss ich mir wenigstens keine Gedanken machen, dass sie an mein Essen gehen.“

Essen, dachte Jamie. Sie schaute auf die tote Ratte, doch selbst der Anblick eines Kadavers konnte sie nicht auf andere Gedanken bringen. „Ich habe Hunger“, sagte sie.

„Dann geh in die Küche und such dir etwas Essbares. Es sei denn, du hättest gerne gebratene Ratte?“

Sie erhob sich von der Stufe, auf der sie gesessen hatte, und starrte ihn an. Jetzt waren sie auf gleicher Augenhöhe, was allerdings eher beunruhigend war. „Könntest du bitte erst die Ratte entfernen? Ich möchte nicht noch mal drauftreten.“

Böser Fehler. Denn er nahm Jamie einfach hoch, trug sie in seinen Armen über die tote Ratte und setzte sie in der Küche wieder ab. Dort ließ er sofort von ihr ab, als wäre sie nicht weniger unappetitlich als die Ratte. „Bitte schön, Eure Hoheit. Brot ist auf dem Tisch und Bier ist im Kühlschrank.“

„Dachte ich mir schon“, sagte sie böse. „Aber üblicherweise trinke ich vor dem Frühstück kein Bier.“

„Solltest du mal versuchen. Hilft gegen alles, was einen belastet.“

„Mich belastet nichts.“

„Außer der Stock in deinem Hintern“, sagte Dillon fröhlich und hob die Ratte am Schwanz hoch. Sie baumelte steif herab; Jamie erschauerte.

„Du kannst das Bier haben“, sagte sie.

„Nett von dir.“ Er trug die Ratte zur Hintertür und warf sie auf die schmale Straße hinaus. „Erledigt“, sagte er.

„Du willst sie einfach da liegen lassen? Wo sie Krankheiten verbreiten kann und was weiß ich noch alles?“

„Die Beulenpest gibt es nicht mehr. Und sollte sie wiederkommen, könnte ich wetten, dass du sie mir sofort an den Hals wünschst."

„Da könntest du Recht haben."

Er schien einen Augenblick nachzudenken. „Außerdem gibt es hier genug Aasfresser, das Vieh wird da nicht lange rumliegen. Er wird entweder von seinen Brüdern aufgefressen oder von einem streunenden Hund weggetragen."

„Woher weißt du, dass es ein Er ist?"

„Das habe ich dir zuliebe gesagt. Ich gehe davon aus, dass du alle Ratten für männlich hältst."

„Jetzt, wo du es erwähnst." Die Küche sah nicht viel besser aus als letzte Nacht. Die Flaschen waren zwar vom Tisch verschwunden, aber der Geruch nach kaltem Rauch und Bier hing noch immer in der Luft, begleitet von einer schwachen Note Abgase.

„Brot ist auf der Theke", sagte er. „Ich mache Kaffee."

In der Plastiktüte befanden sich exakt zwei Scheiben Toast. „Wo ist der Toaster?"

„Kaputt. Über dem Herd ist Erdnussbutter – mach dir ein Sandwich."

Normalerweise wäre Jamie bei der Vorstellung, ein Erdnussbuttersandwich zum Frühstück essen zu müssen, ohnmächtig geworden. Doch jetzt war sie einfach nur dankbar. Sie setzte sich an den verschrammten Eichenholztisch und beobachtete Dillon, wie er die Kaffeekanne nahm, den alten Kaffee ausgoss, Wasser nachfüllte und sie wieder auf die Maschine stellte.

„Wäschst du sie nicht erst aus?"

„Wieso? Da kommt schließlich Kaffee rein, und vorher war auch nichts anderes drin. Wozu der Aufwand?" Er lehnte sich an die Küchentheke und betrachtete sie träge.

„Aber die ätherischen Öle des alten Kaffees machen den neuen bitter", erklärte sie und unterließ es, auf das Thema Hygiene einzugehen. Der Küche nach zu urteilen stand Sauberkeit auf Dillons Prioritätenliste nicht sehr weit oben.

„Vielleicht mag ich es ja bitter."

„Daran zweifle ich keine Sekunde. Der Toast ist ein wenig trocken, aber immerhin besser als nichts." Sie begann zu essen. „Ich schätze, du hast nichts Antialkoholisches im Kühlschrank?"

„Schaut im Kühlschrank nach, Eure Hoheit."

Was das Bier betraf, hatte er gelogen. Sie mussten während ihres nächtlichen Pokerspiels alles ausgetrunken haben. Im Kühlschrank befanden sich lediglich ein Stück muffiger Käse, eine Tüte Milch und jede Menge Cola-Dosen. Sie schnappte sich eine, warf die Tür zu, riss die Dose auf, trank einen langen Schluck und genoss es, wie das Zucker-Coffein-Gemisch in ihren Hals sprudelte.

Er beobachtete sie mit versteinertem Gesicht. Sie

wusste einfach nie, was er dachte. „Was?“ fragte sie gereizt.

„Du bist gar nicht der Typ, der direkt aus der Dose trinkt.“

„Womöglich habe ich nur kein Vertrauen in deine Vorstellung von Hygiene.“

„Ich bin sicher, dass sie nicht deinen Anforderungen entspricht.“

„Allerdings nicht. Wann hast du meinen Koffer geholt? Ist mein Auto auch hier?“

„Dein Auto liegt noch immer im Straßengraben. Und den Koffer habe ich auch nicht rausgeholt. Mouser hat ein paar Erledigungen für mich gemacht und kurz bei deinem Wagen angehalten. Du hast ganz schön Eindruck auf ihn gemacht, allerdings kennt er dich ja auch nicht so gut wie ich.“

„Du kennst mich überhaupt nicht. Wir haben uns seit zwölf Jahren nicht mehr gesehen, und selbst davor hatten wir nicht viel miteinander zu tun.“

„Da erinnere ich mich aber anders.“

Sie hatte das Gefühl, einen Schlag in den Magen versetzt bekommen zu haben. Aber sie blinzelte nicht einmal. „Und deine Erinnerung ist nach all diesen Jahren noch klar?“

„Klar genug.“ Bildete sie sich nur ein, dass sich etwas Bedrohliches in seinen ruhigen Ton gemischt hatte? Vermutlich nicht.

„Ich muss meine Mutter anrufen."

„Warum?"

„Um ihr zu sagen, dass ich gut angekommen bin. Und dass ich wieder losfahre, sobald mein Auto repariert ist. Wie ich hoffe, heute Nachmittag."

„Du kannst ruhig weiter hoffen", sagte er. „Aber Mouser meinte, dein Auto sei ziemlich ramponiert."

„Das hier ist doch eine Autowerkstatt, oder nicht? Ich bezahle dich dafür, dass du es reparierst."

„Ich arbeite mit alten amerikanischen Autos, nicht mit Importfahrzeugen. Dafür braucht man anderes Werkzeug."

„Dann besorg jemanden, der das kann. Ich bleibe so lange in einem Motel – oder wenn es gar nicht geht, dann nehme ich mir eben einen Leihwagen."

„Honey, diese Stadt ist total runtergekommen. Das einzige Motel am Platz vermietet Zimmer nur stundenweise, und außer mir hat auch keiner einen Leihwagen."

„Also?"

Er sah sie an. „Ich verleihe meine Autos nicht für so eine Strecke. Wie soll ich sie sonst jemals wieder zurückbekommen?"

„Ich dachte, du kannst es gar nicht erwarten, mich loszuwerden."

„Nun, da täuschst du dich", erklärte er gelangweilt und nahm die inzwischen volle Kaffeekanne aus der Maschine. „Ich würde gerne mit dir über die guten alten

Zeiten plaudern. Über die glücklichen Tage meiner Jugend und all das."

„Deine Jugend war nicht gerade glücklich."

„Deine auch nicht, Prinzessin."

„Ich denke schon. Ich war wohl behütet, meine Eltern haben mich geliebt , und ich hatte Nate als großen Bruder und besten Freund. Bis du ihn in die Finger bekommen hast."

Er zog einen Stuhl an den Tisch und nahm sich eine Zigarette. Es schien Jahre her zu sein, dass sie jemanden gesehen hatte, der rauchte. Fasziniert beobachtete sie, wie er sein silbernes Feuerzeug aufschnappen ließ. „Erinnerungen kön nen trügen", sagte er und blies ihr den Rauch ins Gesicht.

Am liebsten hätte sie laut losgehustet, aber sie war einfach nicht sonderlich anfällig gegen Rauch. Abgesehen davon, dass er sie ganz offensichtlich ärgern wollte, und diese Genugtuung gönnte sie ihm nicht. „Vielleicht trügen ja deine. Ich schätze, ich erinnere mich etwas besser an die Einzelheiten als du."

„Wenn du meinst."

„Wo ist das Telefon?"

„In der Garage. Es ist ein Münztelefon. Du solltest also genügend Kleingeld haben."

„Wie kannst du dein Unternehmen ohne Telefon führen?"

„Ich mag es nicht, wenn die Leute in meine Privatsphäre eindringen."

„Dann werde ich mein Möglichstes tun, um so schnell wie möglich wieder zu verschwinden. Gib mir einfach Nates Sachen, und ich rufe den Nationalen Automobilclub an."

„Warum so eilig, Prinzessin? Nate ist seit drei Monaten tot – er wird dir nicht weglaufen."

„Macht dir das denn gar nichts aus?" fragte sie. „Er war dein bester Freund! Er war wie ein Bruder für dich und ist unter deinem Dach gestorben. Fühlst du denn gar nichts? Trauer, Reue, Verantwortung?"

„Ich bin für Nates Tod nicht verantwortlich", sagte er leise.

„Das habe ich auch nicht behauptet. Aber du hättest ihn beschützen müssen. Wenn er wirklich mit den falschen Leuten zu tun hatte, hättest du etwas unternehmen müssen, um ihm zu helfen ..." Sie brach ab, als sie seinen ironischen Gesichtsausdruck sah.

„Vielleicht solltest du jetzt besser deine Anrufe erledigen." Er stand auf und schenkte sich einen Becher dampfenden Kaffee ein. „Willst du auch?"

„Lieber sterbe ich."

„Irgendwann, mein Engel, wirst du lernen müssen, dein vornehmes Getue sein zu lassen."

„Das wirst du jedenfalls nicht mehr erleben."

„Oh, da täuschst du dich. Und ich freue mich schon darauf."

Der Kaffee duftete verführerisch. Sie wusste, dass er

schrecklich schmecken musste – viel zu stark und bitter. Er würde sowohl in ihrem Magen wie auch an ihren Nerven verheerenden Schaden anrichten, selbst Milch und Zucker würden ihn nicht genießbar machen. Und trotzdem hatte sie Lust, ihn zu trinken.

Sie stand auf und strich sich durchs nasse Haar. Es gefiel ihr nicht, wie er sie beobachtete. Je schneller sie verschwand, desto besser. „Mein Auto liegt also noch immer im Straßengraben … wie heißt die Straße?“

„Route 31.“

„Gut. Ich rufe den Automobilclub an, dann meine Mutter, und ich werde mich darum kümmern, dass du so schnell wie möglich wieder deine Ruhe hast. Das möchtest du doch, nicht wahr? Dass ich so schnell wie möglich wieder abhaue?“

„Zweifelst du etwa daran?“ Er drückte die Zigarette aus und blickte sie über die kleine Rauchsäule hinweg an.

Allerdings. Es ergab zwar keinen Sinn, aber irgendwie schien er es gar nicht eilig zu haben, sie loszuwerden. „Ich hole nur meine Tasche. Vielleicht funktioniert ja mein Handy.“

„Vielleicht“, sagte er und nahm einen Schluck Kaffee, ohne das Gesicht zu verziehen. „Aber ich würde nicht damit rechnen. Ich würde überhaupt mit nichts rechnen, wenn ich du wäre.“

Sie machte sich nicht die Mühe, mit ihm zu diskutieren.

Sie wollte kein weiteres Wort an ihn verschwenden – sie machte einen großen Schritt über die Stelle, wo die tote Ratte gelegen hatte, und eilte die dunkle, enge Treppe hinauf in ihr Zimmer.

In dem grauen Novemberlicht sah es jetzt noch viel ungemütlicher aus als vorhin. Von der Matratze auf dem Boden, dem Schlafsack und ihrem Koffer abgesehen war das Zimmer völlig leer.

Von ihrer Handtasche war weit und breit nichts zu sehen.

Es war kalt hier oben. Nate hätte nie gedacht, dass ihm einmal so kalt sein würde. Es war ein merkwürdiges Gefühl – mal schien er zu schweben wie im Traum, und dann war plötzlich alles wieder ganz klar. Er hätte sich denken können, dass sie kommen würde – er fragte sich nur, warum es so lange gedauert hatte. Die Nachricht von seinem Tod hatte sie erschüttert, und ohne Antworten auf ihre Fragen zu bekommen, würde sie nicht weiterleben können. Sie war gekommen, um seinem alten Kumpel Dillon gegenüberzutreten, dem Mann, der ihn sterben lassen *wollte.*

Er wusste noch nicht genau, was er unternehmen wollte, obwohl er viel Zeit gehabt hatte, darüber nachzudenken. Doch Zeit ergab keinen Sinn mehr, ein Tag vermischte sich mit dem nächsten. Er war in diesem alten Gemäuer gefangen, nicht in der Lage zu gehen. Aber er hatte gehört, wie sie sich bewegte, und sofort gewusst, dass sie es war.

Die tote Ratte war eine hübsche kleine Idee von ihm. Alle paar Tage hatte er eine hinterlassen, in unregelmäßigen Abständen. Er wollte nicht allzu vorhersehbar handeln. Zwar hatte er nicht damit gerechnet, dass Jamie sie finden würde, aber das war ja egal. Nun musste Dillon sich eine Erklärung einfallen lassen, und zwar schnell. Wie er Dillon kannte, würde er ihr wohl kaum erzählen, dass der Geist ihres ermordeten Cousins in diesem alten Gemäuer spukte.

Nein, er würde wohl eher behaupten, das Gebäude sei von Ratten verseucht. Und so war es ja auch. Zumindest gab es hier diese eine Ratte, die ihren besten Freund hintergangen und in den Tod geschickt hatte. Und darüber hinaus die schlimmste Ratte von allen, Nate Kincaid.

4. KAPITEL

Jamie begann sofort, nach ihrer Handtasche zu suchen. Als sie aufwachte, hatte sie doch noch im Zimmer gelegen, oder nicht? Dillon konnte sie nicht genommen haben – sie waren schließlich die ganze Zeit zusammengewesen. Der einzige Weg in ihr Zimmer führte über diese dunkle, rattenverseuchte Treppe, und die war niemand hinaufgegangen, während sie mit Dillon in der Küche gesessen hatte.

Vielleicht hatte ja derjenige, der ihren Koffer bei ihr abgestellte hatte, die Handtasche genommen. Viel Bargeld hatte sie nicht bei sich gehabt, aber womöglich waren die Schlaftabletten für irgendeinen drogensüchtigen Teenager interessant. Und Dillon war schließlich nichts anderes als ein ausgewachsener drogensüchtiger Teenager. Also musste er es doch gewesen sein.

Sie setzte sich auf die Matratze. Eigentlich sollte sie nach unten gehen und ihre Handtasche zurückfordern. Natürlich würde er leugnen, sie an sich genommen zu haben. Es war verdammt schwierig, ohne Führerschein und Kreditkarten aus diesem Kaff herauszukommen. Ohne Personalausweis und Kreditkarte würde sie kein Auto bekommen und noch viel weniger ein Hotelzimmer. Wenn er ihr die Handtasche nicht zurückgab, saß sie hier fest.

Sie streckte sich auf dem Rücken aus und starrte an

die rissige Decke. Er wollte sie doch gar nicht hier haben. Warum zum Teufel tat er dann so etwas? Er hatte sie doch nie wirklich gemocht. Falls er sich überhaupt an diese Nacht vor vielen Jahren erinnerte, dann mit Sicherheit nur daran, was für eine Idiotin sie gewesen war. Was für eine dumme, bemitleidenswerte Idiotin.

Zwölf Jahre zuvor

„Ich habe meine Meinung geändert", sagte er, die sanfte Frühlingsbrise spielte mit seinem zu langen Haar. „Komm her."

Jamie saß steif auf dem Beifahrersitz des alten Cadillacs, praktisch zwischen dem Sitz und der Tür eingequetscht. Die Bierdose in ihrer Hand war leer, in der zunehmenden Dunkelheit sah Dillon wie der schlimmste Albtraum eines jeden anständigen Mädchens aus. Ein geheimer, furchtbarer Albtraum.

Sie wusste, wovon sie sprach. All die anständigen Mädchen von Marshfield in Rhode Island schwärmten heimlich für ihn. Er war böse, er war sexy und er war schön wie die Sünde. Genau der Junge, von dem man mit offenen Augen träumte. Genau der Junge, von dem man sich fern halten sollte. Und jetzt saß sie allein mit ihm in einem alten Cadillac im Wald, und sie war dumm genug gewesen, das Thema Knutschen anzusprechen.

Sie rührte sich nicht. „Ich habe nur einen Witz gemacht“, sagte sie und konnte das nervöse Zittern ihrer Stimme nicht unterdrücken.

„Ich nicht.“ Er nahm ihr die leere Bierdose ab, warf sie in den Wald und zog Jamie dann über den großen Sitz an sich heran. Das alte Leder war weich und glatt, sie rutschte problemlos in seine Richtung, bis ihre Schenkel sich berührten. Er sah ihr ins Gesicht. „Wie wollen wir anfangen?“

„Du fährst mich nach Hause, kommst wieder zurück und holst Nate und seine Freundin ab?“ schlug sie ängstlich vor.

„Ich glaube eher nicht.“ Er nahm ihre Hand und betrachtete sie einen Moment nachdenklich. „Rosaroter Nagellack. Passend zu deinem Ballkleid?“

Tatsächlich hatte sie nur aus diesem Grund den Farbton gewählt, aber das würde sie ihm sicher nicht verraten. Was er offenbar auch gar nicht erwartete. Er hielt sie einfach nur mit seiner großen, schwieligen Hand fest und streichelte mit dem Daumen über ihre Handfläche, langsam und in Schlangenlinien. „So eine unschuldige Hand“, sagte er. „Was für unanständige Dinge du damit wohl schon angestellt hast?“

„Keine.“

„Das glaube ich sogar“, murmelte er und zog ihre Hand an seine Lippen. Ein Schauer fuhr durch ihren Körper, als er zart über ihre Handfläche leckte; das Gefühl seiner

Zunge an ihrer Haut erschreckte sie. „Dann wird es Zeit, dass du es lernst“, sagte er. Er legte ihre Hand auf seine Brust.

Das wäre nicht so schlimm gewesen, wenn er wie alle anderen ein T-Shirt angehabt hätte. Aber er trug ein Hawaii-Hemd, das ziemlich weit aufgeknöpft war, ihre feuchte Hand lag direkt auf seiner heißen Haut, kein beruhigendes Stück Baumwolle dazwischen.

Er war heiß. Seine Haut brannte unter ihrer Hand, sie spürte seinen langsamen, regelmäßigen Herzschlag, der durch ihre Hand und ihren Arm in ihren eigenen Körper fuhr, bis ihre Herzen gemeinsam schlugen, nur dass ihres viel, viel schneller schlug; ihr war kalt und ihm offenbar warm. Sie starrte ihn wie gelähmt an.

Er hielt ihre Hand gegen sein Herz gepresst, während er sich nach vorn beugte und das Autoradio anstellte. U2 ertönte – Bono sang über Sex und Liebe, genau das, was sie nicht hören wollte. Er lehnte sich wieder zurück, streichelte zärtlich ihre Finger, während er langsam mit der anderen Hand sein Hemd aufknöpfte.

Sie fühlte sich wie eine kleine weiße Ratte vor einer hungrigen Pythonschlange. Wie hypnotisiert saß sie da und wartete auf seinen nächsten Schritt.

Neben ihr saß Dillon Gaynor, Gegenstand ihrer Jungmädchenträume, seit er zum ersten Mal ins Haus ihrer Eltern gekommen war, ob sie sich das nun eingestehen wollte oder nicht. Seine Haut war es, die sie unter ihrer Hand spürte, und sein Gesicht war es, das immer näher kam. Sie schloss die Augen, hielt die Luft an und wartete.

Er schmeckte nach Bier. Und Zigaretten. Und nach Sünde, nach süßer Sünde. Er war der Schlimmste von allen, und er küsste sie, sein Mund bewegte sich langsam über ihre fest verschlossenen Lippen, ihre Hand hielt er noch immer gegen seine heiße Brust gedrückt. Sie versuchte sich einzureden, dass das nicht wirklich passierte, denn dann konnte es auch nicht falsch oder gefährlich sein. Dann konnte sie sich einfach zurücklehnen und küssen lassen. Er hob den Kopf.

„Hast du so deine Freunde geküsst?"

Das schöne, traumartige Gefühl verschwand, sie öffnete die Augen und versuchte, sich aufzusetzen. Doch das ließ er nicht zu. „Ich weiß doch, dass du Freunde gehabt hast", fuhr er fort, und sie stellte erschrocken fest, dass er ihre Hand über seinem Bauch bewegte, in kleinen, aufregenden Kreisen. „Nate hat mir alles über sie erzählt. Jimmy McCarty und Jay Thompson. Du hast einen echt schlechten Geschmack."

„Deswegen bin ich wohl jetzt mit dir hier?" fragte sie.

„Die Kleine hat Krallen", murmelte er. „Mach den Mund auf, wenn ich dich küsse."

„Ich mag das nicht."

„Tja, bitter. Aber du spielst jetzt mit Erwachsenen.

Und so funktioniert das in dieser Liga nun mal.“ Er drückte sie in den Sitz und zwang ihre Lippen auseinander, bevor sie noch etwas sagen konnte. Er küsste sie, benutzte seine Zunge, träge, aber voller Hingabe, sie spürte, wie sich Hitze in ihrem Bauch sammelte und nach außen strahlte. Was mit Jimmy nur nass und eklig gewesen war, erwies sich bei Dillon als zärtlich und faszinierend. Erst jetzt bemerkte sie, dass er sie gar nicht mehr festhielt und sie ganz von alleine seinen Bauch streichelte. Dann spürte sie seine Hände auf ihrer Jeans, spürte und hörte, wie er den Reißverschluss aufzog. Seine Hand glitt hinein.

Sie bekam furchtbare Angst. Doch das half ihr nun nicht mehr, er war viel zu stark für sie. Mit den Lippen brachte er sie zum Schweigen, er presste sich so fest an sie, dass sie sich nicht rühren konnte. Dann schob er seine Hand unter ihren Baumwollschlüpfer.

Irgendwie schaffte sie es, den Kopf zur Seite zu drehen. „Hör auf“, flüsterte sie. „Lass mich gehen.“ Sie hätte ja auch schreien können. Aber das wollte sie nicht.

Er zog ihren Kopf an seine Schulter, legte die Lippen an ihren Hals und biss einmal kurz in ihr Ohrläppchen. „Entspann dich einfach“, sagte er. „Das ist so was wie mein Geschenk zum Schulabschluss.“

„Ich habe noch gar keinen Abschluss“, murmelte sie benommen.

„Aber bald.“

Eine ihrer Hände war zwischen ihren Körpern eingeklemmt, mit der anderen versuchte sie, ihn wegzustoßen. Er rührte sich nicht.

„Mach die Augen zu, Babygirl“, flüsterte er. „Es wird dir Spaß machen.“

Sie konnte ihn nicht aufhalten – er war zu stark, zu entschlossen, und er wusste ganz genau, was zu tun war. Als er einen Finger in sie schob, wäre sie vor Scham am liebsten gestorben. Er begann, sie mit dem Daumen zu reiben, sie wusste genau, was er vorhatte, aber sie war ja nicht einmal selbst dazu in der Lage. Wie sollte es dann funktionieren, wenn ein Fremder sie berührte, in ihr war, sie streichelte, bis sie aufstöhnte.

„So ist es gut, Liebling“, sagte er sanft. „Genau das will ich von dir hören. Nur noch ein wenig lauter.“

Sie biss sich auf die Lippen, wollte keinen Ton mehr von sich geben, doch das half auch nicht. Kleine Krämpfe schüttelten sie, sie erbebte und seufzte leise.

„Schon besser“, murmelte er. „Aber ich möchte dich lieber schreien hören.“

„Dillon“, sagte sie, ihre Stimme brach ab. Sie flehte, wusste aber selbst nicht, um was.

Dillon jedoch wusste es. Er wusste ganz genau, was er tun musste, wie er sie kurz vor den Höhepunkt bringen konnte. Dann hielt er inne, nur um wieder von vorne zu beginnen, heftiger diesmal. Sie wollte weinen.

„Komm schon, Babygirl“, flüsterte er ihr ins Ohr.

„Lass dich gehen. Hör auf, dagegen anzukämpfen. Komm für mich."

Sie hatte keine Wahl. Es erfasste sie mit explosiver Wucht, sie bäumte sich auf, wurde steif, hätte am liebsten geschrien, geweint, wollte, dass es aufhörte und zugleich ewig andauerte. Es war zu mächtig, zu überwältigend, ein lauter, wehklagender Schrei entwich ihren Lippen, den er mit seinen Lippen dämpfte, er brachte sie zum Schweigen, während er ihren Orgasmus quälend lange andauern ließ.

Dann fiel sie unter ihm zusammen, war nur noch ein knochenloses, bebendes Etwas, lag an seinen starken Körper gelehnt in diesem alten Caddy, erschüttert und weinend.

Er knöpfte ihr geschickt die Jeans wieder zu und zog den Reißverschluss hoch. Ihr Gesicht war tränennass, sie war froh, dass er das in der Dunkelheit nicht sehen konnte. Doch dann spürte sie, wie er ihr die Tränen wegwischte.

„Was ist denn hier los?" Undeutlich hörte sie Nates Stimme hinter sich. „Du bringst doch nicht etwa meine Cousine auf dumme Gedanken, Killer?"

„Natürlich nicht", entgegnete Dillon gedehnt und drückte sie nach unten, außer Sichtweite. „Ich habe versucht, sie dazu zu überreden, aber sie ist viel zu zimperlich und brav. Sie ist einfach müde vom langen Warten."

„Tut mir Leid, Kleine", sagte Nate achtlos. Sie konnte

aus ihrer Position nichts sehen, aber wahrscheinlich war es auch besser so. Nate und seine Freundin kletterten auf den Rücksitz, süßlicher Marihuana- und Alkoholgeruch lagen in der Luft.

„Fahren Sie los, Jeeves!“ befahl Nate gebieterisch.

Dillon startete wortlos das Auto, die Scheinwerfer bohrten sich durch die Dunkelheit. Es musste schon spät sein – zu dieser Jahreszeit war der Himmel noch fast bis zweiundzwanzig Uhr hell. Ihre Eltern würden sich bestimmt Sorgen machen, wenn sie von der Cocktailparty nach Hause kamen. Oder nein, sie dachten ja, dass sie auf dem Abschlussball war, sicher in der Obhut eines braven Jungen, der auf sie aufpasste.

Doch dieser brave Junge hatte sie sitzen lassen. Und selbst ihr geliebter Nate kümmerte sich überhaupt nicht um sie, überließ sie einfach diesem … diesem … ihr fiel nicht einmal ein passendes Wort für Dillon ein.

Sie versuchte, sich aufzurichten, aber Dillon legte ihr eine Hand auf die Schulter und drückte sie wieder nach unten. „Du musst dich ausruhen“, sagte er. Ihr Kopf lag auf seinem harten Schenkel. Sie hätte sich nicht aufsetzen können, selbst wenn sie es versucht hätte, und außerdem hörte sie, wie Nate und seine Freundin auf dem Rücksitz Dinge trieben, die sie auf keinen Fall sehen wollte.

Sie wehrte sich nicht länger, ließ ihren Kopf einfach auf Dillons Bein ruhen. „So ist es gut“, flüsterte er so leise, dass die beiden auf dem Rücksitz ihn nicht hören konnten. Nicht, dass sie ihnen überhaupt Beachtung schenkten. „Bleib einfach so liegen, dann musst du nichts sehen, was du nicht sehen willst.“

Dillon fuhr über die mit Bäumen gesäumte Nebenstraße, mit einer Hand hielt er das Lenkrad fest, die andere lag leicht auf ihrer Schulter. Er streichelte sie, geistesabwesend, wie sie vermutete – seine langen Finger strichen über ihren Arm hinauf zu ihrem Hals, wo er ihr Haar zur Seite schob. Und sie schloss die Augen, atmete ruhig die Nachtluft, den Geruch nach Bier und Jeans und Frühlingsblumen ein. Und ihren eigenen Geruch an seinen Fingern, als er ihr zart den Nacken liebkoste.

Beinahe wäre sie eingeschlafen. Sie konnte die Geräusche vom Rücksitz hören, aber sie wollte nicht weiter darüber nachdenken. Auch nicht darüber, was Dillon mit ihr angestellt hatte. Sie wollte überhaupt nicht nachdenken, außer über die Ruhe, die sie überkam, während Dillon sie streichelte.

Dann hörte sie Musik durch die Bäume hallen, laut und eindringlich. Dillon hielt an, und als sie sich diesmal aufrichtete, ließ er sie, und sofort drückte sie sich an die Beifahrertür. Er warf ihr ein schiefes Lächeln zu.

Nate und seine Freundin waren auch wieder aufgetaucht, errötet, halb nackt, aber zumindest fertig mit dem, was sie getan hatten. Nate kletterte aus dem Auto, überließ es seiner Freundin, ihm zu folgen, reichte Jamie jedoch die Hand. Das war gut so, denn ihre Beine zitterten noch immer. Dann waren sie von vielen Menschen umringt; sie kannte niemanden, die meisten waren betrunken oder stoned, sie drehte sich um und hielt nach Dillon Ausschau.

Der hatte bereits seine Zunge in den Hals irgendeines Mädchens gesteckt, das sich an ihn drängte. Er hielt sie fest, presste ihre Hüften gegen seine, und sie hatte bereits die restlichen Knöpfe seines Hemdes geöffnet. Das Hemd, das er eben noch für sie aufgeknöpft hatte.

Sie gab keinen Ton von sich, aber er unterbrach den Kuss einen Augenblick und sah sie an. Sie wusste nicht, was sein Gesichtsausdruck zu bedeuten hatte, aber ihr war klar, wie absolut bemitleidenswert sie wirken musste. „Hey, Pauly", sagte er zu jemandem, der in seiner Nähe stand. „Nate hat seine kleine Schwester Jamie mitgebracht. Kümmere dich um sie, ja?"

Sie machte sich nicht einmal die Mühe, ihn zu korrigieren. Nate war bereits in der Menge verschwunden, und Dillon ließ seine Hände über die riesigen Brüste des Mädchens gleiten, das ihn so begeistert begrüßt hatte. Er hatte sie vollkommen vergessen.

„Hey, hallo Jamie." Aufgeregt begriff sie, wer Pauly war. Paul Jameson, Quarterback des Footballteams, Präsident der Studentenschaft, groß, gut aussehend, der Schwarm eines jeden Mädchens. Er war leicht betrunken, das dunkle Haar hing ihm wirr in die Stirn. „Möchtest du was trinken?" Er hatte eine Flasche Tequila in der Hand.

Sie schaute noch einmal zurück zu Dillon, doch der war bereits verschwunden. „Klar“, sagte sie. Er reichte ihr die Flasche.

Es brachte sie keinen Schritt weiter, an diese Nacht zurückzudenken. Sie hatte sie auch vor langem aus ihrem Gedächtnis gestrichen, mit großer Entschiedenheit, einem guten Therapeuten und Beruhigungstabletten. Wann immer die Erinnerungen auftauchten, schluckte sie einfach eine Pille und das beklemmende Gefühl verschwand.

Doch die Tabletten waren in ihrer Handtasche, und die Handtasche war verschwunden. Und sie konnte sich schlecht den ganzen Tag in ihrem Zimmer verstecken.

Sie schreckte hoch. Die Tür war offen, Dillon stand im dunklen Flur und betrachtete sie unbewegt wie immer. Er war so anders als der Junge in dem Cadillac vor so vielen Jahren. Und doch war er exakt derselbe.

„Meine Handtasche ist weg“, sagte sie.

Er sah sie weder überrascht noch bestürzt an. „Hast du sie im Auto gelassen?“

„Nein, ich hatte sie bei mir. Jemand muss ins Zimmer gekommen sein und sie geklaut haben.“ Da sie nicht wusste, ob sie in der Lage war, einigermaßen elegant auf die Füße zu kommen, blieb sie einfach auf der dünnen Matratze sitzen.

„Und du denkst, ich war das? Nicht sehr wahrscheinlich, Süße. Ich will nicht, dass du länger als nötig hier bleibst, und wenn deine Handtasche weg ist, kann das deine Abreise erheblich verzögern. Ich weiß, dass du mir gerne die Schuld an allem gibst, was jemals in deinem oder Nates Leben schief gelaufen ist, aber dieses Mal bin ich unschuldig."

„Aus irgendeinem Grund liegt die Vorstellung, dass du unschuldig sein könntest, jenseits meiner Vorstellungskraft. Und nenn mich nicht Süße!" Zweifellos brachte Dillon ihre schlimmsten Eigenschaften zum Vorschein. Sie hatte sich ein Leben lang bemüht, mitfühlend, ruhig und nachsichtig zu sein, aber Dillon ließ sie vor Wut zittern.

„Was wäre dir denn lieber? Babygirl?"

Das war ein Schlag in den Magen. Er hatte diese Nacht also nicht vergessen. Nicht einmal dieser kleine Trost blieb ihr. Aber bestimmt war er zu betrunken gewesen, um sich an die Details zu erinnern.

Sie ignorierte seine Frage. „Wenn du meine Handtasche nicht genommen hast, wer dann? Die tote Ratte? Nates Geist?"

„Das weiß man nie." Er versuchte gar nicht, ins Zimmer zu kommen, was sie jedoch nicht im Geringsten beruhigte. Er überragte sie, und sie beschloss, dass es besser war, weniger elegant aufzustehen, als sich noch länger von oben herab anstarren zu lassen. Sie kannte sich mit Körpersprache und Psychologie gut genug aus, um zu wissen, dass sie sich in dieser Position noch machtloser fühlen würde.

Sie schaffte es ohne zu stolpern auf die Füße, machte sogar einen Schritt auf ihn zu, nur um zu zeigen, dass sie keine Angst vor ihm hatte. „Wo, sagtest du, ist das Telefon?“ fragte sie. „Ich muss meine Mutter anrufen, damit sie mir telegrafisch Geld anweisen kann.“

„In der Garage. Aber du musst ein R-Gespräch anmelden, Prinzessin“

„Sei nicht lächerlich. Es gibt doch sicher noch ein anderes Telefon hier!“

Er schüttelte den Kopf. „Brauche ich nicht. Es gibt nicht so viele Menschen, mit denen ich sprechen möchte.“

„Oder die mit dir sprechen möchten?“

„Stimmt. Du wirst das Telefon problemlos finden. Ich gehe jetzt duschen.“

„Sehr gut, dann bin ich wenigstens ungestört.“

„Dein Gespräch interessiert mich sowieso nicht. Wenn du allerdings Lust hast, mit mir unter die Dusche zu kommen …“

„Sicher nicht!“ Er sagte das nur, um sie zu ärgern, und zu ihrer Schande musste sie eingestehen, dass es funktionierte.

„Richte der Gräfin meine Grüße aus“, sagte Dillon gelangweilt und schloss die Tür hinter sich.

Er log sie an. Nate schwebte über ihr in traumartigem Zustand. Dillon war ein guter Lügner, aber Nate wusste immer, wann sein alter Freund die Unwahrheit sagte.

Was wollte Dillon von Jamie? Vielleicht das, was er schon immer gewollt, aber nie zugegeben hatte.

Natürlich hatte Nate gewusst, wie verrückt Dillon Gaynor nach der kleinen Jamie gewesen war. Nun war sie hier, saß in dem alten Gebäude fest, ohne Anstandswauwau, von seinem Geist einmal abgesehen. Und er war schließlich ein Geist, oder?

Nate wusste jedenfalls, die kommenden Ereignisse würde er genießen.

5. KAPITEL

Dillon hatte die Küchentür offen gelassen, und somit war zumindest ein Teil der Treppe beleuchtet. Dieses Mal trat sie Gott sei Dank nicht mit nackten Füßen auf eine tote Ratte. Es gab nur diese lebendige Ratte oben unter der Dusche.

Doch daran sollte sie besser gar nicht denken. Dillon und Dusche bedeutete nichts anders als Dillon nackt – und das war eine Vorstellung, die sie sich lieber schenkte. Wenn sie überhaupt zuließ, sich Dillon bildlich vorzustellen, dann lag sein Kopf immer auf einem Silbertablett.

Nein! Sie rief sich in Erinnerung, dass er ihr so wichtig gar nicht war, und lief durch die inzwischen überraschend aufgeräumte Küche. Sie wollte einfach nur weg. Nates Habseligkeiten einpacken und so schnell wie möglich verschwinden. Dillon verunsicherte sie nach so vielen Jahren immer noch. Und zwar deutlich mehr als die ungeklärten Fragen über Nates Tod. Sie hatte ihren Cousin geliebt, sehr geliebt, doch inzwischen machte sie sich keine Illusionen mehr über ihn. Nate war schlimm gewesen, fast so schlimm wie Dillon Gaynor. Er hatte Drogen genommen, das Gesetz gebrochen und das Herz ihrer Mutter. Mit seinem Charme und seinem guten Aussehen hatte er es immer wieder geschafft, sich den Konsequenzen seines Handelns zu entziehen. Bis zu seinem

Ende, als irgendjemand, vielleicht sogar sein Freund aus Kindertagen, genug davon hatte und ihn umbrachte.

Nichts würde ihn wieder zurückbringen. Nichts würde den Verlust weniger schmerzhaft machen, weder die Wahrheit, noch Rache. Um ehrlich zu sein, hatten sie Nate schon vor langem verloren. Sollte er doch endlich in Frieden ruhen.

Jamie wollte ihrer Mutter gerne jeden Wunsch erfüllen – doch das hier war zu viel, sie musste verdammt noch mal schnell verschwinden.

Zwar fürchtete sie sich ein wenig davor, in die Garage zu gehen, um zu telefonieren, aber sie hatte schließlich keine andere Wahl. „Warum um alles in der Welt rufst du mich per R-Gespräch an, Jamie?“ wurde sie von der leisen, nörgelnden Stimme ihrer Mutter begrüßt, die sie sich während der letzten Jahre angewöhnt hatte. „Du hast doch ein Handy und eine Telefonkarte.“

„Ich habe meine Tasche verloren“, erklärte Jamie und bekam sofort Schuldgefühle. „Wie fühlst du dich, Mutter?“

„Wie immer“, sagte Isobel seufzend. „Was kann man auch anderes erwarten? Wie konntest du denn deine Tasche verlieren? Und wo bist du überhaupt? Hast du diesen Mann bereits gesprochen?“

Jamie wusste genau, dass mit „diesem Mann“ Dillon gemeint war.

„Ich bin in Wisconsin. In seiner Werkstatt. Mein Auto

ist kaputt, meine Tasche weg, und ich muss so schnell wie möglich nach Hause."

„Wie bedauerlich", sagte Isobel matt. „Ganz schön unachtsam von dir. Seit wann bist du denn dort?"

Jamie atmete tief ein. „Seit zwölf Stunden. Das sind zwölf Stunden zu viel. Du musst mir Geld schicken und irgendwas, womit ich mich ausweisen kann. Bella kann ja mal nachsehen. Sie könnte vielleicht auch im Rathaus anrufen und herausfinden, was ich wegen des Führerscheins unternehmen muss. Denn ohne kann ich kein Auto leihen, selbst wenn ich eine Kreditkarte hätte."

„Ich möchte nicht, dass meine Pflegeschwester auch noch persönliche Dinge für mich erledigt", sagte Isobel steif. „Sie hat genug mit einer alten Frau im Rollstuhl zu tun."

Jamie schlug einmal kurz mit der Stirn gegen die Wand neben dem Telefon. Isobel nutzte jede Gelegenheit, ihre schwere Arthritis als Waffe zu benutzen.

„Ich glaube, Bella würde in diesem Notfall schon helfen", sagte Jamie.

„Ich sehe keinen Notfall. Du bist doch bei Dillon, oder nicht?"

„Ja, aber ..."

„Das ist doch perfekt. Dein Cousin ist dort gestorben, Jamie. Unser Nate wurde dort ermordet, und jetzt hast du die Möglichkeit herauszufinden, was geschehen ist."

„Ich bin nicht Nancy Drew, Mutter."

„Sprich nicht so mit mir“, jammerte Isobel. „Dir ist es doch genauso wichtig wie mir – da kannst du mir nichts vormachen. Ein paar Tage dort werden dir schon nicht schaden. Ich rufe meinen Anwalt an, damit er sich um deinen Papierkram kümmert, aber in der Zwischenzeit bleibst du da und schaust dich um. Nichts geschieht ohne Grund. Ich denke, das Schicksal will, dass du dort bist.“

Jamie machte sich nicht die Mühe zu diskutieren. Sie liebte ihre Mutter sehr, aber Isobel schien zu glauben, dass das Schicksal sich grundsätzlich nach ihren Launen richtete. Schließlich war sie eine Kincaid, sozusagen doppelt, nachdem sie ihren Großcousin Victor geheiratet hatte. Nate hatte immer behauptet, dass sie auf diese Weise ihren Namen behalten wollte.

„Ich möchte wirklich nicht ...“ versuchte Jamie es noch einmal, aber Isobel unterbrach sie mit ungewöhnlich lauter Stimme.

„Ich glaube nicht, dass deine Wünsche in diesem Fall ausschlaggebend sind, Jamie. Ich werde Miss Finch anrufen – ich bin sicher, dass die Schule ein paar Tage ohne dich auskommen kann. In der Zwischenzeit musst du herausfinden, was mit Nate passiert ist. Warum er überhaupt dort war und was er in den letzten Tagen seines Lebens gemacht hat. Ich will alles wissen.“

Wie immer fühlte sich Jamie angesichts der Verzweiflung in Isobels Stimme absolut wehrlos. „Gut, Mutter“, entgegnet sie müde. „Ich bleibe ein paar Tage.“

„Danke, Jamie. Ich wusste, dass ich auf dich zählen kann. Schließlich haben wir beide ihn sehr geliebt."

„Ja, das stimmt", sagte Jamie. „Ich gebe dir ..."

„Auf Wiederhören, Liebes."

„... die Telefonnummer von hier." Aber Isobel hatte bereits aufgelegt. Frustriert starrte Jamie den Hörer an. Natürlich konnte sie einfach noch mal anrufen, aber vermutlich würde Isobel nicht drangehen, nachdem sie erreicht hatte, was sie wollte.

Sie saß in der Falle. Jamie widerstand dem Bedürfnis, den Hörer aufzuknallen, und hängte ihn stattdessen ganz vorsichtig ein. Ihre Mutter hatte Recht – ein paar Tage hier würden sie schon nicht umbringen. Sie musste sich eben selbst um ihren Führerschein und ihre Kreditkarte kümmern. Wenn Dillon nur ein richtiges Telefon hätte.

Sie machte sich auf den Weg in die Küche, blieb aber plötzlich stehen und blickte zurück in die Werkstatt.

Früher musste es mal eine Fabrik- oder Lagerhalle gewesen sein. Der Raum war riesig, zwei Reihen Autos standen an jeder Wand, die Hälfte von ihnen war mit Planen abgedeckt. Sie erkannte einen alten Thunderbird, einen Mustang Cobra und einen stattlichen 49er Oldsmobile. Sie wusste selbst nicht, woher sie sich so gut mit Autos auskannte, jedenfalls waren die in Dillons Werkstatt wunderschön und äußerst selten.

Es gab noch zwei weitere Autos, die wohl gerade restauriert wurden: Der Ford aus dem Jahre 1954 oder 1955 hatte keinen Motor, der andere war mit Sicherheit ein Duesenberg.

Unwiderstehlich davon angezogen, machte sie einen Schritt darauf zu. Der Wagen hatte die Jahre mit erstaunlicher Würde überstanden, selbst in seinem jetzigen Zustand strahlte er eine Eleganz aus, die ein seltsames Begehren in ihr weckte. Sie war noch nie besonders materialistisch gewesen, aber als sie den alten Duesenberg sah, wollte sie ihn haben.

Sie kehrte dem Wagen den Rücken zu und marschierte in die Küche. Von Dillon war nichts zu sehen, zum Glück. Sie hatte Hunger. Kein Wunder, dass dieser Mann noch immer so dünn war – in den Schränken fand sich nicht einmal genug Essen, um die tote Ratte zu füttern. Auch erwartete sie, überall kleine Kothaufen zu finden, aber die Nagetiere hatten keine Spuren hinterlassen.

Sie gab die Suche auf und aß trockene Cornflakes direkt aus der Schachtel. In diesem Moment flog die Tür auf und ein ziemlich kleiner Schutzengel trat ein. Oder genauer gesagt, Mouser, mit einer Kiste voller Lebensmittel.

„Hallo, meine Hübsche", begrüßte er sie. „Ich bringe dir was zu essen. Dillon hat nie was im Haus, und ich dachte mir, dass du inzwischen halb verhungert sein musst. Iss diese Cornflakes lieber nicht – ich glaube, das Foto auf der Schachtel ist von einem Typ, der bei den Olympischen Spielen 1936 dabei war."

Schnell stellte sie die Schachtel weg und schluckte. Der kleine Mann packte bereits Milch, Orangensaft und eine Tüte mit Backwaren aus, die einfach göttlich dufteten.

„Zimtschnecken ohne Nüsse, stimmt's?“ fragte er.

Sie hatte die Tüte bereits geöffnet, hob bei seinen Worten aber den Kopf. „Woher weißt du das?“ fragte sie schneidend.

Mouser zuckte die Achseln. „Nate muss was in der Art gesagt haben. Ich kann mich an solche Dinge immer ganz gut erinnern.“

„Das kann Nate nicht gesagt haben. Er wusste nicht, ob ich Nüsse mag oder nicht.“

„Ach verdammt, dann hab ich dich halt mit jemandem verwechselt. Morgen bringe ich welche mit Nüssen“, sagte er unbeeindruckt.

„Nein, nein, das ist goldrichtig“, beeilte sie sich zu sagen. Sie musste ziemlich unfreundlich geklungen haben, dabei hatte Isobel ihr doch gute Manieren beigebracht. Gute Manieren waren das Wichtigste. Davon abgesehen, war es doch völlig belanglos, ob jemand wusste, dass sie keine Nüsse mochte.

„Und hier ein anständiger Kaffee“, fügte Mouser hinzu und reichte ihr einen großen Pappbecher. „Dillon nimmt für seinen Kaffee das Zeugs, mit dem er den Rost von den alten Karren ablöst.“

„Wenn ich nicht wüsste, dass du mir auch einen mitgebracht hast, wäre ich jetzt ziemlich sauer", sagte Dillon, der in der Tür auftauchte.

Jamie drehte sich zu ihm um und schaute dann schnell wieder weg. Er stand ohne Hemd da, barfuß und mit nassen Haaren. Sie hätte wissen müssen, dass er inzwischen sogar noch besser aussah als mit achtzehn. Sie nahm den Deckel von ihrem Becher, und der Kaffeeduft war mindestens so verführerisch wie ... verführerisch eben.

„Hey, bin ich großartig oder was?" sagte Mouser, setzte sich an den Tisch und packte die Zimtschnecken aus. „Arbeitest du heute gar nicht?"

„Doch, eigentlich schon." Bevor er sich einen Stuhl nahm, zog er sein Hemd über, machte sich allerdings nicht die Mühe, es auch zuzuknöpfen. Und er war noch immer barfuß. „Gib mir meinen Kaffee." Dillon trank einen großen Schluck und starrte dann entsetzt auf den Pappbecher. „Was ist denn das für ein Scheiß?" fragte er.

„Haselnusssirup. Ich dachte, es wäre mal an der Zeit, deinen Horizont zu erweitern."

„Mein Kaffeehorizont ist gut, so wie er ist", entgegnete Dillon, nahm noch einen Schluck und verzog das Gesicht. „Vielleicht möchtest du jetzt über etwas Interessanteres sprechen, beispielsweise einen 49er Studebaker ..."

„Ich muss hier weg!" unterbrach ihn Jamie.

Dillon sah sie an, als ob er sie erst jetzt bemerken würde. „Und ich wäre dich gerne los", sagte er freundlich. „Wir sind also ein perfektes Team. Was erwartest du von mir?"

„Meine Handtasche ist weg."

„Das erwähntest du bereits. Ruf die Gräfin an und lass dir schicken, was du brauchst."

„Das habe ich. Sie wird das auch tun. Irgendwann. Bis dahin will sie, dass ich hier bleibe."

Es war ihr gelungen, ihn zu überraschen. „Die Gräfin will, dass du unter meinem teuflischen Einfluss bleibst? Gibt es einen bestimmten Grund dafür, dass sie dich als jungfräuliches Menschenopfer ausgewählt hat?"

Jungfräuliches Menschenopfer. Dieser Satz war witzig gemeint. Aber er weckte zu viele Erinnerungen. Bei ihr, nicht bei ihm. Jahre des Alkohol- und Drogenmissbrauchs hatten bei Dillon Gaynor vermutlich alle unangenehmen Erinnerungen ausradiert. Irgendwann würde das Spuren in seinem Gesicht hinterlassen. Doch bisher war er nur noch attraktiver geworden. Und sein Mund war noch immer so verführerisch wie früher. Damals hatte er nach Bier und Zigaretten geschmeckt, wie sie lebhaft in Erinnerung hatte. Selbst nach all diesen Jahren konnte sie Dillons Geschmack nicht vergessen, sosehr sie es auch versuchte.

„Was starrst du da so hin?" fragte er und streckte die Hand nach seinen Zigaretten aus.

Mouser klopfte ihm auf die Finger. „Ich dachte, du wolltest aufhören."

„Will ich auch. Aber nicht ausgerechnet in dieser ziemlich stressigen Zeit. Ich warte, bis ich keine Gäste mehr habe“, sagte er und zündete sich eine an. „Du hast meine Frage nicht beantwortet. Warum will die Gräfin, dass du hier bleibst?“

„Ich soll herausfinden, was mit Nate passiert ist.“

„Er ist gestorben.“

Das Wissen schmerzte noch immer, aber das wollte sie ihm nicht zeigen. „Erzähl mir etwas, was ich noch nicht weiß.“

Er inhalierte tief und blies dann mit zusammengekniffenen Augen den Rauch aus. „Ich könnte dir eine Menge erzählen, was du nicht weißt, Kleine. Niemand ist so blind wie derjenige, der nicht sehen will.“

„Was soll das heißen?“ fragte sie.

„Das heißt, dass du mir sowieso nicht glauben würdest. Du hast vor langer Zeit dein eigenes Glaubenssystem aufgebaut, das durch nichts erschüttert werden kann. Muss ja auch nicht sein. Du kannst schön brav nach Rhode Island zurückkehren und dein kleines, sicheres Leben leben. Wolltest du nie da raus?“ wechselte er plötzlich das Thema.

„Eigentlich nicht.“ Das war eine Lüge, aber das brauchte er ja nicht zu wissen. Sie fühlte sich in der kleinen Studentenstadt, in der sie ihr ganzes Leben verbracht hatte, wie eingesperrt. Alles, selbst eine heruntergekommene Werkstatt am Ende der Welt, wäre besser gewesen.

„Also, was muss ich tun, damit du so schnell wie

möglich gehst?“ fragte er und nahm sich die letzte Zimtschnecke. Erst in diesem Moment wurde ihr klar, dass sie aus reiner Nervosität die anderen drei gegessen hatte.

„Als Erstes brauche ich meine Handtasche mit den Kreditkarten und meinem Ausweis.“

„Ich habe sie nicht gesehen“, sagte Dillon kategorisch. „Was ist mit dir, Mouser? Hast du der Lady die Tasche geklaut?“

„Ich doch nicht, Killer“, protestierte Mouser mit überzeugender Unschuldsmiene.

Jamie wollte gerade ihren Becher leer trinken, doch nun setzte sie ihn mit ruhiger Hand auf dem Tisch ab. „Warum wirst du noch immer so genannt?“ fragte sie.

Er zuckte mit den Schultern und drückte die halb gerauchte Zigarette aus. „Vielleicht habe ich es verdient. Oder vielleicht folgt mir mein Ruf überallhin. Also, niemand weiß, wo deine Tasche ist. Was tun wir als Nächstes?“

„Mein Auto muss repariert werden, und ich brauche Geld für Benzin.“

„Das ist nun wirklich nicht zu viel verlangt, ich zahle gerne, damit du hier verschwindest. Aber dein Auto ist in die Stadt abgeschleppt worden, und Mick weiß noch nicht genau, wann er Zeit dafür hat. Außerdem ist es illegal, ohne Führerschein zu fahren.“

„Das würde ich riskieren“, sagte sie trocken. „Und seit wann interessiert dich, was legal ist und was nicht?“

Er zuckte erneut die Achseln. „Ich habe dabei nur an Ihre blütenweiße Weste gedacht, Miss Kincaid. Nimm es einfach hin – dein Auto wirst du bis auf weiteres nicht bekommen. Du kannst bleiben, bis es repariert ist, es sei denn, du weißt eine bessere Lösung."

„Zum Beispiel? Ich brauche Geld. Ich brauche meine Kreditkarten. Ich brauche mein Handy und meinen Führerschein. Ich kann mir kein Auto leihen oder ein Flugticket kaufen, ohne Kreditkarte und Ausweis."

„Dann schätze ich, hast du Pech gehabt", sagte er sanft. „Und ich bin dazu verurteilt, ein paar Tage lang einen unerwünschten Gast zu haben. Aber mach dir keine Gedanken, Sweetheart. Mick ist ein alter Freund, und wenn er erfährt, dass wir uns gegenseitig umbringen, wenn du nicht schnell verschwindest, dann wird er sich beeilen. Bis dahin wirst du mit mir auskommen müssen. Andererseits bist du darin ja geübt, nicht wahr? Schließlich hast du dein Leben lang mit der Gräfin auskommen müssen."

„Nenn sie nicht immer so! Ich liebe meine Mutter."

„Aber natürlich. Obwohl sie so in Nate vernarrt war und dich kaum wahrgenommen hat. Du musst wirklich masochistisch veranlagt sein, Jamie."

„Nicht mehr", zischte sie ihn an und stieß sich vom Tisch ab. „Ich nehme nicht an, dass du ein Auto hast, mit dem ich fahren kann."

„Nein, du bekommst keines von meinen Prachtstücken. Die sind viel zu viel wert, um sie einer Fahrerin ohne Führerschein zu überlassen", sagte er gelangweilt.

„Du weißt, dass ich dich hasse, oder?"

„Ich glaube, das hast du schon öfter erwähnt. Und solange deine Mutter dir ständig was einredet, wirst du deine Meinung auch sicher nicht ändern."

Sie war schon an der Tür. „Möchtest du, dass ich sie ändere?"

Die Frage schien ihn zu überraschen. Er überlegte einen Moment lang schweigend. „Es könnte interessant sein."

Sie knallte die Tür hinter sich zu.

Das Geräusch gefiel ihr. Die eisige Winterkälte weniger. Sie trug nur ein Sweatshirt und Turnschuhe, und der Schnee war inzwischen mindestens zehn Zentimeter hoch.

Sie blickte auf die Tür. Auf keinen Fall konnte sie einfach zurückgehen, nicht nach diesem Abgang. Nun musste sie wohl mindestens eine halbe Stunde in der Kälte herumstehen, und danach hatte sie vermutlich eine Lungenentzündung, was andererseits all ihre Probleme lösen würde. Sie käme entweder ins Krankenhaus, oder Dillon würde sich nachts in ihr Zimmer schleichen und das Fenster öffnen, damit es noch schneller mit ihr zu Ende ginge. Sie war sich nicht sicher, welche Variante sie bevorzugte.

Sie zitterte bereits am ganzen Körper, als die Tür

hinter ihr geöffnet wurde. Sie hätte weglaufen sollen, aber Dillons Haus stand in einer sehr unsicheren Gegend, in einer genauso unsicheren Stadt, und selbst bei hellem Tageslicht traute sie sich nicht, sie zu erkunden.

Sie drehte sich nicht um, stand mit geradem Rücken da und versuchte, ihr Zittern zu kontrollieren. Er konnte sich entschuldigen, solange er wollte. Abgesehen davon, dass sie langsam erfror.

„Er ist zum Arbeiten in die Werkstatt gegangen", sagte Mouser. „Komm rein, bevor du dir den … bevor du erfrierst."

Sie sah den kleinen Mann an. „Dillon ist ein Arschloch", sagte sie ruhig.

Mouser lächelte. „Das will ich gar nicht bestreiten. Er war schon immer ein verdammt schwieriger Hurensohn. Das bedeutet aber noch lange nicht, dass du dir den Tod holen musst. Und wenn du krank wirst, wird Dillon dir wohl kaum Hühnersuppe und Aspirin ans Bett bringen. Er ist nicht gerade der fürsorgliche Typ, oder?"

„Wohl eher nicht", sagte Jamie und folgte ihm in die Küche. Wie herrlich warm es hier war. Sie rieb ihre tauben Hände aneinander.

„Du bist genauso starrköpfig wie er, oder?" fragte Mouser. „Das wird noch Ärger geben."

„Nein, wird es nicht. Weil ich verschwinden und ihn nie mehr wiedersehen werde. Ich habe keine Ahnung, was für ein Problem er hat – du kannst mir nicht erzählen, dass er mir kein Auto besorgen und hundert Dollar für Benzin ausleihen könnte."

„Stimmt. Dillon lässt sich eigentlich immer was einfallen. Offenbar will er dir einfach nicht helfen."

„Das kann ich mir gut vorstellen. Aber gerade weil er mich nicht mag, müsste er doch froh sein, mich so schnell wie möglich loszuwerden."

Mouser lächelte und entblößte eine Reihe erstaunlich perfekter Zähne. Zweifellos Kronen. „Du denkst, dass er dich nicht mag?"

„Natürlich. Er mag mich genauso wenig wie ich ihn", sagte sie unverblümt.

„So gesehen könnte es natürlich stimmen", entgegnete Mouser trocken. „Das Entscheidende ist aber, dass ich ihn seit fünf Jahren ziemlich gut kenne. Ich weiß, was er denkt. Und in deinem Fall geht es wirklich nicht darum, dass er dich nicht mag."

„Okay, dann hasst er mich eben."

Mouser schüttelte den Kopf. „Nicht direkt. Aber ihr habt ja die Chance, in den nächsten Tagen dahinterzukommen. Keine schlechte Sache. Zwischen euch beiden gibt es offenbar zu viele offene Rechnungen."

„Wie kommst du denn auf die Idee?" fragte Jamie. „Ich kann mir nicht vorstellen, dass er mich überhaupt erwähnt, geschweige denn an mich gedacht haben könnte."

„Vergiss nicht, Nate war hier. Dein Name fiel gelegentlich. Frag doch Killer selbst, vielleicht erzählt er es dir ja.“ Mouser zog seine dicke Jacke über.

„Was denkst du denn? Schließlich bin ich gekommen, um Fragen zu stellen.“

„Sehr gut. Und wenn du richtig zuhörst, bekommst du vielleicht auch Antworten. Aber nur, wenn du das auch wirklich willst.“

Damit schloss er leise die Tür hinter sich. Jamie blieb alleine in der Küche zurück und fragte sich, ob sie die Antworten tatsächlich hören wollte.

Der Duft von Zimt und Haselnuss schwebte zu ihm hinauf. Seltsam, er hatte ganz vergessen, wie es war, zu essen, sich warm zu fühlen, zu berühren, aber sein Geruchssinn war noch immer intakt. Er konnte Killers Shampoo riechen, er wusste, wann Jamie sich unter ihm bewegte. Er war gefangen, aber er konnte alles ahnen und riechen, er wusste alles. Nur nicht, wie er hier herauskam. Unerledigte Geschäfte, das war es doch, was Geister an einem Ort gefangen hielt. Und Nate hatte unerledigte Geschäfte. Sobald er herausgefunden hatte, was genau er zu tun hatte, würde er in der Lage sein, zu gehen.

Womöglich musste er einfach nur Dillon töten. Oder jemanden dazu bringen, es zu tun. Vielleicht aber musste er auch Jamie beseitigen. Mord und ein anschließender Selbstmord wären perfekt, allerdings ziemlich unwahrscheinlich. Es sei denn, Jamie konnte davon überzeugt werden, Dillon zu erschießen.

Das lag zumindest im Bereich des Möglichen, nach allem, was zwischen den beiden vorgefallen war. Sie wurden von der Vergangenheit genauso gejagt wie von seinem *bösen* Geist.

Noch musste sich herausstellen, was stärker war. Und zerstörerischer.

6. KAPITEL

Jamie wusste, dass sie eine Menge Fehler hatte, Feigheit zählte allerdings nicht dazu. Ja, natürlich wollte sie lieber verschwinden, als sich der Vergangenheit und der womöglich unschönen Wahrheit über Nate zu stellen, aber das Schicksal oder ihre Mutter hatten anders entschieden. Sie saß für ein paar Tage fest, und die wollte sie nicht damit verbringen, Dillon aus dem Weg zu gehen. Außerdem, je mehr sie ihm auf die Nerven ging, desto schneller würde er sie loswerden wollen.

Sie strich sich das Haar aus dem Gesicht und richtete sich zu ihrer vollen Größe auf. Doch sie war einfach zu klein, fast dreißig Zentimeter kleiner als Dillon. Immer schon hatte sie das Gefühl gehabt, dass sie besser mit ihm umgehen könnte, wenn er sie nicht derart überragen würde. Vielleicht glaubte er, dass er seinen Kopf unter eine Motorhaube stecken und sie ignorieren konnte, aber das würde sie ihm schon noch austreiben. Sie hatte beschlossen, eine Nervensäge zu werden.

Sie öffnete die Tür zur Werkstatt und war sofort von Lärm umgeben, einem gewaltigen Tosen, das vorher kaum zu hören gewesen war. Sie zog die Tür hinter sich zu und versuchte, die Geräuschquelle ausfindig zu machen. Das Rauschen schien von einem Heizgerät zu kommen, das heiße Luft in den riesigen Raum pustete. Die Musik war laut aufgedreht, Nirvana vermutlich. Sie war sich nicht sicher, sie konnte Nirvana nicht leiden. Wahrscheinlich, weil Dillon die raue, schmerzvolle Stimme von Kurt Cobain immer so geliebt hatte.

Hinzu kamen die Geräusche eines laufenden Motors und regelmäßiges Hämmern. Dann eine Reihe von Flüchen, als Dillon hinter der Motorhaube des Duesenberg auftauchte.

Sie hatte gehofft, ihn eine Weile unbemerkt beobachten zu können, doch er entdeckte sie sofort und kniff die Augen zusammen. Es war so laut, dass er hätte schreien müssen, aber das tat er nicht. Er verschwand einfach wieder unter der Motorhaube des alten Wagens und ließ Jamie zwei Möglichkeiten: Sie konnte wieder in die Küche gehen und warten. Oder sie konnte zu ihm gehen und ihn zwingen, mit ihr zu sprechen.

Die Sache mit der Küche war sehr verlockend, aber Jamie war aus härterem Holz geschnitzt. Die Heizung wollte sie nicht abstellen, weil ihr von ihrem kleinen Ausflug vor die Tür noch immer eiskalt war, aber zumindest konnte sie die brüllende Musik abstellen. Sie lief zur Stereoanlage, schlug einmal kräftig auf den Lautstärkeregler, und sofort sank der Lärmpegel erheblich.

„Was zum Teufel tust du da?“ rief Dillon, dessen Kopf wieder hinter der Motorhaube aufgetaucht war.

„Ich habe den Krach abgestellt, weil ich mit dir sprechen möchte.“

Er ließ den Hammer auf den Zementboden fallen und

rannte zur Stereoanlage. „Ich arbeite“, brummte er. „Und wenn ich arbeite, höre ich Musik.“

„Insofern man das Musik nennen kann“, sagte sie spöttisch.

„Man kann Autos nicht zu Mozart reparieren, Prinzessin, ganz egal, was deine Mutter darüber denken mag. Nicht, dass die Gräfin überhaupt über so etwas Banales wie eine Autoreparatur nachdenken würde, aber du weißt schon, was ich meine. Den Duesey wollte ich eigentlich vor Thanksgiving repariert haben, und ganz offensichtlich bin ich schon weit hinter meinem Zeitplan. Es wäre also nett, wenn du deinen Hintern aus meiner Werkstatt bewegen und mich meine Musik hören lassen würdest, damit ich dich nicht erschießen muss.“

„Hast du überhaupt eine Waffe?“

„Ich bin ein verurteilter Straftäter. Die dürfen keine Waffen besitzen.“

„Du hast meine Frage nicht beantwortet.“

„Das werde ich auch nicht.“ Er stand sehr dicht vor ihr. Sie hatte sich vor der Stereoanlage aufgebaut, er griff um sie herum und drehte die Lautstärke auf.

Sie stellte die Musik wieder leise und starrte ihn an. Bis sie den gedankenvollen Blick in seinen Augen sah und erkannte, dass sie womöglich einen Fehler gemacht hatte.

„Möchtest du wegen Nirvana einen Ringkampf austragen, Jamie?“ fragte er gedehnt und drehte wieder auf.

„Ich bin dabei, wenn du willst, aber ich weiß genau, wie das endet, und der Boden dieser Werkstatt ist zu hart, um Sex darauf zu haben."

Sie errötete nicht, zuckte nicht mal zusammen, obwohl es sie eine Menge Anstrengung kostete. „Träum weiter", sagte sie.

„Gerne."

Diese Antwort machte sie noch nervöser; sie beschloss, dass es an der Zeit war, das Thema zu wechseln. „Hör mal, du hast mindestens sechs Autos hier. Eines davon muss doch so weit in Ordnung sein, dass ich damit zurück nach Rhode Island fahren kann. Ich lasse es dir zurückbringen, das verspreche ich. Ich muss nur endlich hier weg."

„Die meisten Autos gehören mir nicht. Ich verdiene nämlich meinen Lebensunterhalt damit, dass ich Autos für reiche Leute restauriere, die nicht genug Verstand haben, diese Autos überhaupt zu schätzen."

„Aber zumindest eines muss dir doch gehören."

Er lächelte höhnisch. „Ehrlich gesagt, gehören drei Autos mir, zwei davon sind fahrtüchtig. Willst du sie ausprobieren?"

Sie traute ihm nicht, er wirkte ein wenig zu selbstgefällig. Aber das war egal – sie wollte so dringend weg, dass sie wohl ein Risiko eingehen musste.

„Okay", sagte sie. „Ich bin nicht wählerisch."

Wie konnte ein Lächeln zugleich ärgerlich, beunruhigend und doch so verflucht sexy sein? Alles an Dillon Gaynor war so, daran hatte sich in den vielen Jahren nichts geändert.

Er spazierte auf die andere Seite der Werkstatt und zog eine gelbe Plane von einem Auto. Jamie wäre bereit gewesen, in einer Postkutsche zurück nach Rhode Island zu fahren, aber als sie den alten Ford Model A sah, zögerte sie doch.

„Er fährt", sagte Dillon. „Ungefähr fünfundzwanzig Meilen in der Stunde, die Räder müssen jeweils nach hundert Meilen ausgetauscht werden, oder früher, falls du einen Platten hast, die Handkurbel ist ein wenig knifflig, aber du kannst ihn gerne haben."

„Ich glaube, ich verzichte lieber. Was hast du noch anzubieten? Vielleicht die Hindenburg?"

Er riss die Plane vom nächsten Wagen, und Jamie hielt die Luft an. Er war wunderschön – ein aquamarinblauer Thunderbird aus den fünfziger Jahren. „Den nehme ich!" sagte sie ehrfürchtig.

„Wenn ich gewusst hätte, dass du dich so für Autos begeisterst, Kindchen", sagte er, „hätte ich es damit schon viel früher versucht. Nein, den wirst du nicht nehmen, der wartet nämlich auf einen neuen Motor. Bis dahin wird er nirgends hinfahren."

„Du sagtest, dass zwei Autos fahrtüchtig sind. Warum zeigst du mir dann das kaputte?"

„Weil du mir sonst wie immer nicht glauben würdest."

Sie hatte keine Lust zu diskutieren. „Wo ist das andere Auto?"

„Hier drüben", sagte er und deutete mit dem Kinn auf ein Fahrzeug in der anderen Ecke.

„Und es fährt?"

„Ja."

„Wo ist dann das Problem?"

Er rührte sich nicht, beobachtete sie nur, aber sie wollte sich von ihm nicht durcheinander bringen lassen. Wenn die Schrottkarre unter der blauen Plane ihre Fahrkarte in die Freiheit war, dann wollte sie nicht zu wählerisch sein.

Sie ging zu dem Wagen und zog, ohne zu zögern, die Plane herunter. Schon das erste Aufblitzen von Gelb und Chrom hätte sie warnen müssen, aber da war es schon zu spät.

Es handelte sich um den Wagen, den Dillon bereits vor zwölf Jahren besessen hatte, um denselben Wagen, in dem sie zu der Party gefahren waren, um denselben Wagen, in dem er sie geküsst und berührt hatte. Um denselben Rücksitz, auf dem …

Wenigstens stand sie mit dem Rücken zu ihm. Ihr war klar, dass jegliche Farbe aus ihrem Gesicht gewichen sein musste; sie rührte sich nicht und überlegte, wie sie damit umgehen sollte. Wie es ihr gelingen könnte, sich sanft lächelnd umzudrehen und Dillon zu erklären, dass dieses Auto auch nicht das Richtige war. Denn nichts auf der

Welt würde sie dazu bringen, sich noch einmal auf die zerschlissenen Ledersitze dieses alten Cadillacs zu setzen.

Nur, dass die Sitze gar nicht mehr zerschlissen waren. Dillon hatte sie offenbar irgendwann ausgetauscht. Es war zumindest ein kleiner Trost, dass die Originalsitze nicht mehr existierten …

Sie wollte nicht daran denken. Sie holte tief Luft und versuchte, die Fassung zurückzugewinnen. Das konnte doch nicht so schwer sein.

Nirvana plärrte noch immer, aber sie wusste genau, dass er sie beobachtete. Dass er neugierig auf ihre Reaktion war. Sie wusste, dass sie ihm nichts vormachen konnte; sie brauchte es gar nicht erst zu versuchen.

Sie ließ die Plane wieder sinken. Dann lief sie einfach zu der Tür, die in die Küche führte, immer mit dem Rücken zu ihm, damit er ihr Gesicht nicht sehen konnte. Seine Fantasie reichte sicherlich vollkommen aus.

Sie knallte die Tür nicht mal zu, bei dem Lärm hätte er das sowieso nicht gehört. Sie zog sie einfach hinter sich ins Schloss und brach dann in Tränen aus.

Dillon wäre ihr beinahe hinterhergelaufen. Es war nicht sein Fehler, dass sie unter der Plane herumgeschnüffelt hatte – wenn sie nicht ständig versuchen würde, zu verschwinden und zu dieser alten Hexe zurückzukehren, dann hätte sie ihre Nase nicht in Dinge gesteckt, die sie nichts angingen.

Aber genau das würde sie tun, solange sie hier war. Vielleicht war es ja doch ganz gut, dass sie den Caddy entdeckt hatte. Vielleicht kapierte sie jetzt, dass zu viel Neugier nicht gut für sie war.

Die Plane hing halb herunter, sorgsam deckte er den alten Wagen wieder zu, damit der Staub und die Dämpfe ihm nichts anhaben konnten. Es war sein erstes Auto gewesen, und er liebte es beinahe so, wie man eine Mutter liebt. Nicht, dass er seine eigene Mutter sehr geliebt hatte. Aber auf ein Auto, selbst auf ein so altes, hinfälliges, war immer noch mehr Verlass, als auf die meisten Menschen.

Jamie hatte etwas auf den Boden fallen lassen – er konnte es in dem schummrigen Licht funkeln sehen. Er hob es auf und drehte es zwischen den Fingern. Ein Ohrring. Er konnte auch einer anderen Frau gehören. Von der Tatsache abgesehen, dass keine Frau es jemals gewagt hatte, in seine Werkstatt zu kommen, und er auch nie eine darum gebeten hatte.

Klar, dass Jamie alle Warnungen einfach ignorierte. Schon immer schlitterte sie einfach in Situationen hinein, ohne vorher einmal nachzudenken. Das war einer der Gründe dafür, dass sie in dieser Nacht vor zwölf Jahren in Schwierigkeiten geraten war.

Er blickte auf das goldene Schmuckstück. Natürlich war es aus Gold – für die Kincaids musste es immer das Teuerste sein. Es war ein Einhorn – auch typisch Jamie. Wer sonst sollte eine Vorliebe für Fabeltiere haben, die sich nur Jungfrauen gegenüber zeigten. Wobei Jamie keine Jungfrau war – dessen konnte er sicher sein. Wahrscheinlich hätte sie es vorgezogen, weiter in ihrer Fantasiewelt zu leben, doch nun war sie direkt in eine Schlangengrube getreten. Mitten hinein. Und vermutlich würde sie nicht heil wieder herauskommen.

Er ging durch den Raum zu seiner Arbeitsbank und öffnete den kleinen Safe, der sich darunter befand. Er legte den goldenen Ohrring auf ihre Handtasche und schloss die Tür wieder.

Jamies Hände zitterten. Wieso war sie überhaupt so überrascht? Seit sie in diesem Gebäude festsaß, erlebte sie schließlich all die Dinge noch einmal, die sie für immer hatte vergessen wollen. Sie konnte sich nicht dagegen wehren. Normalerweise fand sie immer einen Ausweg, aber diesmal schien es kein Zurück zu geben. Also blieb ihr nichts anderes übrig, als sich der Vergangenheit zu stellen.

Leider hatte sie überhaupt keine Lust dazu. Sie blickte durch das dreckige Fenster auf die trostlose Straße. Der Schnee hatte die Gegend nicht etwa in eine romantische Landschaft verwandelt, sie wirkte im Gegenteil nur noch deprimierender. Es schneite immer noch, doch die frische Schneedecke war bereits schmutzig. Sie sah einige verrostete Autos neben dem Gebäude stehen – offensichtlich Schrottkarren, mit denen nicht einmal Dillon mehr etwas anfangen konnte. Kein Mensch war zu sehen. Sie befand sich am Ende der Welt, doch wie das überhaupt in einer Stadt der Fall sein konnte, lag jenseits von Jamies Vorstellungskraft. Wenn sie wenigstens ein Paar anständige Stiefel hätte und mehrere Pullis, dann könnte sie losmarschieren und nach Hilfe suchen. Jeder andere würde ihr eher helfen als Dillon Gaynor. Jeder.

Auf Mouser konnte sie bestimmt zählen. Er ließ sich von Dillons Launen nicht einschüchtern. Zumindest konnte sie ihn fragen.

Das einzige Problem war, dass sie nicht wusste, wie sie ihn finden sollte. Immerhin war sie ziemlich sicher, dass er zu Fuß nach Hause gegangen war – jedenfalls waren im Schnee keine Reifenspuren zu sehen.

Wie auch immer – sie konnte auf keinen Fall nur in Dillons Küche herumsitzen und gegen ihre Erinnerungen ankämpfen. Sie musste nach Hause, sie musste weg von Dillon und der Vergangenheit. Weg von diesem verdammten Cadillac.

Wenn sie nur wüsste, wo ihr Auto stand, dann könnte sie den Regenmantel aus dem Kofferraum holen. Doch um nichts in der Welt wollte sie zurück in die Werkstatt und Dillon danach fragen. Sie trug Jeans und einen dünnen Pulli, und wie sie bereits herausgefunden hatte, war das nur ein dürftiger Schutz gegen den beißend kalten Wind. In ihrem blöden Koffer hatte sie auch nichts anderes.

Ihr fiel ein, dass an der Hintertür, aus der Dillon die

tote Ratte geworfen hatte, ein dicker Pulli hing. Sich ihn zu nehmen, schien ihr die harmloseste aller Möglichkeiten, und schon zog sie ihn über den Kopf. Er roch nach Motoröl und Benzin und reichte ihr bis an die Knie, aber er war warm. Und Gott sei Dank roch er nur sehr schwach nach Dillon und seinen Zigaretten.

Pures Glück, dass er sich noch nicht selbst in die Luft gejagt hatte. Oder Pech. Wenn Nate nicht hierher gekommen wäre, würde er vermutlich noch leben. Und dann wäre sie auch nicht in diesem Albtraum gefangen und müsste sich nicht an Ereignisse erinnern, die sie vergessen zu haben geglaubt hatte.

Als sie vor die Tür trat, war es sogar noch kälter als zuvor, die Sonne war völlig verschwunden, der Himmel, aus dem ein paar Schneeflocken fielen, sah grau und bedrohlich aus. Sie lief den schmalen Weg entlang, aber nirgends war ein Zeichen von Leben zu entdecken. Von den Schrottkarren abgesehen gab es keine Autos, keine Stimme war in der Stille zu hören.

Auf der Hauptstraße sah es auch nicht besser aus. Die ganze Gegend um Dillons Haus, die jetzt bei Tageslicht noch deprimierender wirkte, war menschenleer. Allerdings waren im Schnee Fußspuren zu sehen. In Anbetracht der Tatsache, wie verlassen die Gegend war, sogar erstaunlich viele. Die kleinen waren vermutlich von Mouser, und die anderen mussten auch von einem Mann stammen. Schmale Füße, nicht zu groß, beinahe anmutig. Das konnten nicht Dillons sein. Er hatte große Füße. Das war ihr damals schon aufgefallen. Sie und ihre Freundinnen hatten sich kichernd gefragt, was an Dillon Gaynor wohl noch so groß war.

Nun kicherte sie nicht, und sie wollte auch gar nicht darüber nachdenken. Diese Fußspuren hätten eher zu Nate gepasst.

Kein Verkehr, kein Taxi, das sie hätte anhalten können, selbst wenn sie Geld gehabt hätte, um es zu bezahlen. Kein Auto, das sie hätte mitnehmen können. Sie blieb mitten auf der verlassenen Straße stehen und schloss einen Moment lang die Augen.

Und öffnete sie wieder. Irgendjemand beobachtete sie. Sie drehte sich um, langsam, aber da war niemand. Sie blickte zurück zu Dillons baufälligem Haus, hinauf zu den Fenstern im ersten und zweiten Stock. Eine Sekunde lang glaubte sie, eine Bewegung hinter den vereisten Scheiben zu sehen. Sie blinzelte, doch es war niemand zu sehen. Sie schüttelte den Kopf. Außer Dillon und ihr war nun mal leider niemand in diesem Gebäude. Von ein paar Ratten abgesehen.

Die Bewegung hinter dem Fenster musste sie sich eingebildet haben. Vermutlich war einfach ihre Fantasie mit ihr durchgegangen. Sie hatte nicht genug Schlaf bekommen, auch nicht genug zu essen, und Dillon machte sie noch neurotischer, als sie ohnehin schon war. Sie hätte nicht gedacht, dass das Wiedersehen mit ihm eine so verheerende Wirkung auf sie haben würde. Schließlich war diese Geschichte ewig lange her. Eine furchtbare Nacht durfte doch nicht ihr ganzes Leben zerstören; und das hatte sie ja auch nicht – bis sie in Dillons kalte blaue Augen geblickt und sich mit einem Schlag wieder gefühlt hatte wie mit sechzehn.

Doch sie war keine sechzehn mehr. Sie war achtundzwanzig, hatte einen Magister, einen guten Job, eine Mutter, die sie liebte, und konnte insgesamt mit ihrem Leben zufrieden sein. Dass sie gerade solo war, bedeutete nicht, dass sie nicht eine Beziehung haben könnte, wenn sie wollte. Angebote gab es genug. Sie war einfach noch nicht so weit. Davon abgesehen, brauchte sie keinen Mann, um sich wie ein ganzer Mensch zu fühlen.

Als sie wieder zurück in die warme Küche kam, war von Dillon weit und breit nichts zu sehen. Der geliehene Pullover war mit Schnee bedeckt, sie schüttelte ihn über dem rissigen Linoleumboden aus, bevor sie ihn wieder an den Haken hängte. Das ist vermutlich seit zwanzig Jahren das erste Wasser, das dieser Boden zu sehen bekommt, dachte sie höhnisch. Doch auf den zweiten Blick musste sie überrascht feststellen, dass der Boden absolut sauber war. Offenbar kümmerte sich jemand um Dillons Haushalt.

Aus irgendeinem Grund war das ein Schock für sie. Ihr war einfach niemals die Idee gekommen war, dass es in Dillons Leben eine Frau geben könnte. Wie idiotisch von ihr – nachdem es nie *keine* Frau in seinem Leben gegeben hatte.

Allerdings konnte sie sich die Frauen, für die Dillon sich interessierte, nicht so recht bei der Hausarbeit vorstellen. Nun, in zwölf Jahren konnte einiges geschehen sein. Bei einem so unverbesserlichen Mistkerl zwar nicht allzu viel, aber vielleicht wusste er inzwischen Frauen zu schätzen, die mit ihm schliefen und trotzdem gerne putzten.

Nein, nicht Dillon. Er war nie besonders praktisch veranlagt gewesen. Er hatte die Mädchen nach der Größe ihrer Brüste ausgewählt, je größer, desto besser. Zum Glück hatte sie selbst noch immer Körbchengröße A.

Mit seinen zweideutigen Anspielungen wollte er sie nur einschüchtern. Er würde zu Tode erschrecken, wenn sie wirklich darauf eingehen würde. Er interessierte sich nicht für sie, so war es schon immer gewesen. Jene Nacht war nur ein Versehen gewesen. Er war damals betrunken, hatte sich gelangweilt und sie hinterher so schnell er konnte einem anderen überlassen.

Sie wollte nicht weiterdenken. Nie mehr. Sie beschloss, mit einer Schachtel feuchter Cracker nach oben zu gehen. In ihrem Zimmer konnte sie in aller Ruhe überlegen, was als Nächstes zu tun war. Hier konnte sie vergessen, dass in dem Zimmer über ihr die Ratten womöglich gerade die Gardinen hochkletterten. Oder Geister.

Sie glaubt nicht an Geister. Wenn es nach ihr ginge, würde sie auch nicht an Ratten glauben.

Es war nicht fair, dass sie hier festsaß, ausgerechnet mit dem Menschen, den sie am meisten auf der Welt hasste. Sie hatte ihrer Mutter einen Gefallen tun wollen, hatte geglaubt, sie könnte in Dillons Haus stürmen, ohne ihm auch nur in die Augen sehen zu müssen. Sie hatte nicht damit gerechnet, dass ihr Auto kaputtgehen oder ihre Tasche gestohlen werden würde.

Und sie hatte nicht damit gerechnet, dass sie sich sofort wieder wie eine unsichere kleine Sechzehnjährige fühlen würde, sobald sie in Dillon Gaynors kalte blaue Augen blickte. Genauso verängstigt. Genauso wachsam.

Und genauso fasziniert.

7. KAPITEL

Von Jamie war keine Spur zu sehen, als Dillon in die Küche zurückkam. Draußen war es bereits dunkel, und er war am Verhungern. Er öffnete den Kühlschrank, starrte lange hinein, als ob er sich darin die Antworten erhoffte, auf die er schon sein ganzes Leben lang gewartet hatte. Er entdeckte ein Sixpack Bier, das Mouser zusammen mit den Donuts vorbeigebracht hatte, Cola Light und einen feuchten Kopfsalat, ein halbes Dutzend Eier, aus denen sicher jeden Moment etwas schlüpfen würde, und ein stinkiges Stück Käse.

Er hatte eigentlich nichts anderes erwartet – das Essen war ihm nie sonderlich wichtig gewesen. Wenn er hungrig war, ging er in ein Restaurant. Doch Mouser versuchte seit langem, ihn zu ändern – Mouser versuchte sowieso, jeden Menschen zu ändern. Und heute war wieder ihr Pokerabend – vermutlich würde er auch da wie immer mit vollen Einkaufstüten erscheinen. Aber bis dahin konnte er noch warten.

Von oben war nichts zu hören. Vielleicht hatte Jamie sich hingelegt. Er sah ihr gerne beim Schlafen zu – dann wirkte sie wieder wie die Sechzehnjährige von damals, so unschuldig, dass die Erinnerung beinahe wehtat. Dabei war diese Unschuld längst verschwunden, inzwischen war sie in der Lage, sich zu wehren. Doch wenn sie schlief, dann konnte er sie betrachten und sich einreden, dass die zwölf Jahre nicht vergangen waren und er noch immer eine Wahl hatte.

Offenbar verwandelte er sich in seinem Alter in einen sentimentalen Vollidioten. Wenn das so weiterging, würde er demnächst noch bei den Klassentreffen seiner Highschool aufkreuzen, die er nie abgeschlossen hatte. Oder mal eben bei der Gräfin vorbeischauen und ihr sein Beileid für den Verlust ihres geliebten Nate aussprechen. Wenn es um ihren Neffen ging, setzte deren Verstand sowieso regelmäßig aus. Die Gräfin glaubte das, was sie glauben wollte, ihre Prioritäten waren immer klar gewesen. Ihre Tochter folgte mit weitem Abstand erst an zweiter Stelle, ob Jamie sich das nun eingestehen wollte oder nicht.

Kein Wunder, dass sie hierher gekommen war. Obwohl das hier der letzte Ort auf Erden war, an dem sie sein wollte, obwohl er der letzte Mensch auf Erden war, den sie sehen wollte, tat sie es doch, nur weil die Gräfin es sich wünschte. Dabei hätte Jamie inzwischen längst kapieren müssen, dass es reine Zeitverschwendung war, die Liebe dieser alten Hexe gewinnen zu wollen. Aber Jamie gab ja niemals auf. Vielleicht dachte sie, dass nach Nates Tod wieder mehr Platz in dem harten Herzen der alten Dame war. Nun, sie würde eines Besseren belehrt werden.

Ihn ging das alles nichts an. Jamie Kincaid war unerwartet wieder in sein Leben getreten, und genauso schnell würde sie daraus auch wieder verschwinden. Zumindest sobald er bereit war, sie gehen zu lassen. Zunächst aber hatte er vor, sich mit ihr ein wenig zu amüsieren.

Als Sechzehnjährige war sie in ihn verknallt gewesen und hatte natürlich geglaubt, dass er das nicht bemerken würde. Aus irgendeinem Grund war Nate deswegen fürchterlich genervt gewesen, vermutlich, weil er sich selbst so gern von Jamie anhimmeln ließ. Aber er hatte es nicht ändern können, dass Jamie immer rot wurde, sobald sie Dillon sah. Außerdem fand sie immer irgendeinen Grund, um in Nates Zimmer zu kommen. Doch spätestens seit dem Tag, an dem sie ihn mit ihren großen, grauen Augen lange und durchdringend angesehen hatte, wusste er, wie es um sie stand.

Er war fest entschlossen gewesen, sie in Ruhe zu lassen. Zum einen, weil Nate so auf sie aufpasste, zum anderen, weil die Gräfin ihn zu Tode ängstigte. Davon abgesehen, dass er sowieso eher auf wilde, böse Mädchen stand und nicht auf Musterschülerinnen. Wenn es nach ihm gegangen wäre, hätte er sich Jamie Kincaid niemals genähert.

Aber es war anders gekommen. Vor langer Zeit hatte er einen winzigen Vorgeschmack von ihr bekommen. Und daraus konnte nach und nach ein enormer Hunger werden.

Er setzte sich an den Tisch und zündete sich eine Zigarette an. Was würde Nate wohl davon halten? Er wäre bestimmt stocksauer. Doch Nate war tot, niemand konnte

Dillon mehr daran hindern, mit seinem ungebetenen Gast genau das zu tun, wozu er Lust hatte. Zuerst einmal musste er herausfinden, wie dringend sie wirklich nach Hause wollte. Nate war nicht mehr in der Lage, ihn aufzuhalten. Überhaupt nichts konnte ihn aufhalten.

Außer sein eigenes, etwas angeschlagenes Ehrgefühl. Oder womöglich handelte es sich ja auch um Selbstschutz. Er wusste, dass er sie jederzeit haben konnte, doch sein Verstand schrie ganz laut Nein. Vielleicht würde er sich ja mal zur Abwechslung von seinem Verstand und nicht von seiner Lust leiten lassen.

Jamie wachte erschrocken auf. Das Blinken des Neonschilds vor dem Fenster war die einzige Lichtquelle in dem trostlosen kleinen Raum. Sie schlief hier viel zu viel, was merkwürdig war, da sie sonst immer unter Schlafproblemen litt. Vielleicht lag es einfach daran, dass sie sich langweilte. Sie hatte hier nichts zu tun außer zu warten, und sie wusste nicht einmal genau, auf was. Also schlief sie eben.

Sie setzte sich auf und tastete nach dem Schalter der Lampe. Ihr Buch lag auf der Matratze – kein Wunder, dass sie eingeschlafen war. Charles Dickens war im besten Fall einfach nervtötend langweilig, im schlimmsten war er unerträglich. Vielleicht sollte sie es sich künftig schenken, *David Copperfield* zu unterrichten und mit ihren Schülern dafür *Ein Weihnachtsmärchen* lesen. Erstens war es um einiges kürzer, und zweitens hatte es nicht so viele einfältige weibliche Charaktere.

Sie fuhr sich durchs Haar. Ihr Magen knurrte. Sie hatte gehofft, einfach bis zum nächsten Tag durchschlafen zu können. Doch sie hatte nichts gegessen außer drei Zimtschnecken, und es sah nicht so aus, als ob Dillon sich darüber Gedanken machte. Sie hörte Männerstimmen – vermutlich spielten sie wieder Poker. Das Vernünftigste wäre, sie zu ignorieren und sich doch wieder auf *David Copperfield* zu konzentrieren.

Doch dann stieg ihr der Duft von Pizza in die Nase, sie versuchte nicht einmal zu widerstehen. Sicher war es schon sehr spät, aber wenigstens würde sie mit Dillon nicht alleine sein. Und für ein Stück Pizza war sie im Augenblick bereit, alles zu riskieren. Schnell ging sie die Treppen hinunter.

Sie spielten tatsächlich Poker. Die Luft in der Küche war verqualmt, es roch nach Bier, die Pizzaschachteln lagen offen auf der Küchentheke.

„Hallo Jamie!" begrüßte Mouser sie fröhlich. „Ich habe mich schon gefragt, wann du auftauchen würdest. Killer hat behauptet, du würdest bereits schlafen, aber ich dachte, bei dem Lärm, den wir veranstalten, wirst du schon irgendwann auftauchen."

Sie lächelte ihn an. Noch ein anderer Mann war da und betrachtete sie irgendwie überrascht. Hinter einem Vorhang aus Qualm saß Dillon, eine Zigarette im Mund, ein Glas mit einem bernsteinfarbenen Getränk in der Hand und einen Stapel Pokerchips vor sich auf dem Tisch.

„Ich habe Hunger", sagte sie und eilte auf die Pizza zu.

„Bedien dich", sagte Mouser. „Die links ist mit Peperoni und Pilzen, die rechte mit Salami und Paprika."

Als ob das Schicksal nicht sowieso schon grausam genug ist, dachte sie. „Ich schätze, einfach nur Käse gibt es nicht?" fragte sie und versuchte, nicht vorwurfsvoll zu klingen.

„Ziemlich wählerisch, wie?" kommentierte Dillon, ohne auch nur aufzublicken.

„Ich bin Vegetarierin."

Damit hatte sie seine Aufmerksamkeit gewonnen. Er blickte sie an, ein Lächeln lag auf seinen Lippen, einen kurzen Augenblick lang konnte sie sich gut an seinen Mund erinnern. „Aber natürlich", sagte er. „Und ich wette, dass du nicht rauchst und weder trinkst noch spielst."

„Ich trinke, gelegentlich und in Maßen. Und ich kann ziemlich gut pokern", entgegnete sie trotzig.

„Hol ihr ein Bier, Henry. Und einen Stuhl. Wie es aussieht, müssen wir doch nicht zu dritt spielen." Er drückte seine Zigarette aus und ging auf sie zu.

Sie machte ihm schnell Platz. Der Mann namens Henry zog einen schweren Eichenstuhl an den Tisch, öffnete eine Flasche Corona und stellte sie auf Jamies Platz. „Was spielen wir, Killer?" Es war das erste Mal, dass sie ihn sprechen hörte, seine tiefe Stimme passte zu seiner äußeren Erscheinung.

„Damenwahl", sagte Dillon. „Setz dich, Jamie."

„Ich möchte nicht ..."

„Setz dich."

Jamie setzte sich. Einen Augenblick später stand der Pappkarton vor ihr, die Salami war verschwunden. Sie hätte protestieren können, aber das wäre nur Zeitverschwendung gewesen. Außerdem war sie viel zu hungrig. „Ich kann nicht mit euch spielen", sagte sie. „Ich habe kein Geld."

„Ich leih dir was." Mouser schob einen Stapel Chips in ihre Richtung. Er trank Cola Light – eine seltsame Wahl für eine Pokernacht.

„Wer weiß, vielleicht gewinnst du ja genug, um abhauen zu können", sagte Dillon und nahm einen großen Schluck aus seinem Glas. Whiskey, dachte Jamie. Unverdünnt, so dunkel wie die Farbe war. Am Ende dieser Nacht würde er mit Sicherheit sehr betrunken sein, dann musste sie ihm unbedingt aus dem Weg gehen. Er wurde immer sehr unangenehm, wenn er betrunken war.

„Vielleicht sollte ich nur die Pizza mitnehmen und wieder ins Bett gehen."

„Vielleicht solltest du die Klappe halten und austeilen."

„Benimm dich, Dillon", sagte Mouser. „Es gibt keinen Grund, unhöflich zu sein."

„Das ist so meine Art.“

„Das wissen wir alle. Versuch doch mal, deine Art zu überwinden. Sind wir nicht eben aus diesem Grund auf der Welt?“

„Manchen gelingt das halt besser als anderen“, entgegnete Dillon und blickte ihr tief in die Augen.

„Du kannst mich mal“, sagte sie mit zuckersüßer Stimme. Sie versuchte so zu klingen, als ob sie solche Sätze praktisch täglich von sich geben würde. Hastig trank sie einen Schluck Bier.

„Nun teil endlich aus“, brummte er.

Sie mischte und wählte das komplizierteste Pokerspiel, das ihr einfiel. Es war ihr Lieblingsspiel im College gewesen, die Regeln waren so komplex, dass das Spiel normalerweise irgendwann abgebrochen werden musste. Aber auf diese Weise hatte sie noch am ehesten die Chance, diese drei Profis hier zu schlagen. Schließlich brauchte sie das Geld.

Das Spiel ließ sich ziemlich gut an, der Stapel vor ihr begann zu wachsen. Sie aß ihre Pizza, ignorierte die Tatsache, dass sie immer noch nach Salami schmeckte und vor allem, wie lecker das war. Sie trank ihr Bier aus und nahm sich ein zweites. Dabei versuchte sie die ganze Zeit, Dillon zu ignorieren, der sie durch die Rauchschwaden fixierte wie eine Schlange ihr Opfer.

Ihr Pokerspiel wurde dadurch etwas beeinträchtigt. Man musste nämlich die Körpersprache des Gegners genau studieren, um zu wissen, ob er bluffte oder nicht. Doch hier begnügte sie sich damit, ausschließlich Mouser und Henry zu beobachten. Dillon trank gemächlich sein Glas leer, schenkte sich irgendwann nach, als sie nicht hinsah, zeigte aber überhaupt keine Anzeichen dafür, dass er betrunken wurde.

Stunden vergingen, die Chips vor ihr türmten sich immer höher auf. Manchmal verlor sie ein paar, aber meistens gewann sie, und Mouser war begeistert von ihrer Fähigkeit, sie alle an der Nase herumzuführen. Wenn sie nur selbst gewusst hätte, wie sie das machte. Es lief einfach alles zu ihren Gunsten, und wenn diese Glückssträhne anhielt, dann könnte sie schon am nächsten Morgen verschwinden, dann hatte sie genug Geld, sich ein Hotel zu nehmen und endlich wieder ihr eigenes Leben zu leben.

„Ich steig aus!" Mouser warf seine Karten hin. „Das müsst ihr beide unter euch ausmachen. Komm, Henry, es ist schon spät, ich muss morgen arbeiten."

Dillon rührte sich nicht. „Seit wann arbeitest du, Mouser?" fragte er gedehnt.

„Oh, ich versuche es immer mal wieder. Und Henry wird mir dabei helfen, nicht wahr, Henry?"

Henry nickte nur und stand auf.

„Willst du deine Chips nicht einlösen?" fragte Jamie.

„Ich sag dir was. Ich will sehen, wie Killer seine wohlverdiente Strafe bekommt." Er beugte sich nach vorne und schob ihr seinen Stapel Chips hin, und dann auch noch den von Henry, ohne ihn überhaupt zu fragen. „Tritt ihm in den Hintern, Jamie. Ich finde, das ist längst überfällig."

Dann schloss sich die Tür hinter den beiden, und Jamie war alleine mit dem letzten Menschen auf der Welt, mit dem sie alleine sein wollte.

Sie holte tief Luft und nahm einen Schluck von ihrem dritten Bier. So viel trank sie normalerweise nicht, aber da sie ja leider sowieso nicht fahren konnte und Dillon bereits viel mehr getrunken hatte, konnte sie es wohl riskieren. Schließlich saß sie hier fest – es war also völlig egal, ob sie nüchtern war oder nicht.

Wegen Dillon musste sie sich keine Sorgen machen, obwohl sie noch immer an der absurden Vorstellung festhielt, dass er sie auf irgendeine Art begehrte – auch wenn Vernunft und Erfahrung ihr das Gegenteil bestätigten. Es spielte keine Rolle, dass er zweideutige Kommentare machte, um sie zu reizen – so war Dillon eben.

Sie blickte zu ihm auf. „Ich bin müde", sagte sie. „Lass uns aufhören. Wir teilen das Geld, und ich gehe ins Bett."

„Das glaube ich kaum." Nach all dem Whiskey lallte er nicht einmal.

„Um wie viel spielen wir? Ein Dollar pro Punkt, oder? Ich habe genug gewonnen, um morgen zu verschwinden – du solltest froh sein."

„Ich tue nie das, was ich sollte, ich fühle auch nie das, was ich sollte. Die Karten sind verteilt – wir spielen“, sagte er rätselhaft.

Sie blickte auf ihr Blatt. Es sah ziemlich gut aus. Sie spielten inzwischen wieder mit fünf Karten, sie hatte ein Straight Queen High. Das würde er nur schwer schlagen können, vor allem nachdem Mouser und Henry zuvor mit ihrem Blatt so zufrieden gewesen waren, dass sie gesetzt hatten.

„Na gut“, sagte sie kühl. „Dann spielen wir.“

„Alles oder nichts?“

Sie nahm noch einen Schluck Bier. Sie war keine Zockerin – und da so viel davon abhing, dass sie gewann, war es besser, vorsichtig zu spielen.

„Feigling“, sagte er leise. „Wovor hast du Angst, kleines Mädchen?“

Dieser Satz löste eine Flut von Erinnerungen aus, seine Stimme an ihrem Ohr, seine Hände auf ihrem Körper in dem Cadillac, sie spürte, wie sie knallrot wurde. Wortlos schob sie sämtliche Chips in die Mitte des Tischs und sah ihn ausdruckslos an.

Er drückte seine Zigarette aus, ein angedeutetes Lächeln lag auf seinen Lippen. Auf diesen Lippen. Kein Wunder, dass sie sich unsicher fühlte; am liebsten hätte sie sich irgendwo verkrochen. Als ob es nicht schon schlimm genug war, dass sie tausend Meilen von ihrer Heimat entfernt hier festsaß.

Zusammen mit Dillon Gaynor, ihrem schlimmsten Albtraum. „Du zeigst mir deine Karten, ich zeige dir meine“, erklärte er sanft.

Sie legte ihre Karten auf den Tisch, betont langsam, damit sie seine Niederlage richtig auskosten konnte.

Nur sah er nicht im Geringsten frustriert aus. „Sehr hübsch“, erklärte er träge. „Aber nicht hübsch genug.“ Er breitete vier Könige auf dem Tisch aus.

Sie konnte sich nicht rühren, sie konnte nichts sagen. Es war einfach unmöglich, dass er alle vier Könige hatte – das war verdammt noch mal viel zu unwahrscheinlich. Schon gar nicht, wenn so viel auf dem Spiel stand. Das Geld war ihr egal – sie hatte schließlich mit nichts begonnen und würde mit nichts aufhören. Aber es fühlte sich an, als ob alles, als ob ihr Leben von diesen vier Karten abhinge.

Sie stieß sich vom Tisch ab. Sie hatte genug Bier getrunken, um eine Dummheit zu begehen – das war nicht gut. Sie beugte sich nach vorne und starrte in seine Augen.

„Komm schon, Jamie“, sagte Dillon. „Behaupte, dass ich falsch spiele. Ich warte darauf. Vermutlich denkst du, dass ich nur so gegen dich gewinnen könnte. Dass ich im Leben überhaupt nur dann etwas erreichen kann, wenn ich betrüge.“

Sein sarkastischer Unterton war nicht zu überhören, aber sie reagierte nicht darauf. „Sag du es mir.“

Er grinste sie nur an. „Von mir gibt es keine einfachen Antworten."

„Und komplizierte?"

Es entstand eine unangenehme Stille, aber sie machte keinen Rückzieher.

„Dafür bin ich bekannt", sagte er. „Warum versuchst du es nicht mal?"

Der Verlauf des Gesprächs behagte ihr nicht, überhaupt nicht. Sie richtete sich wieder auf und lief zum Kühlschrank.

„Ist nicht viel drin", sagte er und folgte ihr.

Sie klammerte sich an den Griff des Kühlschranks wie an einen Rettungsanker. „Ich brauche nicht viel. Ein Glas Milch wird mir beim Einschlafen helfen."

„Das Bier sollte eigentlich schon reichen", sagte er. Er griff an ihr vorbei, öffnete den Kühlschrank und nahm die Milchtüte heraus. Er legte den Kopf in den Nacken, trank ein paar Schlucke, wischte sich den Mund ab und reichte ihr die Milch.

Er war viel zu nah, aber sie wollte nicht weglaufen. Das war eine Frage des Stolzes. Wenn sie jetzt weglief, dann würde sie sich niemals gegen ihn behaupten können. Er hatte die Hand auf den Kühlschrank gelegt, sein Arm versperrte ihr den Weg. „Ich hätte gerne ein Glas. Bitte."

„Ist mir klar. Aber ich habe keins."

Sie wusste, dass er log – sie hatte zum Frühstück Orangensaft aus einem Glas getrunken. Aber sie kam nicht an ihm vorbei.

„Vergiss es. Ich muss keine Milch trinken“, sagte sie und sah ihn trotzig an.

„Milch ist gut für die Knochen“, zog er sie auf. „Wovor hast du Angst? Hast du das noch nie zuvor getan?“ Er kam näher, drückte sich an sie, seine Hüften berührten die ihren. „Komm, du wirst lernen, es zu mögen, da bin ich mir sicher. Mach dir nicht so viele Gedanken darüber. Öffne einfach nur deinen Mund. Und lass es die Kehle hinunterlaufen.“

„Du sprichst nicht von Milch“, sagte sie leise.

„Nein.“ Er beugte sich vor, sie konnte die Milch in seinem Atem riechen. „Sei mutig, Jamie. Du willst es. Und es schmeckt gut.“ Ihre Lippen berührten sich fast, und es stimmte. Sie wollte es. Sie wollte alles, wovon er sprach, alles, was sie nie zuvor getan hatte, sie schwankte einen Augenblick in seine Richtung, er war so nah, so gefährlich nah.

Sie hatte keine Ahnung, was sie in letzter Sekunde rettete. Vielleicht Nates Geist, der auf sie aufpasste? Oder ihr eigener Verstand. Sie hörte ein Geräusch von draußen, duckte sich, schlüpfte unter seinem Arm hindurch und rannte zur Treppe.

Sie erwartete, dass er sie festhalten, sie herumreißen, dass er sie küssen würde und sie keine andere Wahl hätte, als seinen Kuss zu erwidern, weil sie in der Falle saß. Dann könnte ihr schließlich niemand einen Vorwurf daraus machen, oder?

Aber er rührte sich nicht. Sie warf noch einen letzten verstohlenen Blick über die Schulter und lief dann die dunklen, engen Stufen hinauf, während er noch immer vor dem offenen Kühlschrank stand, die Milchtüte in der Hand, und ihre panische Flucht beobachtete.

8. KAPITEL

Er hätte sie gewinnen lassen sollen. Es wäre das Beste, wenn sie Nates Sachen packen und zurück nach Rhode Island zu der knochigen Gräfin fahren würde. Und wenn sie einmal verschwunden wäre, müsste er die Kincaids nie mehr wiedersehen. Dieses Kapitel seines Lebens wäre abgeschlossen. Es war höchste Zeit.

Er hatte ziemlich impulsiv gehandelt, als er nach der Prügelei mit Thomas aufgeblickt und sie gesehen hatte. Sie erinnerte ihn an das Mädchen mit den Schwefelhölzern, ein armes kleines Ding im Schnee, die Augen vor Entsetzen weit aufgerissen. Vermutlich hatte sie noch nie im Leben eine Schlägerei gesehen. Auch wenn sie mindestens für eine der Grund gewesen war.

Also hatte er sie in sein Haus gelassen und ihr ein Bett gegeben. Danach hatte er sich um ihren Volvo gekümmert, den er problemlos wieder zum Laufen bringen könnte. Er hatte gelogen, was das Werkzeug anging – der Duesenberg war ein deutsches Auto, er benutzte also auch bei ihm metrisches Werkzeug. Genauso wie bei vielen anderen Fahrzeugen, an denen er arbeitete. Aber sie hatte ihm geglaubt, sie war schon immer leichtgläubig gewesen, und daran hatte sich offensichtlich nichts geändert.

Als er ihre Tasche an sich genommen hatte, war er ebenfalls einem spontanen Gefühl gefolgt. Irgendwie gefiel ihm die Vorstellung, eine Kincaid in seiner Macht zu haben, auch wenn sie die Schwächste in dieser Familie war. Mouser hatte ihm zwar einen Vortrag gehalten, das hatte aber nichts geändert. Außer, dass er eine Sekunde lang überlegt hatte, sie beim Pokern gewinnen zu lassen. Er spielte viel besser als sie und betrog deutlich geschickter als Thomas. Mouser und Henry hatten genau gewusst, was er tun würde, sie kannten ihn gut, aber für Jamie Kincaid war er ein totales Rätsel.

So sollte es auch bleiben.

Gott sei Dank war sie weggelaufen. Noch eine Sekunde länger und sie hätte auf dem Küchentisch gesessen, die Beine um seine Hüften geschlungen. Ob ihr das nun klar war oder nicht, sie hätte sich bestimmt nicht gegen ihn gewehrt.

Doch obwohl ihn nichts mehr reizte, als herauszufinden, wie weit sie gehen würde, hatte er sie nicht aufgehalten. Hauptsächlich wollte er sie berühren, weil er wusste, wie sehr Nate es hassen würde. Aus den verschiedensten Gründen hatte allein die Vorstellung seinen alten Freund immer wahnsinnig gemacht.

Nate war jedoch tot. Nun musste er sich nur noch um dessen Geist Sorgen machen, und er glaubte nicht an Geister. Es war über zwölf Jahre her, dass er Jamie geküsst hatte. In zwölf Jahren konnte sich eine Menge aufstauen. Insbesondere, nachdem er ihretwegen achtzehn Monate im Gefängnis gesessen hatte.

Er wusste, dass er sie gehen lassen sollte. Und dass er

es nicht tun würde. Er wollte nur etwas Zeit mit ihr verbringen. Wenn er mit ihr fertig war, wäre sie für jeden anderen Mann verdorben. Diesmal war kein Nate in der Nähe, der ihn abhalten konnte.

Denn er glaubte nicht an Geister.

Sie hatte ihn nicht bemerkt, als sie ins Zimmer stürmte und die Tür hinter sich zuknallte. Er konnte hören, wie sie an dem Schloss herumhantierte; gerne hätte er ihr erklärt, dass der Schlüssel sowieso nichts nutzte. Nichts würde Dillon abhalten, wenn er wirklich vorhatte, in ihr Zimmer einzudringen.

Aber sie konnte ihn genauso wenig hören, wie sie ihn sehen konnte. Er war schließlich vor drei Monaten für tot erklärt worden, und sie war noch nicht bereit, ihn wiederzusehen. Nicht, solange es genau das war, was sie sich eigentlich wünschte.

Sie hatte sicher am meisten um ihn getrauert. Mit reinem Gewissen und gebrochenem Herzen. Tante Isobel hatte sich vermutlich wie in einer griechischen Tragödie aufgeführt, aber Jamies Trauer war wohl eher still gewesen. Die Vorstellung gefiel ihm – beinahe hätte er ihr auf die Schulter getippt.

Aber er wollte sich nicht verraten. Nicht, bevor die Zeit gekommen war. Die Zeit, die für ihn die beste sein würde, um wieder aufzutauchen. Er war nicht ganz sicher, wann das sein würde, er wusste nur, dass Dillon dabei eine wichtige Rolle spielte. Solange er Jamie bei sich behielt, war eigentlich alles ganz einfach. Und wie er Dillon kannte, würde er sie nicht einfach so gehen lassen. Dieses Mal nicht.

Früher oder später wird Dillon mit ihr ins Bett gehen, dachte er resigniert. Er hatte sie von Anfang an gewollt, schon als unschuldige, schüchterne Vierzehnjährige. Vierzehn Jahre lang von etwas zu träumen, war eine verdammt lange Zeit, und Dillon war niemand, der es bei reinen Fantasien belassen würde. Jetzt, wo sie vor seiner Tür aufgetaucht war, würde er endlich mit ihr schlafen wollen, und Nate konnte nichts dagegen tun. Er konnte mit Ketten rasseln, in den Nächten laut poltern – nichts würde Dillon abhalten, sobald er einmal den Entschluss gefasst hatte.

Ihm blieb also nichts anderes übrig, als das Unvermeidliche zu akzeptieren. Zumindest hatte er jetzt die Möglichkeit, dabei zuzusehen.

Im Zimmer war es, von dem regelmäßig aufflackernden Neonlicht abgesehen, dunkel. Doch Jamie war so sehr damit beschäftigt, hinter sich abzuschließen, dass sie ganz vergaß, das Licht anzuknipsen. Sie hatte den Schlüssel vom Badezimmer genommen, obwohl sich natürlich ein entschlossener Mann davon nicht abhalten lassen würde.

Nun gab es aber, vom Fenster abgesehen, auch keine

Fluchtmöglichkeit mehr, und die dünne Schneedecke würde einen Sprung nicht sehr abfedern.

Sie zog den Schlüssel ab und stellte ihren Koffer vor die Tür. Dann warf sie sich auf die Matratze. Sie wusste selbst nicht genau, wovor sie solche Angst hatte. Dillon hatte ihr nichts getan, sie hatten sich nur unterhalten. Überhaupt hatte er in all den Jahren kaum etwas anderes getan, und wenn, dann sowieso nur aus Langeweile. Er würde sicher nicht wie ein wild gewordener Stier die Treppe hinaufstürmen, die Tür eintreten und über sie herfallen.

Und doch umklammerte sie den Schlüssel, als ob er ihr Trost spenden könnte.

Er hatte sie nicht geküsst. Sie nicht einmal berührt. Trotzdem fühlte sie sich nackt, verletzlich und bis ins Mark erschüttert. Diese Wirkung hatte er schon immer auf sie gehabt. Nur, dass diesmal kein Nate da war, um einzugreifen. Dillon würde tun, wozu er Lust hatte, egal ob sie es wollte oder nicht.

Das Schlimmste aber war, dass sie es wollte. Er sollte sie berühren. Sie küssen. Obwohl sie es besser wissen müsste.

Sie kniff die Augen zusammen, konnte hinter den geschlossenen Lidern aber noch immer das Neonlicht blinken sehen. Vielleicht würde sie ihn doch noch überreden können, ihr zu helfen. Es sei denn, er hatte einen bestimmten Grund, warum er sie nicht gehen lassen wollte. Einen Grund, von dem sie bisher nichts wusste.

Letztlich war es auch egal. Wichtig war einzig und allein, dass sie hier weg kam. Sie könnte sich ein neues Auto kaufen – es war sowieso höchste Zeit. Den Volvo würde sie einfach hier stehen lassen. Wenn sie auf Dillon nicht zählen konnte, dann musste sie die Sache eben selbst in die Hand nehmen.

Und eines seiner Autos klauen.

Warum nicht? Sie war zu allem in der Lage, wenn sie es nur wirklich wollte. Und dazu musste sie sich nur noch einmal an diese schreckliche Nacht vor so vielen Jahren erinnern.

Zwölf Jahre früher

„Ich dachte, dass du mit Zack Gunther zum Abschlussball gehst", sagte Paul Jameson. Seine Stimme klang ein wenig benommen, Jamie war sofort auf der Hut. Er trug einen eisblauen Smoking, bei dessen Anblick ihre Mutter ohnmächtig geworden wäre. Um ehrlich zu sein, gefiel er ihr auch nicht besonders. Er passte ihm nicht richtig – er spannte über seinen breiten Schultern, und die Ärmel waren zu kurz. Aber er war noch immer der am besten aussehende Junge der Junior Class, und Jamie sagte sich, dass sie etwas dankbarer sein sollte.

„Wir haben uns getrennt", sagte sie. „Und was ist mit Charlene? Ist sie hier?"

„Himmel, nein. Sie hat mich auch sitzen lassen, auf dem Weg zum Abschlussball. Ich habe mir diesen blöden Smoking völlig umsonst geliehen. Wie es aussieht, bist du so weit erst gar nicht gekommen."

Jamie dachte an ihr rosa Kleid, das zu Hause auf dem Boden lag. „Nein, so weit bin ich nicht gekommen."

„Ich schätze, dass es hier sowieso viel lustiger ist. Jede Menge Gras, jede Menge Bier, und wie ich gehört habe, soll auch jemand Snow mitbringen. Vermutlich dein Freund."

„Snow? Freund?" wiederholte sie.

„Bist du behindert oder was? Ach so, nein, du bist ja eine Musterschülerin, nicht wahr? Dann werde ich dir mal ein paar Dinge übers Leben beibringen. Gras ist Marihuana. Das raucht man, um high zu werden."

„Ich weiß, was Gras ist", sagte sie verärgert.

„Bier ist ein alkoholisches Malzgetränk, das vor allem von Highschool-Schülern bevorzugt wird. Ich trinke lieber Tequila, und du freust dich sicher, dass ich eine Flasche mitgebracht habe. Snow ist Kokain, und dein Freund ist Dillon Gaynor, der dealt hier nicht nur mit Gras, sondern auch mit Snow."

„Sagt wer?" Es war nur logisch, aber aus irgendeinem Grund wollte sie es nicht glauben.

„Frag doch einfach deinen Bruder Nate."

„Cousin", korrigierte sie ihn automatisch. „Und Dillon ist nicht mein Freund. Wir sind nur zusammen hergekommen."

„Stimmt, du bist nicht Killers Typ. Und wenn, dann hätte er dich nicht an mich weitergereicht." Er packte Jamies Hand. „Lass uns mal ein ruhiges Plätzchen suchen, dann zeige ich dir vielleicht, wie man Tequila trinkt."

„Ich bin sicher, dass ich das ohne Anleitung hinbekomme." Sie blickte sich um. Die Leute, die sie begrüßt hatten, waren verschwunden, sie standen nun allein vor Dillons verbeultem, gelbem Cadillac. Von Nate oder Dillon war weit und breit nichts zu sehen.

„Wo sind die alle hin?" fragte sie.

Paul grinste sie an und streichelte ihr über den Arm. „Mach dir keine Gedanken, Baby. Ich leiste dir doch Gesellschaft."

Letztendlich war es ihr eigener Fehler gewesen. Sie hatte Pauls hübsches Gesicht betrachtet und sofort gewusst, dass er betrunken war. Er zwang sie nicht, die Flasche anzusetzen und Tequila zu trinken. Er zwang sie auch nicht, in den Wagen zu klettern. Plötzlich waren seine Hände überall, er küsste sie mit weichen, feuchten Lippen, rieb seinen Unterleib an ihrem und schob eine Hand unter ihre Bluse. Warum also hätte er auf sie hören sollen, als sie plötzlich Nein sagte?

Sie lag unter ihm, kämpfte nicht mehr länger gegen ihn an, während er sich fluchend auf ihr wand, mit den Fingern in ihre Brustwarzen kniff und mit der Zunge über ihre Zähne fuhr. Hätte sie nur mehr getrunken, genug, um bewusstlos zu werden oder um zu mögen, was er ihr antat. Er hatte gesagt, dass es ihr gefallen würde. Und dass sie eine frigide Kuh wäre. Dann sagte er gar nichts mehr, hörte auf zu sprechen, legte ihr nur die Hand auf den Mund und öffnete seine Hose.

Er riss ihr den Baumwollslip herunter. Es tat weh, war aber nichts im Vergleich zu dem Schmerz, der sie durchzuckte, als er in sie eindrang. Sie versuchte, sich zu befreien. Sie hatte das Gefühl, zu zerreißen, und dann zerriss tatsächlich etwas, als er ihr Jungfernhäutchen mit einem Keuchen durchstieß.

Je länger es dauerte, umso besser würde es sein, das hatten ihre erfahrenen Freundinnen ihr immer erzählt. Sie hatten gelogen. Es schien ewig zu dauern, er stieß grunzend zu, und sie konnte nichts anderes tun, als unter ihm zu liegen und zu weinen.

Mit einem letzten Stoß brach er auf ihr zusammen. Und dann setzte er sich auf, machte seine Hose zu und betrachtete sie mit halb geschlossenen Augen.

„Himmel, heulst du etwa?“ fragte er. „Ich kann Heulsusen nicht leiden. Damit versucht ihr zu bekommen, was ihr wollt, aber nicht mit mir. Wenn du meinst, dass wir ein Paar sind, nur weil du die Beine breit gemacht hast, dann irrst du dich. Charlene wird zu mir zurückkommen – das tut sie immer. Und falls nicht: Nimm’s nicht persönlich, aber dann bekomme ich was Besseres als dich.“

Sie fand ihre Jeans auf dem Boden des Wagens, zog sie wieder an und drückte sich in die hinterste Ecke des

Rücksitzes. Sie konnte ihr eigenes Blut auf Dillons Ledersitz sehen. Das würde ihm bestimmt nicht gefallen.

Sie blickte Paul an, konnte ihn aber nicht richtig sehen, vermutlich, weil sie die ganze Zeit weinte. Und dann bekam sie auch noch einen Schluckauf. Er schaute sie angewidert an.

„Verdammte Scheiße, halt die Klappe!“ schnauzte er sie an. „Du wirst doch jetzt keine Szene machen? Hier!“ Er schob ihr die Tequilaflasche hin. „Trink was und hör auf zu heulen.“

Beim Geruch des Tequila drehte sich ihr beinahe der Magen um. Sie rüttelte verzweifelt an der Tür, aber sie ließ sich nicht öffnen. Schließlich kletterte sie über die Tür aus dem Auto und stolperte in den Wald, um sich zu übergeben.

Sie sank auf dem schmutzigen Boden zusammen und weinte leise vor sich hin. Jetzt war es zu spät für Tränen, aber sie konnte einfach nicht aufhören. Sie lag einfach nur da, heulend, zu einem Knäuel zusammengerollt.

Und dann hörte sie Stimmen. Betrunkenes Gelächter. Sie setze sich auf und wischte die Tränen weg, für den Fall, dass sich irgendjemand auf die Suche nach ihr machen sollte.

Dillon und die Frau waren zurückgekommen, vermutlich, weil sie den Rücksitz seines Autos benutzen wollten. Ob es sich um dieselbe Frau handelte, die er vorher geküsst hatte, war unerheblich.

„Hey“, sagte Dillon. „Wir wären gerne ungestört.“

Paul war also doch nicht einfach abgehauen – sie hörte ihn antworten. „Klar, ich verschwinde. Wenn du mich das nächste Mal bittest, mich um jemanden zu kümmern, dann könntest du wenigstens eine aussuchen, die sich auskennt. Jungfrauen können einem echt auf die Nerven gehen.“

„Was meinst du damit?“ Dillons Stimme klang locker.

„Mann, sie hat die ganze Zeit geflennt. Weißt du eigentlich, wie schwierig es ist, ein Mädchen zu vögeln, das nur heult? Hat verdammt noch mal ewig lang gedauert. Und selbst danach hat sie nicht aufgehört zu heulen. Wir haben deinen Rücksitz ziemlich versaut – du hättest mir sagen müssen, dass sie es nicht bringt.“

„Killer, du tust mir weh“, jammerte eine weibliche Stimme. „Lass mich los.“

„Hey, Dillon!“ Das war Nates Stimme.

Jamie wollte nicht länger hinhören. Sie stand taumelnd auf und rannte los. Sie konnte nur hoffen, dass sie Richtung Bundesstraße lief. Irgendwann würde sie schon auf eine Straße treffen, wo sie ein Auto anhalten konnte. Nach allem, was sie in dieser Nacht erlebt hatte, konnte sie das Trampen nun wirklich nicht mehr abschrecken.

Die Straße war weiter entfernt, als sie gedacht hatte, zwischendurch glaubte sie sogar, im Kreis zu laufen. Doch dann hörte sie Motorengeräusche und wusste, dass sie fast da war.

Sie stolperte genau in dem Moment auf die Straße, als zwei helle Scheinwerfer auftauchten. Sie musste nicht mal den Daumen in die Höhe strecken, zum Glück, womöglich hätte sie dazu nicht genug Kraft gehabt. Der Wagen hielt neben hier. Nate saß auf dem Fahrersitz.

„Steig ein, Liebes", sagte er. Dass er sich so normal benahm, war seltsam tröstlich. Hätte er Mitleid gezeigt, dann wäre sie einfach auseinander gefallen.

Sie ging ums Auto herum und stieg ein. Sie kannte dieses Auto nicht, außerdem hatte Nate noch gar keinen Führerschein, aber das war ihr egal. Sie legte den Gurt an und schloss die Augen.

Er fuhr sehr schnell. Sie konnte seinen Bieratem riechen, beinahe hätte sie sich erneut übergeben. Bis ans Ende ihres Lebens wollte sie keinen Schluck Alkohol mehr trinken. Und vor allem nie mehr so wahnsinnig sein, von einem miesen Typen wie Dillon Gaynor zu träumen.

Nur dass Paul Jameson noch viel schlimmer war.

Mein Fehler, dachte sie. Sie hatte es zugelassen. Allerdings hatte sie vorhin erst begriffen, dass Dillon ihm vorgeschlagen hatte, ihr das anzutun. Wie eine reife Frucht hatte er sie einfach an Paul weitergereicht und ihn aufgefordert, sich zu bedienen. Sie war ein wenig betrunken gewesen. Kein Wunder also, dass sie ihm nicht hatte verständlich machen können, dass sie nicht wollte.

Sie wimmerte leise, Nate warf ihr einen Blick zu. Er

hatte einen Arm über ihre Lehne gelegt. „Kopf hoch, Jamie. Irgendwann musste es ja mal passieren. Jetzt hast du's hinter dir. Das nächste Mal wird es besser sein."

„Es gibt kein nächstes Mal", sagte sie bitter.

„Aber natürlich. Dillon muss doch nur den Finger krümmen, und du rennst sofort zu ihm."

„Ja, mit einer Waffe", sagte sie.

„Er kann nichts dafür. Wenn du wüsstest, dass ..." Das Blaulicht im Rückspiegel unterbrach ihn mitten im Satz. „Scheiße", sagte er.

Jamie drehte sich um. „Fährst du zu schnell?"

„Ich fahre zu schnell, ich bin betrunken, und ich habe mir dieses Auto ausgeliehen, ohne zu fragen. Ich glaube, wir stecken ganz schön in der Scheiße."

Sie starrte ihn entsetzt an.

„Komm schon, Jamie", sagte er. „Etwas mehr Humor bitte! Tante Isobel holt uns da schon wieder raus. Vermutlich bekommen wir nur einen kleinen Klaps auf die Hand. Mach dir keine Sorgen. Vielleicht kommen wir mit einer Verwarnung davon."

Stunden später saßen sie nebeneinander im Polizeirevier und warteten auf Victor Kincaid. Zwei Polizisten kamen herein und zerrten jemanden in Handschellen hinter sich her. Er war blutüberströmt und konnte kaum laufen.

Dillon Gaynor.

Er sah die beiden unter geschlossenen Augenlidern hervor an; auf seinen Lippen lag das bekannte ironische Lächeln. Die Polizisten warfen ihn unnötig grob gegen einen Tisch. Jamie wimmerte, als sie es sah. Er sollte mir nicht Leid tun, dachte sie. Aber er sah so fix und fertig aus.

„Dillon Gaynor“, sagte der Mann hinter dem Tisch resigniert. „Ich hätte mir denken können, dass ich dich wiedersehe. Dieses Mal bist du dran. Wir haben dich gewarnt – noch eine Schlägerei, und du wirst eine Zeit lang Gast des Staates sein. Wie es aussieht, bekommst du jetzt deine Quittung.“

„Diesmal ist es viel schlimmer“, sagte einer der Polizisten. „Der Junge, den er verprügelt hat, musste ins Krankenhaus.“

„Wundert mich nicht“, sagte der Sergeant. „Mich wundert vielmehr, wie es dem anderen Knaben gelungen ist, sein hübsches Gesicht derart zuzurichten.“

„Nein, der hat ihn kaum berührt“, erklärte der Polizist mit einem bösen Kichern. „Er ist auf dem Weg zum Streifenwagen … gestürzt.“

„War aber ein böser Sturz.“

„Allerdings.“

„Nate! Jamie!“ Isobel Kincaid tauchte auf, sie trug hochhackige Schuhe, eine Perlenkette und einen entsetzten und zugleich verächtlichen Gesichtsausdruck. „Euer Vater wartet im Auto auf euch. Ich kümmere mich um die Papiere – raus mit euch.“

„Mutter …“, begann Jamie, woraufhin Isobel sofort ihre ganze Missbilligung gegen sie richtete. „Fang gar nicht erst an, Jamie. Ich bin wahnsinnig böse auf dich. Auf euch beide.“ Sie starrte Nate eisig an.

„Aber du wirst mir vergeben, Tante Isobel“, sagte er süßlich. „Das tust du doch immer.“

Sie warf ihm ein reumütiges Lächeln zu. „Raus hier, alle beide. Je weniger Zeit ihr in der Gesellschaft von Abschaum wie Dillon Gaynor verbringt, desto besser für euch. Ich hatte dich gewarnt, Nate.“

„Ich weiß.“

Nate legte einen Arm um Jamie und schob sie hinaus in die warme Frühsommernacht. „Irgendwie muss man Dillon schon bewundern. Um ihn herum spielt sich ein Drama ab, doch er vergisst alles und beginnt sich mit einem seiner Kumpels zu prügeln. Dieser Typ denkt einfach immer nur an sich. Vermutlich war es Jimmy Canton – die beiden streiten sich seit Wochen, seit Dillon ihm die Freundin ausgespannt hat. Ich frage mich, ob er Jimmy umgebracht hat.“ Allerdings klang er nicht sonderlich neugierig.

Jamie zitterte.

„Komm jetzt, Jamie“, fuhr Nate fort. „Guck nicht so traurig. Wenn wir zu Hause sind, gehst du unter die Dusche und vergisst, was passiert ist.“

Sie schaute überrascht zu ihm auf. Meinte er das ernst? Allerdings. „Mach dir keine Gedanken, Kleine. Der Einzige, der davon weiß, ist Dillon, und er ist viel zu betrunken, um sich morgen noch an irgendetwas zu erinnern. Außerdem hat er jetzt ganz andere Probleme, zum Beispiel, wie er um ein paar Jahre Knast herumkommt."

„Was ist mit Paul?"

„Paul wird es auch nicht herumerzählen. Charlene würde ihn umbringen. Und falls doch, dann sag einfach, dass er lügt. Die Leute werden dir glauben. Ich meine, warum sollte es ein Mädchen wie du auf dem Rücksitz eines Autos treiben?"

Die Frage traf sie wie ein Schlag in die Magengrube. „Da hast du wohl Recht", sagte sie heiser.

„Wenn du erst geduscht und richtig geschlafen hast, sieht alles schon ganz anders aus", sagte Nate fröhlich. „Vertrau mir."

„Natürlich, wie immer."

9. KAPITEL

Wenn sie nur hätte schlafen können. Aber sie hatte bereits den halben Tag im Bett gelegen, und jetzt, wo sie am liebsten alles vergessen würde, kam sie einfach nicht zur Ruhe. Immer und immer wieder durchlebte sie diese eine Nacht.

Sie hatte wirklich geglaubt, alles hinter sich gelassen zu haben. Immerhin hatte ihre Mutter eine ansehnliche Summe für die Therapie gezahlt, ohne natürlich nachzufragen, worum es ging. Jamie hatte hart gekämpft, um die Erinnerung an jene Nacht zu verarbeiten.

Obwohl es so schlimm auch nicht gewesen war. Keine richtige Vergewaltigung – er hatte sie nicht geschlagen, ihr nicht wirklich wehgetan. Und sie musste ihn dann auch nie wiedersehen. Als sie zwei Wochen später in die Schule zurückkam, hörte sie, dass Paul einen Unfall gehabt hatte und den ganzen Sommer im Krankenhaus bleiben musste. Dann wechselte er die Schule und verschwand aus ihrem Leben. Sie hätte so tun können, als ob das alles nie geschehen wäre.

Wenn Nate nicht immer wieder davon angefangen hätte.

Damit wollte er ihr helfen, sich damit auseinander zu setzen und es endlich zu überwinden. Er konnte nicht verstehen, dass sie das alles am liebsten verdrängen wollte. Nachdem Paul verschwunden war und Dillon im

Gefängnis saß, hätte sie nichts und niemand mehr an das erinnert, was in dieser Nacht geschehen war.

Außer Nate. Und die Tatsache, dass sie es auf einmal nicht mehr ertragen konnte, angefasst zu werden. Was in ihrer Familie kein Problem war – weder Victor noch Isobel waren besonders zärtlich veranlagt, mit etwas Glück vergingen sogar Wochen, ohne dass irgendjemand sie berührte.

Wenigstens war das Thema Dillon Gaynor völlig tabu. Sie kannte nur die ungefähren Details – dass er im Gefängnis saß, weil er jemanden beinahe zu Tode geprügelt hatte, aber Nate sprach nicht darüber. Jamie ging davon aus, dass Killer in diesem Fall selbst für Nates Geschmack zu weit gegangen war. Sich schlecht zu benehmen war eine Sache, Körperverletzung eine andere.

Eigentlich hätte alles gut werden können. Doch das Gegenteil war der Fall. Nate lebte nicht mehr, er war im Haus des Mannes zu Tode geprügelt worden, der schon einmal aus einem ähnlichen Grund im Gefängnis gesessen hatte. Und Jamie war noch immer nicht in der Lage, sich von einem Mann berühren zu lassen.

Der Einzige, dem es ganz gut zu gehen schien, war Dillon. Aber er war auch nicht der Typ, der Skrupel hatte oder ein schlechtes Gewissen. Er lebte eben einfach vor sich hin, ohne den Schaden, den er anrichtete, zu bemerken. All die ruinierten Schicksale. Die Toten.

Sie setzte sich auf, lehnte sich an die Wand, das Neonschild beleuchtete die dünne Matratze. Es musste bereits sehr spät sein. Vermutlich würde es bald hell werden, schließlich hatten sie bis tief in die Nacht Karten gespielt. Doch noch war der Himmel dunkel – vor ihr lagen lange, leere Stunden, in denen sie nichts anderes tun konnte, als sich immer und immer wieder an diese Nacht zu erinnern.

Das Schlimme war, dass sie auch nicht vergessen konnte, wie gut sich Dillons Hände und Lippen angefühlt hatten. Und wie schrecklich die von Paul.

Sie stand hastig auf, nicht mehr länger in der Lage, allein mit ihren Gedanken zu sein. In dem riesigen alten Gebäude war es still – Dillon war vermutlich schon vor Stunden ins Bett gegangen, selbst die Ratten schliefen. Sie beschloss nach unten zu gehen und so viel Alkohol zu trinken, bis sie sich in einem angenehmen Dämmerzustand befinden würde.

Das Licht im Flur war noch an. Sie trug Boxershorts und T-Shirt und hatte keinen Bademantel dabei. Aber das war ja egal – schließlich war niemand da, der sie sehen konnte. Sie hätte genauso gut nackt die Treppe hinunterschleichen können.

Sie ging vorsichtig, in der Hoffnung, nicht noch einmal auf eine tote Ratte zu treffen, und als sie in die Küche kam, stellte sie erleichtert und zugleich angewidert fest, dass auf dem Tisch noch immer Gläser, Aschenbecher und Pokerchips waren. Kein Geld zum Glück. Denn sie war sich nicht sicher, ob sie der Versuchung hätte widerstehen können, einfach zuzugreifen. Vermutlich nicht.

Sein halb volles Whiskeyglas stand auch noch da, sie streckte die Hand danach aus und schüttete es mit einem Schluck hinunter. Beinahe hätte sie sich verschluckt.

Es war kein Whiskey. Es war ungesüßter Eistee. Sie setzte das Glas wieder ab. Kein Wunder, dass er sie alle geschlagen hatte. Sie hatten sich schließlich fröhlich betrunken, in der Annahme, dass er dasselbe tat, doch stattdessen war er absolut nüchtern geblieben. Aber warum überraschte es sie überhaupt, dass er so verschlagen war.

Sie begann, die Küche methodisch zu durchsuchen. Sie hatte Bier getrunken, sicher waren noch ein paar Flaschen übrig, aber sie konnte keine entdecken. Vielleicht hatten Mouser und Henry sie mitgenommen. Weit und breit war kein Alkohol zu sehen.

„Was Interessantes gefunden?“ fragte Dillon gedehnt.

Sie hatte nicht bemerkt, dass er in der Küche war und sie beobachtete. Sie erstarrte und versuchte ihre Haltung zu wahren, bevor sie sich zu ihm umdrehte.

Er lehnte am Türrahmen, die Jeans saßen tief auf seinen Hüften, sein Hemd war aufgeknöpft. Er hatte noch immer einen schönen Körper – sie wusste aus Erfahrung, dass er sehr stark war, obwohl er nur wenige Muskeln an Oberarmen und Schultern hatte. Aus irgendeinem Grund fand sie diese unterschwellige Stärke extrem erotisch.

Wie zum Teufel kam sie eigentlich auf die Idee, das

Wort erotisch im Zusammenhang mit Dillon auch nur zu *denken?*

„Ich suche was zu trinken. Ich kann nicht schlafen."

Er kam in die Küche und schloss die Tür hinter sich. „Nun, an deinem schlechten Gewissen kann das sicher nicht liegen. Du hast nicht genug gelebt, um Schuldgefühle zu haben."

„Was dein Problem mit Sicherheit nicht ist."

„Kommt darauf an." Er zuckte mit den Schultern und kam langsam auf sie zu. Sie wich zurück.

„Ich meine, dass du meine fehlenden Schuldgefühle problemlos wettmachen kannst. Schließlich gibt es genug Gründe, warum du dich schuldig fühlen könntest."

„Ja, das stimmt. Zum Glück bin ich aber der Meinung, dass Schuld reine Zeitverschwendung ist. Was passiert ist, ist passiert, da kann man noch so jammern, es wird sich nicht ändern."

„Ich jammere nicht."

„Das habe ich auch nicht behauptet." Er ging um den Tisch. „Ich sage nur, dass du irgendwann einmal darüber hinwegkommen musst."

„Du kannst mich mal!"

„Das ist ein Weg, mit dem Problem umzugehen." Er kam noch näher.

Sie wich nicht länger zurück. „Das ist lächerlich. Du kannst mich nicht um den Tisch scheuchen wie in einem schlechten Zeichentrickfilm."

„Dann bleib stehen.“

Nun ging sie doch wieder rückwärts. „Besser nicht. Sag mir einfach, wo ich etwas finde, das mir beim Einschlafen hilft. Dann gehe ich wieder ins Bett.“

„Genau hier.“ Mit einem Mal war er entsetzlich nah, er drückte sie gegen den Tisch.

„Fass mich nicht an.“ Ihre Stimme war sehr leise, es war zugleich ein Flehen und eine Warnung. „Ich mag es nicht, wenn ich berührt werde.“

„Du musst darüber hinwegkommen“, wiederholte er. Er legte einen Arm um ihre Hüfte und hob sie ohne Anstrengung hoch. Er fegte die Gläser und Pokerchips auf den Boden, und schon lag sie mitten auf dem Tisch. Er war über ihr, blickte sie an, drückte sich gegen sie, sie spürte seine warme, weiche, nackte Brust und seine unverkennbare Erektion an ihrem Schenkel. Sie konnte sich nicht rühren.

Er stützte sich auf den Ellbogen auf, betrachtete ihr Gesicht und ihre offensichtliche Panik. „Nate hat ganz vergessen, dieses Sahnebonbon zu erwähnen“, sagte er mehr zu sich selbst.

„Wie bitte?“ Ihre Frage war nicht mehr als ein verängstigtes Quieken. Sie zitterte, natürlich musste er das merken, aber er schien völlig ungerührt.

„Dass du Angst vor Männern hast. Hat Paul dir das angetan?“

„Ich selbst habe mir das angetan“, sagte sie. Und das

war die Wahrheit. Sie hätte lernen können, damit umzugehen, wenn sie gewollt hätte. Aber es schien ihr einfacher, nicht mehr an die Geschichte zu rühren.

Zu ihrem Entsetzten küsste er sie leicht auf die Stirn. „Gut, dass Paul tot ist“, murmelte er. „Sonst müsste ich ihn jetzt umbringen.“

Er wanderte mit seinen Lippen über ihre Wange und küsste ihren Mundwinkel. „Andererseits könnte das auch ein Vorteil sein. Dann weißt du wenigstens nicht, was du verpasst hast.“ Nun berührten sich ihre Lippen, nur kurz, dann wanderte er weiter.

„Lass mich aufstehen, Dillon“, sagte sie und versuchte erst gar nicht, bestimmt zu klingen. „Bitte.“

Er hörte nicht auf, sie sanft auf den Hals zu küssen. Sie berührte ihn nicht, versuchte auch nicht, ihn wegzustoßen. Sie lag einfach nur da, gefangen, ihre Arme lagen neben ihr, die Hände flach auf dem Tisch, jeder Muskel war angespannt, sie schloss fest ihre Augen. Früher oder später wäre es vorbei, sie würde es überleben. Sie konnte es ertragen, wenn es sein musste.

Wieder legten sich seine Lippen sanft auf ihren Mundwinkel, und sie konnte es nicht verhindern, dass sie ein leises Klagen ausstieß. „Mach die Augen auf, Jamie“, flüsterte er.

Sie hatte nicht vor, zu gehorchen. Aber ihr Körper schien anderer Meinung zu sein, also sah sie in sein Gesicht, in die blaue, hypnotisierende Tiefe seiner Augen.

„Schon besser", sagte er. „Wenn du möchtest, dass ich dich aufstehen lasse, musst du etwas für mich tun."

„Nein!"

„Das meine ich nicht, Jamie. Du sollst mich einfach nur küssen."

„Du bist betrunken", sagte sie. „Oder stoned oder sonst was."

„Du weißt, dass ich nicht betrunken bin. Du hast dich gerade an meinem Eistee verschluckt. Und ehrlich gesagt: Das Einzige, was momentan meinen Verstand beeinträchtigt, bist du."

„Das ist auch nicht viel besser."

Er lächelte schief. „Ich habe nie behauptet, dass du eine besonders positive Wirkung auf mich oder meinen Verstand hast. Aber zumindest eine starke. Was sollen wir also tun?"

„Das ist dein Problem. Ich werde überhaupt nichts tun."

„Siehst du – es geht dir schon viel besser. Du zitterst nicht mehr, und du bist verdammt wütend. Das ist doch ein Fortschritt."

Sie zitterte tatsächlich nicht mehr. Ihre Wut hatte die Angst verdrängt; die Tatsache, dass ihr das nicht selbst aufgefallen war, ärgerte sie nur noch mehr.

„Lass mich verdammt noch mal los, sonst wird es dir noch Leid tun", sagte sie und begann sich leicht zu wehren. Sie konnte ihm das Knie in den Unterleib rammen. Zwar hatte sie so etwas noch nie zuvor getan, aber es schien nicht allzu schwer zu sein.

„Denk nicht mal darüber nach, Babygirl", sagte er und presste sie mit den Hüften auf die harte Tischplatte. Jetzt konnte sie ihre Beine nicht mehr bewegen, konnte sich nicht mehr wehren, und darüber war sie so verärgert, dass ihr zuerst nicht einmal auffiel, wie er sie genannt hatte.

„Ich bitte dich jetzt zum letzten Mal …", zischte sie.

„Und ich sage es dir zum letzten Mal. Du musst mich einfach nur küssen, und schon lasse ich dich wieder schön brav ins Bett gehen. Ich werde nicht mal deine Brüste berühren. Aber das nächste Mal solltest du es dir zweimal überlegen, bevor du hier ohne BH rumläufst. Ein Mann kann sich nicht permanent zurückhalten. Du stellst meine Selbstkontrolle hart auf die Probe."

„Ich habe nicht den Eindruck, dass du dich auf irgendeine Art und Weise kontrollierst."

Sein tiefes Lachen jagte ihr einen Schauer über den Rücken. „Du hast ja keine Ahnung, was ich am liebsten mit dir tun würde. Warum bist du nicht weggerannt, solange du noch konntest?"

„Mir ist nicht aufgefallen, dass ich überhaupt die Chance hatte, wegzurennen."

„Ich würde nur zu gerne die ganze Nacht hier so verbringen. Selbst wenn du dich weigerst, mich zu küssen, wird es mir eine ganze Menge Spaß machen, mich einfach an dir zu reiben. Es könnte allerdings eine kleine Sauerei geben."

„Du bist widerlich."

„Nur gesund, Jamie." Er drückte seine Erektion an ihren Schoß; ein seltsamer Schauer durchfuhr sie. Sie starrte ihn erschrocken an, als sie sich an diese Gefühle erinnerte. Das erste schwache Zucken der Erregung. Und er wusste es.

Was für ein grausamer Streich des Schicksals. Seit zwölf Jahren hoffte sie darauf, einem Mann gegenüber etwas zu empfinden, und dann geschah es ausgerechnet bei Dillon Gaynor. Bei einem derart unmoralischen, gefährlichen, herzlosen und gemeinen Mann. Das war einfach falsch. Das durfte nicht sein. Doch er rieb sich weiter sanft an ihr, seine Augen blitzten, während er ihre Reaktion abschätzte; sie spürte, wie Hitze in ihr aufstieg, obwohl sie sich dagegen wehrte.

Sie musste aufstehen, von ihm loskommen. Und sie hatte nur eine Chance. „Na gut", sagte sie und küsste ihn schnell auf den Mund.

Er war ganz offensichtlich nicht beeindruckt. „Das meine ich nicht."

„Du hast gesagt, wenn ich dich küsse, lässt du mich aufstehen."

„Benutz deine Zunge." Wieder stieß er seine Hüfte gegen sie, das Feuer breitete sich weiter aus. Sie kam an einen Punkt, an dem er sie nur kurz würde berühren müssen, und sie bekäme vermutlich einen Orgasmus. Das durfte auf keinen Fall geschehen.

Sie hob einen Arm, legte ihn um seinen Hals und zog sein Gesicht zu sich herunter. Dann drückte sie ihre geöffneten Lippen auf seine und bewegte ihre Zunge.

Er legte seine Hände an ihre Wangen, sein Mund auf ihrem, ihre Zungen berührten sich, Lippen und Zähne und Hitze. Sie versuchte, sich zurückzuhalten, versuchte, ihre Emotionen zu zügeln, aber es war bereits zu spät, sie musste sich ihm ergeben, seinem Mund, und sie küsste ihn mit ihrer ganzen Leidenschaft und ihrer ganzen Seele.

Vermutlich hatte sie vergessen zu atmen. Er war es, der den Kuss abbrach, sie erstaunt anblickte, seine Lippen nass von ihren Küssen – seine Augen glänzten. „Verdammt“, flüsterte er. „Das war keine sehr gute Idee.“

Das traumhafte, zugleich sinnliche und beängstigende Flimmern verschwand, sie stieß ihn zurück. Endlich bewegte er sich, richtete sich auf, ging einen Schritt zurück in den Schatten und schüttelte den Kopf.

Sie wollte gar nicht wissen, was er dachte. Wichtig war nur, dass er es sich anders überlegt hatte und sie gehen ließ. Wobei sie sich auf einmal fragte, ob es das war, was sie wirklich wollte.

Sie krabbelte vom Tisch und versuchte, sich nicht anmerken zu lassen, wie weich ihre Knie waren. „Das war sogar eine ziemlich schlechte Idee“, sagte sie. „Ich weiß nicht, warum du das getan hast, aber sicher nicht, weil du deine hemmungslose Lust nicht mehr zügeln konntest. Schließlich bin ich nicht dein Typ, das war schon immer so. Wenn es dir nichts ausmacht, werde ich jetzt ins Bett gehen und wir vergessen, dass das je passiert ist."

Er machte sich über ihre Reaktion lustig. „Du klingst wie die Gräfin", sagte er. Er kam aus dem Schatten ins Licht. „Schau mich gut an, Jamie, und dann sag mir, dass es hier nicht um Lust geht."

Der ziemlich augenscheinliche Beweis war wirklich nicht zu übersehen. „Das ist eine normale biologische Reaktion ...", begann sie, aber er unterbrach sie.

„Wenn ich du wäre, würde ich so schnell wie möglich aus der Küche verschwinden, oder ich zeige dir doch noch, wer mein Typ ist." Seine Stimme klang sanft, die Drohung darin war aber unverkennbar.

Sie rannte los.

Sie rannte schnell und nahm sich nicht einmal die Zeit, die Küchentür hinter sich zuzuknallen. Er hörte, dass sie auf der Treppe stolperte, und wenn er nicht so sauer gewesen wäre, hätte er wahrscheinlich lachen müssen. Bei dem Versuch, ihm zu entkommen, brach sie sich noch das Genick. Vielleicht sprang sie sogar aus dem Fenster. Zum Glück hatte er keine Minderwertigkeitskomplexe, denn Jamie Kincaids Reaktion auf ihn war doch ein wenig entmutigend.

Abgesehen von der Art und Weise, wie sie ihn geküsst

hatte. Sie schmeckte noch immer wie früher – eine Mischung aus Unschuld, Bereitwilligkeit und Sex, der so tief in ihr vergraben war, dass man einen Bulldozer brauchen würde, um daran heranzukommen. Oder einen sehr entschlossenen Mann.

Und wenn er etwas war, dann entschlossen.

Er musste sich allerdings eingestehen, dass sie tief in ihm etwas ausgelöst hatte. Es war eine Sache, auf die kleine Cousine des besten Freundes scharf zu sein. Aber nie hätte er gedacht, dass es ihn so berühren würde, ihren zitternden Körper unter sich zu spüren. Dieser angstvolle Blick in ihren Augen, der Geschmack ihrer Lippen. Das alles machte ihm eine Heidenangst.

Vielleicht sollte er auf sein Gewissen und auf Mousers Argumente hören und sie gehen lassen. Dafür sorgen, dass ihre Handtasche auf wundersame Weise wieder auftauchte, sich eine halbe Stunde unter ihren Volvo legen, und sie könnte nach Hause fahren. Der Volvo stand in seiner Werkstatt unter einer großen Plane. Bisher hatte er es nicht wirklich eilig gehabt, sie loszuwerden. Er wusste, wenn sie einmal gegangen war, würde er sie nie mehr wiedersehen. Nur Nate hatte sie miteinander verbunden. Es wurde höchste Zeit, dass er sie rauswarf und mit seinem eigenen Leben weitermachte.

Die Frage war nur, ob er sie vorher um den Verstand vögeln oder der Versuchung widerstehen sollte.

Er kannte die Antwort. Mit Nate Kincaids kleiner

Cousine zu schlafen hätte seinen alten Kumpel wahnsinnig gemacht. Und schon aus diesem Grund musste er es tun.

Davon abgesehen, dass es noch eine Menge andere Gründe gab. Zum einen wäre es ein schöner Denkzettel für die arrogante Gräfin, zum anderen würde er endlich zu Ende bringen, was vor zwölf Jahren begonnen hatte. Er mochte es, wenn Dinge abgeschlossen waren.

Und außerdem: Wäre sie nicht gewesen, dann hätte er nicht achtzehn Monate seines Lebens verloren. Sie schuldete ihm etwas. Irgendwann würde sie sowieso einen Mann an sich ranlassen. Das konnte dann genauso gut er sein.

Es gab also tausend Gründe. Einer war besser als der andere. Aber nur einer war der ausschlaggebende: Nämlich der, dass er sie so sehr begehrte, dass es wehtat.

Und dabei spielte es keine Rolle, wie viel Angst sie hatte. Er wollte sie haben.

10. KAPITEL

Nate war sich nicht ganz sicher, wann ihm die Idee kam, Jamie zu töten. Er hatte sich einzureden versucht, dass sie gekommen war, um ihn zu rächen, aber das stimmte nicht. Jamie war zu so etwas Elementarem wie Rache, etwas so Leidenschaftlichem wie Mord gar nicht in der Lage. Seit ihrer Schulzeit schwärmte sie für Dillon. Sie hatte geglaubt, dass ihr Cousin nichts merkte, doch ihm hatte es immer ein diebisches Vergnügen bereitet, die beiden zusammenzubringen und zu beobachten, wie unbeholfen sie miteinander umgingen.

Schon am Abend ihres Abschlussballs hatte er daran gedacht, sie umzubringen. Jamie hatte fürchterlich ausgesehen, nachdem Paul mit ihr fertig war. Sie schluchzte unkontrolliert, und er wollte gar nicht daran denken, was Tante Isobel und Onkel Victor zu der ganzen Geschichte wohl sagen würden. Tante Isobel würde natürlich wieder mal ein Auge zudrücken. Sie betete ihn aus unerfindlichen Gründen an und ließ nicht zu, dass jemand schlecht über ihn sprach. Und normalerweise fand er es amüsant herauszufinden, wie weit er gehen konnte, bevor Onkel Victor explodierte.

Doch an diesem Abend war er vermutlich zu weit gegangen. Onkel Victor hielt seine schützende Hand über die süße kleine Jamie, und er würde Nate für das verantwortlich machen, was geschehen war.

Ein tragischer Autounfall wäre da gerade recht gekommen. Er überlegte, ihr den Hals umzudrehen und dann den Wagen von der Fahrbahn abkommen zu lassen. Er würde dafür sorgen, dass er selbst ein paar blaue Flecken und Prellungen vorweisen konnte. Die Nachricht hätte Onkel Victor tief erschüttert. Tante Isobel hingegen hätte sich einfach nur Sorgen um Nate gemacht.

Und das Beste: Dillon wäre am Boden zerstört gewesen.

Aber dann hatte die Polizei ihn wegen zu hoher Geschwindigkeit angehalten. Dennoch, im Grunde war ja bis vor kurzem alles ganz gut für ihn gelaufen.

Und doch hatte er Dillons Gefühlen zu wenig Beachtung geschenkt. Wie dumm von ihm, dieses kleine Detail zu übersehen. Aber Dillon und Jamie hatten sich so viele Jahre nicht mehr gesehen, dass er wirklich geglaubt hatte, sein Freund sei schon längst darüber hinweg. Insbesondere, weil Dillon seine Gefühle ja nie wirklich zugegeben hatte.

Doch nun brauchte er nur Dillons Stimme zu lauschen oder zu sehen, wie Jamie sich im Schlaf unruhig hin und her warf. In den nächsten Tagen, Stunden oder Sekunden würden sie miteinander schlafen, und aus diesem Grund musste er sie töten.

Nicht, dass er persönlich etwas gegen sie hätte. Er mochte seine kleine Cousine immer gerne, außerdem betete sie ihn an. Nie war sie eine echte Bedrohung gewesen – selbst

Onkel Victor hatte ihn mehr geliebt als sie. Und als Dillon zwischen Nate und seiner unschuldigen kleinen Cousine wählen musste, hatte es auch keinen Zweifel gegeben.

Vielleicht ist es ja genau diese Unschuld, die mich verrückt macht, dachte Nate. Ihr blindes, dummes Vertrauen. Dabei war sie klüger, als für sie selbst gut war, das wusste er. Nur ihre Menschenkenntnis ließ zu wünschen übrig.

Er hatte gehört, was in der Küche vor sich ging, die Gläser, die auf dem Boden zerschellten, ihr leises Gespräch und die folgende lange Stille. Er hatte sich genau vorstellen können, was sie gerade taten und was sie noch tun würden, wenn er es nicht verhinderte.

Die ganze Zeit hatte er nur auf eine Möglichkeit gewartet, Dillon endlich zu töten. Sie beide gleichzeitig umzubringen, würde die Sache vereinfachen, aber diesen Gefallen wollte er ihnen nicht tun. Sie mussten einzeln sterben, alleine, qualvoll, verängstigt. Dillon Gaynor Angst zu machen, würde nicht leicht werden, aber andererseits hatte er auch noch nie einem Gespenst gegenüberstehen gestanden.

Nun musste nur noch geklärt werden, auf welche Weise es geschehen sollte. Um weitere Pläne zu schmieden, schlich er zurück in seinen Verschlag im obersten Stockwerk des Gebäudes.

Jamie kauerte sich in die Ecke des Zimmers, zitternd, die Bettdecke fest um sich gewickelt. Irgendwann während der Nacht war die Heizung ausgefallen. Ihr war eiskalt, aber lieber wäre sie erfroren, als auch nur einen Fuß vor die Zimmertür zu setzen.

Sie hatte mit dem Badezimmerschlüssel abgeschlossen und zusätzlich einen Stuhl unter die Klinke geklemmt. Natürlich würde Dillon sich davon nicht aufhalten lassen, wenn er wirklich entschlossen war, aber das schien er ja nicht zu sein.

Er hatte sie nur deshalb auf den großen Eichentisch in der Küche geworfen, um sie einzuschüchtern. Allerdings hatte sie keine Ahnung, wieso. Wenn er sie loswerden wollte, dann musste er ihr doch nur etwas Geld geben. Sie würde es ihm zurückzahlen, das wusste er doch. Die Kincaids hatten genug Geld, im Gegensatz zu Dillon Gaynor, der trotzdem dieses alte Haus auf rätselhafte Weise hatte kaufen können. Vermutlich mit Drogengeld. Falls er wirklich nicht Nates Mörder war, dann hatte vermutlich einer dieser Drogenbarone aus Kolumbien einen Fehler gemacht und statt Dillon einen Unschuldigen ermordet.

Wobei selbst die toleranteste Cousine der Welt Nate nicht als unschuldig bezeichnen konnte. Er war charmant, gutmütig und großzügig gewesen, aber auf keinen Fall ein braver Junge. Ehrlich gesagt war sie sich sogar nie so ganz sicher gewesen, wer von den beiden eigentlich der Anführer war.

Inzwischen war das auch egal. Nate war tot, und sie würde Dillon bald nie mehr wiedersehen. Sobald die Sonne aufgehen würde, würde sie einfach alle Klamotten, die sie dabeihatte, übereinander ziehen und in die Eiseskälte hinauswandern, so lange, bis sie auf jemanden traf, der ihr helfen konnte. Es musste irgendwo eine Stelle vom Nationalen Automobilclub geben. Sie hatte zwar keinen Ausweis und keine Kreditkarte, aber im Computer mussten ihre Daten schließlich zu finden sein. Und dann würden sie jemanden schicken, der ihr Auto reparierte. Zahlte sie nicht aus diesem Grund monatlich ihren Beitrag?

Auch die Polizei würde ihr helfen. Schließlich war ihre Handtasche geklaut worden, und sie saß in einer fremden Stadt fest. Selbst ein Obdachlosenheim wäre besser, als auch nur noch eine Nacht mit Dillon unter einem Dach zu verbringen. Und sicherer.

Der Wind hatte zugenommen, er heulte gespenstisch um das alte Gebäude. Sie blieb wach, bis die ersten Lichtstrahlen über die Fensterbank krochen. Dann stand sie auf und suchte nach ihren Schuhen.

Die meisten Kleider hatte sie bereits angezogen, als armselige Schutzmaßnahme gegen die Kälte im Zimmer. In der trüben Morgendämmerung konnte sie ihre Schuhe nicht entdecken. Sie machte Licht, noch immer zitternd.

Die Schuhe waren nicht da. Weder die Turnschuhe, mit denen sie zumindest eine Zeit lang problemlos durch den Schnee hätte stapfen können. Noch ihre Wildlederschuhe, die nach dem ersten Schritt im Schnee ruiniert gewesen wären, aber trotzdem gereicht hätten, um abzuhauen. Vielleicht hatte sie ihre Schuhe unten gelassen. Aber das war unwahrscheinlich – sie fühlte sich in Dillons Gegenwart schließlich nicht wohl, immerzu hatte sie das Bedürfnis, vor ihm wegzulaufen, also hatte sie die Schuhe unten sicherlich nicht ausgezogen.

Im Badezimmer? Möglich, allerdings nicht wahrscheinlich. Als sie ihre Schuhe zum letzten Mal gesehen hatte, standen sie ordentlich vor ihrer Matratze aufgereiht. Und jetzt waren sie verschwunden, genau wie ihre Handtasche.

Sie hätte ja Dillon dafür verantwortlich gemacht, aber der wollte doch auch, dass sie so schnell wie möglich verschwand. Sie setzte sich wieder auf die Matratze, schlotternd vor Kälte. Es war sogar so kalt, dass sie ihren eigenen Atem sehen konnte.

Vielleicht war die Heizung ja gar nicht ausgefallen. Vielleicht war es hier so kalt, weil sie nicht alleine im Zimmer war. Sie hatte genug Filme gesehen, in denen die Temperatur jedes Mal fiel, wenn Tote in der Nähe waren. Und sie hatte von der ersten Sekunde an in diesem Gebäude das Gefühl gehabt, beobachtet zu werden.

„Nate?“ flüsterte sie. „Bist du da?“

Keine Antwort, natürlich, und obwohl sie sich ziemlich bescheuert vorkam, machte sie weiter: „Ich glaube nicht an Geister, aber wenn du überhaupt irgendwo bist, dann bestimmt hier, wo du so brutal ums Leben gekommen bist. Bist du hier, um mich vor irgendetwas zu warnen?“

Stille. Jamie holte tief Luft. „Ich habe keine Angst vor dir, Nate. Du hast mir nie wehgetan und würdest es jetzt ganz bestimmt auch nicht tun. Möchtest du, dass ich hier bleibe? Soll ich herausfinden, was wirklich geschehen ist? Hast du meine Tasche und meine Schuhe weggenommen? Zum Teufel, weißt du, wo sie sind?"

Das war eine blöde Frage, sie erwartete auch keine Antwort. „Ich muss hier weg, Nate", versuchte sie es ein letztes Mal. „Ich muss von Dillon weg. Das solltest du doch verstehen. Du wusstest, was ich für ihn empfinde, bevor ich es selbst wusste. Ich muss unbedingt weg."

Plötzlich hörte sie ein Klirren, einen dumpfen Schlag und ein kreischendes Geräusch, als würde Metall aneinander reiben. Sie zuckte zusammen. Sekunden später spuckte das Heizungsrohr eine äußerst willkommene Hitzewolke aus. Jamie starrte die Heizung erschrocken an.

„Wenn das ein Zeichen sein soll, dann verstehe ich nicht genau, was es zu bedeuten hat. Aber ich werde hinuntergehen, mir ein Paar Schuhe von Dillon ausleihen und mich so schnell es geht auf den Weg machen. Tut mir Leid, Nate."

Wärme füllte das Zimmer genauso schnell wie das helle Morgenlicht. Jamie sprang von der Matratze auf, ging zur Tür und entfernte den Stuhl so leise wie möglich. Dillon war vermutlich noch im Bett – sie hatte seine Schritte gehört, als er vor ein paar Stunden, nachdem sie vor ihm davongerannt war, in sein Zimmer gegangen war. Er hatte nicht einmal gezögert, als er an ihrer Tür vorbeiging.

Der Schlüssel im Schloss machte ein eingerostetes Geräusch, aber der Lärm der Heizung war laut genug, um es zu übertönen. Außerdem war Dillons Zimmer am anderen Ende des Flurs – er würde sie sicher nicht hören.

Der Boden knarrte bei jedem Schritt; sie fluchte leise, blieb aber nicht stehen.

Der Gang war in Dunkelheit gehüllt, doch sie traute sich nicht, Licht zu machen. Sie tastete sich die Treppe hinunter und versuchte, nicht an die tote Ratte zu denken. So etwas konnte niemals zweimal hintereinander geschehen.

Dann stieß sie die Küchentür auf, in Erwartung, das Chaos der vergangenen Nacht zu sehen. Dillon hatte schließlich alles vom Tisch gefegt, Gläser waren zerbrochen; sie würde auf jeden Fall aufpassen müssen, wo sie hintrat.

Doch die Küche war makellos sauber, das Geschirr gespült, die leeren Flaschen waren verschwunden, der Boden war gewischt. Selbst die obligatorischen Aschenbecher waren leer.

Entweder war Dillon ordentlicher, als er wirkte, oder er hatte einfach nicht schlafen können. So wie Jamie.

Nirgends waren Schuhe zu sehen. Zwar hingen noch immer Pullover und Jacken an der Tür, doch es standen keine Stiefel oder etwas Ähnliches herum. Sie konnte sich nicht mehr erinnern, ob das vorher anders gewesen war.

Sie öffnete die Haustür und starrte auf die Schneelandschaft – Sie hatte nicht geahnt, wie heftig die Schneefälle in Wisconsin waren. Es natürlich auch nie einen Grund gegeben hatte, sich mit den Wetterbedingungen des mittleren Westens auseinander zu setzen, und nichts wäre ihr lieber, als das auch künftig nicht tun zu müssen.

Sie schloss die Tür wieder. Sie konnte nicht barfuß hinausgehen, ganz egal, wie verzweifelt sie war. Irgendwo in diesem Haus musste es Schuhe geben, und wenn sie keine fand, dann würde sie eben ihre Füße mit Tüchern umwickeln. Hauptsache, sie kam hier weg.

Unsicher betrachtete sie die Garagentür. Sie war sicher, dass Dillon oben in seinem Bett lag – sonst hätte sie seine Schritte im Flur gehört. Sie vermutete, dass die Garagentür abgeschlossen wäre, aber sie ließ sich ganz leicht öffnen. In der riesigen Halle war es stockdunkel, neben der Tür befand sich kein Lichtschalter. Zumindest konnte sie keinen entdecken.

Der Duesenberg stand in der Mitte, mit offener Motorhaube. Der Beton fühlte sich unter ihren nackten Füßen kalt und rau an. Wie magisch angezogen, ging sie zu dem knallgelben Cadillac Cabriolet.

Sie zog die Plane herunter. Der Wagen stand in seiner ganzen herrlichen Pracht vor ihr. Von den neuen Ledersitzen abgesehen, sah er genauso aus wie früher. Dillon war immer wahnsinnig stolz auf sein Auto gewesen, und das hatte man dem Wagen angesehen. Damals hatte er die

Schlitze in den Ledersitzen mit Klebeband verdeckt, weil er sich mit neunzehn keine neuen Sitze leisten konnte. Inzwischen aber offensichtlich schon.

Sie legte die Hände auf die Tür und zwang sich, hineinzusehen. Sie konnte nicht begreifen, warum sie überhaupt so dumm gewesen war, mit Paul auf den Rücksitz zu steigen. Es hatte wohl am Tequila gelegen. Und an der Tatsache, dass Paul der begehrteste Junge an der Marshfield-Schule gewesen war.

Aber der wahre Grund war, dass Dillon Gaynor sie endlich geküsst und berührt, und dann in dem Moment, in dem ein anderes Mädchen aufgetaucht war, stehen gelassen hatte.

Sie erschauderte. Als sich die Tür öffnete, drehte sie sich nicht um.

„Warum hast du das getan?" fragte sie leise, so leise, dass sie nicht sicher war, ob er sie überhaupt hören konnte.

Er konnte. „Was getan?"

„Paul Jameson auf mich angesetzt."

Er stritt es nicht ab, so sehr sie es sich auch wünschte. „Ich dachte, er wäre dein Schwarm, der perfekte Junge für ein Unschuldslamm wie dich. Quarterback im Footballteam, Klassensprecher und all so ein Mist. Nate hat mir erzählt, dass du in ihn verknallt bist."

Sie fuhr herum und starrte ihn an. Böser Fehler. Er trug kein Hemd, keine Schuhe, seine Jeans waren nicht ganz zugeknöpft. Selbst in dem dämmrigen Licht konnte sie genau sehen, warum sie sich immer nach ihm verzehrt hatte. Er sah so unglaublich gut aus.

„Ich weiß nicht, warum Nate so etwas hätte sagen sollen. Es war nicht Paul, für den ich geschwärmt habe, und ich bin mir ziemlich sicher, dass er das wusste."

„Für wen hast du denn geschwärmt?"

Das Thema war gefährlich, sie wollte es nicht anschneiden. „Warum sollte Nate ..." begann sie stattdessen, aber Dillon unterbrach sie.

„Vergiss Nate. Wenn es für ihn von Vorteil war, hat er gelogen, sobald er nur den Mund aufmachte."

„Warum sollte es für ihn von Vorteil sein, dass ich schlechte Erfahrungen mit Sex mache?"

„Das waren keine schlechten Erfahrungen, Jamie. Es war eine Vergewaltigung."

Sie wollte dieses Wort, das sie seit zwölf Jahren umging, nicht hören. „Nein, das stimmt nicht. Ich bin freiwillig mit ihm ins Auto gestiegen. Es war mein Fehler."

„Blödsinn. Du warst betrunken, und Paul glaubte, dass er für jedes Mädchen ein Geschenk des Himmels wäre. Er hat nicht auf dich gehört, als du Nein gesagt hast. Und du hast doch Nein gesagt, oder nicht?"

„Ja", flüsterte sie. Er war unbemerkt näher gekommen. Viel zu nah; er blockierte ihren Fluchtweg. Schnell schaute sie aufs Auto. „Ich kann mir nicht vorstellen, dass du dich besonders gut erinnerst. Du warst auch betrunken."

„Stimmt. Aber ich konnte damit besser umgehen als dieser kleine Pisser."

Merkwürdigerweise hätte sie beinahe gelächelt. Sie hatte für Paul immer nur riesige, beängstigende Bezeichnungen gefunden. Pisser verwies ihn auf den ihm zustehenden Platz.

„Nun, betrunken oder nicht, in dieser Nacht warst du jedenfalls viel zu sehr damit beschäftigt, dich zu prügeln und dann auch noch verhaftet zu werden. Oder nicht?" fragte sie leise.

„Ja."

Irgendetwas in seiner Stimme ließ sie aufhorchen. Seine knappe Antwort war sachlich – es gab keinen Grund, mehr dahinter zu vermuten. Aber sie tat es.

Sie drehte sich vollständig um, lehnte sich an das kühle Blech des Cadillacs. „Wen hast du eigentlich zusammengeschlagen? Und zwar so, dass du dafür ins Gefängnis gewandert bist?"

„Nate hat dir doch sicher etwas erzählt", sagte er langsam. „Und du hast deinem Cousin doch jedes Wort geglaubt, oder?"

„Er sagte, es wäre um ein geplatztes Drogengeschäft gegangen."

„Glaubst du wirklich, dass wegen zwei kleinen Drogendealern so ein Aufstand gemacht worden wäre?"

„Zwei?"

„Ich habe mit Drogen gehandelt, Jamie, das weißt

du. Nur mit Gras, aber ich habe es getan. Und ich habe beinahe einen Mann mit bloßen Händen getötet. Kein Wunder, dass sie mich für eineinhalb Jahre ins Gefängnis gesteckt haben."

„Was für einen Mann?"

„Nun, wohl eher einen Jungen."

„Welcher Junge?"

Er lächelte ein wenig spöttisch. „Du weißt genau, welcher. Du hast nur zwölf Jahre gebraucht, um dahinter zu kommen."

„Paul."

„Ich habe ihm den Kiefer gebrochen, den Wangenknochen, drei Rippen, ein paar Knochen seiner rechten Hand und seine Milz gequetscht. Wenn ich mich recht erinnere, hatte er eine Gehirnerschütterung und pinkelte monatelang Blut. Vermutlich hätte ich ihn umgebracht, wenn die Leute mich nicht von ihm weggezerrt hätten. Zum Glück hat dann ein Autounfall einige Jahre später dafür gesorgt."

„Und damit hattest du nichts zu tun?" fragte sie plötzlich erschrocken.

Er schüttelte den Kopf. „Ich habe niemanden umgebracht. Nicht direkt. Noch nicht."

Sie schluckte. „Das klingt nicht sonderlich beruhigend."

„Sollte es auch nicht."

„Da muss noch mehr gewesen sein", sagte sie. „Man

hätte dich nicht wegen einer Schlägerei so lange ins Gefängnis gesteckt."

„Es war nicht nur eine Schlägerei, Prinzessin. Ich habe wirklich versucht, diesen kleinen Bastard zu töten. Leider Gottes waren seine Eltern ziemlich in ihn vernarrt und ziemlich einflussreich. Wenn es nach ihnen gegangen wäre, hätte ich bis an mein Lebensende gesessen, letztendlich kam ich mit achtzehn Monaten davon."

„Das ist nicht so lang", sagte sie, noch immer erschüttert.

„Probier's mal aus, dann weißt du, wie lange das sein kann. Die Tage schleichen dahin. Und die ganze Zeit hatte ich mir eingebildet, dass du total von den Socken wärst, weil ich so heldenhaft für deine Ehre gekämpft habe. Mein Fehler."

„Ich hatte dich nicht darum gebeten."

„Nein, hattest du nicht."

„Und ich habe es nicht gewusst."

„Das stimmt auch. Letztendlich ist es auch egal. Das Entscheidende ist, dass ich dir eineinhalb Jahre meines Lebens geschenkt habe, Jamie Kincaid. Ich finde, es ist höchste Zeit, dass ich etwas dafür bekomme, meinst du nicht? Ich habe lang genug darauf gewartet."

„Worauf?"

„Auf dich, Jamie. Du könntest schon mal anfangen, dich auszuziehen."

11. KAPITEL

Im ersten Augenblick war sie sich nicht sicher, ob sie ihn richtig verstanden hatte. Die Werkstatt war noch immer in Dunkelheit getaucht, aber sie konnte ihn doch ganz gut erkennen. Er verstellte ihr den Weg zur Tür.

Was nicht hieß, dass sie nicht wegrennen konnte. Sie könnte ihn überraschen, und da sie kleiner war als er, war sie vielleicht auch schneller. Barfuß durch den Schnee zu rennen schien ihr auf jeden Fall angenehmer, als sich von ihm anfassen zu lassen. Sie dachte daran, wie sich sein Gewicht auf ihr angefühlt hatte, seine Lippen. Das durfte nicht noch einmal geschehen. Das konnte sie nicht zulassen.

„Nein“, sagte sie mit ausdrucksloser Stimme.

Doch hatte sie noch gehofft, ihn mit einer plötzlichen Flucht überrumpeln zu können, so war diese Chance jetzt dahin, denn er machte noch einen Schritt nach vorn, bis seine nackten Füße beinahe ihre berührten und sie die Hitze seines Körpers spüren konnte. Obwohl er kein Hemd trug, verströmte sein Körper Wärme, während sie trotz der übereinander gezogenen Kleidung unkontrolliert zitterte.

„Klar“, sagte er gedehnt. „Weißt du Jamie, Nate hat mir erzählt, dass du von mir schwärmst. In allen Details. Und nun möchte ich deine Fantasien nach zwölf Jahren endlich wahr werden lassen.“

„Fass mich nicht an. Du bist genauso schlimm wie Paul.“ Sie konnte nicht verhindern, dass ihre Stimme bebte.

Er lächelte matt. „Nun, da hast du Unrecht. Ich bin um einiges besser als Paul jemals war, und das würde ich dir nur zu gerne zeigen. Fang einfach schon mal an, deine Wolljacke aufzuknöpfen. Du hast so viele Klamotten an, dass es eine ganze Zeit dauern wird.“

„Ich werde nichts dergleichen tun. Du gehst jetzt einen Schritt zurück, und ich verschwinde. Ich werde meine Schuhe anziehen oder deine, oder irgendein verdammtes Paar Schuhe, das ich finde, dann werde ich durch diese Tür gehen und nie mehr zurückkommen.“

„Das wirst du nicht. Denn dafür musst du erst mal an mir vorbeikommen, und das werde ich nicht zulassen.“

„Du willst mich also zwingen?“ fragte sie mit zitternder Stimme. Bestimmt dachte er, es läge an der Kälte. Vielleicht war es ja auch so.

Er schüttelte den Kopf. „Das muss ich gar nicht“, murmelte er. „Oder?“

Er streckte die Hand nach dem obersten Knopf ihrer Wolljacke aus. Die vielen Stofflagen, die sie trug, verhinderten, dass er ihre Haut berührte, und sie stand einfach nur da, starr, die Arme an den Seiten herabhängend, und ließ ihn die Knöpfe öffnen. Dann schob er den Saum ihres Sweatshirts langsam nach oben. Sie hatte keine andere Wahl, als ihre Arme zu heben und sich das Shirt über den Kopf ziehen zu lassen. Er warf es neben die Wolljacke auf den Boden.

Sie war fast wahnsinnig vor Angst, aber sie würde auf keinen Fall weinen. Nicht wegen eines verdammten Mannes, nie mehr. „Dieses Mal werde ich Anzeige erstatten“, sagte sie mit fester Stimme. „Du glaubst das nicht, oder? Aber inzwischen bin ich älter und klüger, und ich sage Nein. Ich sage, du sollst deine gottverdammten Finger von mir lassen.“

„Ich fasse dich gar nicht an“, entgegnete er gedankenverloren und zog ihr das T-Shirt über den Kopf. Sie trug noch ein weiteres T-Shirt, darunter ein Unterhemd und einen BH. Dann nur noch nackte Haut. „Ich verstehe nicht einmal, warum ich mir die Mühe überhaupt mache. Schließlich bekomme ich sowieso jede Frau, die ich haben will. So war es schon immer. Frauen mögen mich.“

„Na prima. Dann such dir eine, die das gern tut.“ Er zog ihr das letzte T-Shirt aus; sie dachte darüber nach, die Ellbogen in die Seiten zu pressen, aber dann hätte er sie vielleicht angefasst, und das wäre noch schlimmer gewesen.

„Die meisten Frauen, die ich kenne, schlafen um diese Uhrzeit. Also muss ich mich mit dir begnügen.“ Er wich einen Zentimeter zurück, um sie zu betrachten. Das lavendelfarbene Seidenhemd war eigentlich nur für ihre eigenen Augen bestimmt. Der knappe BH darunter war noch schlimmer. Sie hatte sich beim Kauf überlegt, dass sie ihn tragen würde, wenn sie einen Mann attraktiv genug fand, um alles zu riskieren. Warum nur hatte sie ihn auf diese Reise mitgenommen?

„Hübsch“, murmelte er. Er beugte sich vor. „Du riechst nach Zimt.“

„Und du nach Schmierfett“, schoss sie zurück.

„Damit kann man alles Mögliche anstellen, vielleicht möchtest du es ja ausprobieren.“

Sie konnte ihren grenzenlosen Horror nicht verbergen. Und dass er lachte, machte das Ganze auch nicht besser. „Du solltest mal dein Gesicht sehen, Prinzessin. Ich hab doch nur einen Witz gemacht.“ Er wartete, bis sie sich etwas entspannt hatte, und fügte dann hinzu: „Davon abgesehen, habe ich oben in meinem Zimmer viel besseres Zeug.“

Sie wich noch ein wenig zurück und prallte gegen die Autotür. Er öffnete den Reißverschluss ihres Rocks und ließ ihn auf den Boden fallen. Darunter trug sie Jeans, aber das half auch nichts. Selbst ein Feuerschutzanzug hätte nichts geholfen.

Er ging in die Hocke und blies ihr sanft über den Bauch, sein Atem war warm und feucht. Zu einer anderen Zeit an einem anderen Ort wäre das vielleicht erotisch gewesen. Selbst unter diesen entsetzlichen Umständen war es ja fast so.

Er richtete sich wieder auf, legte seine Hände an ihre Hüften und hielt sie fest. „Jetzt berühre ich dich“, sagte er. „Du wusstest, dass ich das früher oder später tun würde. Und nun sag noch mal Nein.“

„Nein.“

Er glitt mit den Fingern unter ihren Hosenbund. „Ich weiß gar nicht, warum ich mich überhaupt mit dir abgebe“, sagte er mehr zu sich selbst. Der Knopf schien sich beinahe von allein zu öffnen. Sie starrte fasziniert auf seine Hand. Wartete darauf, dass sie sich dem Reißverschluss näherte. „Jungfrauen waren noch nie mein Ding. Das war vermutlich auch der Grund, warum ich damals die Finger von dir gelassen habe, obwohl du so verdammt verführerisch warst.“

„Ich bin keine Jungfrau mehr“, sagte sie bitter und hätte sich am liebsten dafür auf die Lippen gebissen.

„Willst du mich damit ermutigen? Ich dachte, du sagst Nein?“ Er begann, den Reißverschluss aufzuziehen, langsam, beinahe lustlos.

„Ich sage auch Nein. Ich habe nur gesagt, dass ich keine Jungfrau mehr bin. Und das habe ich dir zu verdanken.“

„Wenn es nur so wäre.“ Er lächelte reumütig. „Es spielt überhaupt keine Rolle, mit wie vielen Männern du seitdem geschlafen hast, weil du im Herzen noch immer Jungfrau bist. Unberührt, unangetastet. Wahrscheinlich legst du dich einfach hin, machst die Augen zu und glaubst, es genießen zu müssen. Was du aber in Wahrheit nicht tust.“

Seine tiefe Stimme machte sie verrückt, genauso wie seine Hände, die auf ihrer Haut brannten. „Sei still.“

Sie trug einen sehr knappen Slip unter den Jeans, passend zu dem lavendelfarbenen BH und dem Hemdchen. Gott sei Dank hatte sie damals nicht den Stringtanga gekauft, aber der Slip war aufregend genug. Sie hatte nicht gewollt, dass ihn jemand zu sehen bekäme, und wenn sie nicht endlich etwas unternahm, würde ausgerechnet Dillon derjenige sein.

Er schien es nicht eilig zu haben, ihr die Jeans auszuziehen. Sobald er es versuchte, würde sie sich wehren, bestimmt. Sie musste einfach.

„Männer müssen für dich wohl erst durch einen brennenden Reifen springen", sagte er und berührte ihren Hals mit seinen Lippen, so zart, dass es sich anfühlte wie die Berührung einer Feder. „Was mussten sie tun – erst mal einen Bluttest vorlegen und dann ihr Stammbuch? Obwohl ich davon ausgehe, dass für die Gräfin die gesellschaftliche Stellung wichtiger war als gesundheitliche Belange."

„Willst du auf diese subtile Weise herausfinden, ob ich HIV-positiv bin? Ja, das bin ich. Du solltest dich von mir fern halten."

„Reine Zeitverschwendung, Babygirl. Du warst noch nie eine gute Lügnerin, ich habe dich immer durchschaut. So wie jetzt auch. Sag mir, dass du mich nicht willst."

„Bist du schwer von Begriff? Das versuche ich dir seit einer halben Stunde zu erklären! Lass mich in Ruhe!"

„Dann geh doch."

„Bitte?"

„Du hast schon verstanden.“ Seine Geduld schien am Ende. „Wenn du nicht willst, dass ich dich anfasse, dann stoß mich weg und geh. Oder glaubst du etwa, ich würde dir hinterherjagen, dich auf den Boden werfen und über dich herfallen? Das ist nicht mein Stil.“

„Ich bin nicht dein Stil“, sagte sie und legte ihre Hand auf seine Brust. Auf seine heiße, glatte Brust. Sie zögerte eine Sekunde, dann stieß sie ihn von sich. Es war ganz leicht. Nun hätte sie rennen können, doch sie trug nur BH und Hemdchen, ihre Jeans waren geöffnet und würden über ihre Hüften rutschen.

Er betrachtete sie gleichmütig. „Wenn ich es nicht besser wüsste, würde ich denken, dass du genauso unerfahren bist wie früher. Was ist denn mit den Männern in Rhode Island los? Haben die überhaupt keine Ahnung von Sex?“

„Woher soll ich das wissen?“ fragte sie böse und zog den Reißverschluss zu.

Er war zurückgetreten, hatte offenbar vorgehabt, sie gehen zu lassen, doch ihre Antwort ließ ihn innehalten.

„Woher du das wissen sollst?“ wiederholte er. „Wie viele Liebhaber hattest du nach dieser Nacht mit Paul?“

„Keinen.“

„Okay, lass es mich anders formulieren: Mit wie vielen Männern hast du seitdem geschlafen?“

Nun war es sowieso zu spät, und außerdem war sie viel zu wütend, um nicht weiterzusprechen. Vielleicht konnte sie ihn mit der Wahrheit abschrecken. „Mit keinem.“

„Mit keinem Einzigen?“

„Nein.“

„Frauen?“

Er wollte sie schockieren, aber inzwischen war es ihr egal. „Nein.“

„Nun, das macht es zumindest leichter“, brummte er. „Du hast dich also für mich aufgespart.“

Das war eine derart haarsträubende Behauptung, dass ihr keine Antwort einfiel. Sie konnte ihn nur ungläubig anstarren.

„Ich habe nur auf mich aufgepasst“, zischte sie dann.

„Vorsicht wird immer überschätzt. Ich finde, es ist höchste Zeit, dass wir zu Ende bringen, was wir begonnen haben.“

„Das denke ich nicht.“

„Dann lass dich überzeugen.“

Es war ihre letzte Chance. Sie hatte zugelassen, dass er sie auszog, obwohl sie jederzeit hätte gehen können. Und sie hatte sich nicht gerührt.

„Ich kann bis zehn zählen. Dir einen Vorsprung geben“, zog er sie auf. „Aber ich bin mir gar nicht sicher, dass du wirklich weglaufen willst.“

Sie bewegte sich noch immer nicht. Sie wollte. Sie musste. Aber aus irgendeinem Grund reagierte ihr Körper auf ihn, schien eher zu wissen, was sie wollte, als ihr Kopf.

„Das ist deine letzte Chance, Prinzessin. Wenn ich dich wieder anfasse, dann lasse ich dich nicht gehen.“

In letzter Sekunde stieß sie sich vom Cadillac ab. Als sie sich nach unten beugte, um ihre Kleider aufzusammeln, begann die Jeans zu rutschen. Sie hatte die Hände voll, konnte sie nicht hochziehen, aber wenn sie ganz schnell rannte, würde es vielleicht noch reichen. Warum nur trug sie so weite Hosen? Wenn sie wie die meisten Frauen eng geschnittene Kleider tragen würde, hätte sie dieses Problem jetzt nicht. Aber sie trug eben gerne weite Kleidung, um ihren Körper besser verstecken zu können. Nur, dass es da nicht viel zu verstecken gab.

Dillon beobachtete sie ausdruckslos. Als ob ihre Entscheidung nicht wichtiger wäre als die Überlegung, was er zum Frühstück essen wollte.

„Ich gehe jetzt", sagte sie, drückte die Kleider an die Brust und rührte sich nicht vom Fleck.

„Aber klar. Ich finde, wir haben genug geredet. Komm her."

Er musste verrückt sein. Sie war schon fast an der Tür, die Kleider fest an die Brust gedrückt, und er erwartete, dass sie zu ihm zurückkam.

„Komm her, Jamie", sagte er erneut, sanft, verführerisch. „Du bist lang genug davongelaufen. Lass es uns einfach hinter uns bringen."

Wenn sie jetzt losrannte, würde sie nur in Panik geraten, und sie war sowieso schon verängstigt genug, zutiefst erschrocken über das scheinbar Unvermeidliche. Er war unerbittlich, entschlossen und er würde auch nicht aufhören – weil sie im Grunde nicht wirklich wollte, dass er aufhörte.

Sie stand erstarrt, während er auf sie zukam, langsam und geschmeidig. Und so verführerisch. Er nahm ihr die Kleider ab und warf sie auf den Boden. Sie würden Ölflecken bekommen, dachte sie, bemüht, sich auf Unwichtiges zu konzentrieren. Ihre Mutter würde entsetzt sein. Sie musste sie sofort wieder aufheben.

Er zog ihr die Jeans über die Hüfte, sie ließ es zu, er nahm ihre Hand und sie stieg aus der Hose. Danach hielt er ihre Hand weiter fest, und sie versuchte auch nicht, sich loszumachen. Wenn sie schon körperlich nicht gegen ihn ankam, dann vielleicht zumindest verbal. „Bitte tu das nicht“, wisperte sie.

Statt zu antworten zog er sie in eine dunkle Ecke, wo ein altes, durchgesessenes Sofa in scheußlichem Grün stand, aus dem bereits die Füllung hervorquoll. Sie wollte sich nicht darauf legen, aber er ließ ihr keine Wahl.

„Ich denke, wir sollten uns besser beeilen“, sagte er und drückte sie sanft aufs Sofa. Dabei wusste sie doch, wie brutal er sein konnte. Zwar war er ihr gegenüber nie gewalttätig geworden, aber das hieß noch lange nicht, dass er es nicht werden würde, wenn sie es zu weit trieb. „Ich will nicht, dass du Angst bekommst und deine Meinung änderst.“

„Ich habe nie gesagt …“ Sie schnappte nach Luft, als er ihr den Slip mit einer einzigen, geschickten Bewegung herunterzog.

„Das musst du auch nicht“, entgegnete er, kniete sich neben sie aufs Sofa und stieß sie zurück auf die Kissen. „Du kannst nicht dein Leben lang davonlaufen. Ich hätte nicht gedacht, dass du so ein Feigling bist, Jamie Kincaid.“

„Bin ich aber“, sagte sie. „Ein elender, jammernder Feigling.“ Er schob ihr Hemdchen hoch und öffnete den Verschluss an der Vorderseite ihres BHs, zog ihn aber nicht ganz aus. Er schob die Träger einfach über ihre Arme, was ihre Bewegungsfreiheit deutlich einschränkte.

Er öffnete seine Hose, und sie schloss schnell die Augen. Sie konnte das Geräusch des Reißverschlusses hören; panische Angst ergriff sie. Er legte sich zwischen ihre Beine, sie versteifte sich und wartete ab.

„Ich werde dir nicht helfen“, sagte sie. „Paul hat mich gezwungen, ihm zu helfen. Er war zu betrunken, er hat mich geschlagen und …“

„Ich brauche keine Hilfe.“

Sie hörte, wie Papier zerriss, und beinahe hätte sie die Augen geöffnet. Ein Kondom, dachte sie. Er wollte ein Kondom benutzen.

Sie machte einen allerletzten Versuch. „Du verschwendest deine Zeit. Ich habe es bereits einmal versucht. Ich bin sogar so weit gegangen wie jetzt, aber es ging nicht … ich war zu …“ Sie konnte es ihm nicht erklären, es tat ihr Leid, dass sie es überhaupt versucht hatte.

„Du warst zu trocken“, sagte er nüchtern. „Und zu verspannt. Du wolltest ihn nicht wirklich.“

„Ich dachte, dass ich ihn wollte …“ Ihre Stimme brach ab, als er eine Hand zwischen ihre Beine legte. Er streichelte sie kurz, dann schob er schnell einen Finger in sie.

„Nun, jetzt bist du jedenfalls nicht trocken. Und du willst mich, ob du es nun zugibst oder nicht. Und ich werde dafür sorgen, dass du deine Meinung nicht mehr änderst.“

Sie wollte ihm ein letztes Mal erklären, dass sie schließlich niemals Ja gesagt hatte, aber es war zu spät. Sie hatte erwartet, dass er sie küssen und streicheln würde, um ihr die Angst zu nehmen. Stattdessen drängte er ihre Beine auseinander, und noch bevor sie protestieren konnte, begann er bereits, langsam in sie einzudringen.

Er war viel zu groß, aber sie konnte nichts tun. Und dann ließ ihr Körper sie auch noch im Stich, öffnete sich so weit, dass er sie in seiner ganzen Länge ausfüllte, ihre Hüften drängten sich ihm entgegen, während ihre Finger sich in die zerfetzten Kissen krallten.

„Atme, Jamie“, sagte er angespannt. „Es wird dich nicht umbringen.“

Weil sie sowieso keine andere Wahl hatte, holte sie tief Luft, und irgendwie gelang es ihm, sogar noch tiefer in sie zu dringen, was sie niemals für möglich gehalten hätte. Er stützte sich ab, damit nicht sein ganzes Gewicht auf ihr lastete, beugte den Kopf, um sie zu küssen. Doch das konnte sie nicht ertragen. Sie warf den Kopf zur Seite und biss sich auf die Lippen.

„Gut“, sagte er; sie konnte die angestrengte Ironie in seiner Stimme hören. „Magst du es lieber langsam oder schnell?“

„Schnell. Dann haben wir es hinter uns.“

„Du hast keine Ahnung, worum du mich da bittest, Babygirl.“ Er begann, sich zurückzuziehen, erleichtert atmete sie auf. Bis er wieder in sie stieß, tiefer als zuvor. Wieder und wieder und wieder, ihr blieb nichts anderes übrig, als zu zittern und irgendwo in sich eine dunkle Ecke zu finden, in der sie sich verstecken konnte.

Doch diese dunkle Ecke wurde auf einmal hell und funkelnd, und auch er war da, in jedem Zentimeter ihres Körpers, sie konnte ihm nicht entkommen, sie spürte, wie sich wohlige Wärme in ihr ausbreitete, und je mehr sie dagegen ankämpfte, um so heißer fuhr es ihr durch den Körper wie süßes Gift.

Und er wusste es. Er konnte es spüren. „Mach die Augen auf, Jamie“, sagte er. „Ich will, dass du mich ansiehst.“

Sie konnte ihm nicht länger widerstehen. Ihre Lider öffneten sich flatternd, sie starrte ihn benommen an.

„Wir werden das wieder tun“, flüsterte er. „Und wieder und wieder.“ Er unterstrich jedes Wort mit einem tiefen Stoß. „Auf jede nur erdenkliche Art, an jedem möglichen Ort, zu jeder Tageszeit. Du wirst mich spüren und atmen und schmecken. Und ich werde dich spüren und atmen und schmecken.“

Sie bebte am ganzen Körper, aber sie brachte es nicht

über sich, ihn zu berühren. Sie krallte die Fingernägel ins Sofa, bewegte sich mit ihm, er stieß fest in sie, immer wieder, bis sie spürte, wie sein Körper steif wurde, sah, dass er die Augen schloss, hörte, wie er einen unterdrückten Schrei ausstieß. Er packte sie an den Hüften und zog sie noch fester an sich.

Sie betrachtete ihn wie aus einiger Entfernung, einen Augenblick lang fühlte sie sich beinahe heiter. Es war ein seltsam machtvolles Gefühl, zu spüren, wie er in ihr kam und vollkommen die Kontrolle verlor, wo sie normalerweise diejenige war, die sich immer so machtlos fühlte.

Dann brach er auf ihr zusammen, schweißnass, keuchend, sein Herz hämmerte an ihrer Brust. Sie beobachtete das alles mit kühlem Interesse. Fast war es eine Offenbarung: Sie hatte es nicht gehasst. Überhaupt nicht. Einen Moment lang hatte sie sogar etwas gespürt, beinahe so etwas wie …

Er rollte sich von ihr herunter, rutschte über das Sofa auf den Boden, wo er fluchend sitzen blieb. „Mist“, sagte er nach einer Weile. „Das war ein totales Desaster. Ich hatte es mir völlig anders vorgestellt.“ Er drehte den Kopf und sah sie an. „Bleib hier“, brummte er. „Ich muss mich mal eben frisch machen, ich bin gleich wieder da.“

Sie schloss die Augen, bis sie hörte, wie er ging. Dann setzte sie sich auf.

Ein Desaster sollte sich besser nicht wiederholen. Schon gar nicht sollte man darüber sprechen. Das Unvermeidliche war geschehen, und irgendwie hatte sie es die ganze Zeit gewusst. Doch jetzt musste sie verschwinden, so schnell sie konnte.

Mouser war der letzte Mensch auf Erden, mit dem er gerechnet hatte, als er aus dem Badezimmer kam. Er war so wütend auf sich, dass sich seine üble Laune gegen die ganze Welt richtete. Er hatte sich so gewünscht, dass sie kommen würde, immer und immer wieder, dass sie sich nie mehr in diesem pseudojungfräulichen Körper verstecken konnte. Und schon gar nicht vor ihm.

Stattdessen hatte er wie ein Schuljunge die Kontrolle verloren. Es war schon vorbei, bevor sie viel mehr als eine leichte Erregung verspürt hatte.

Darum wollte er sich sofort kümmern, doch als er in die Werkstatt zurückkam, war sie schon verschwunden. Stattdessen stand Mouser vor ihm und starrte ihn an, als hätte er ein kleines Kätzchen ertränkt.

„Was zum Teufel soll das, Killer?“ fragte er.

Dillon gelang es, kurz zu lächeln. „Ich bin beschäftigt. Hau ab.“

„Bestimmt nicht. Man muss nicht gerade Raketenspezialist sein, um zu begreifen, was hier passiert ist. Warum lässt du das arme Mädchen nicht in Ruhe? Du brauchst sie nicht. Du wirst ihr nur wehtun, und egal, was Nate dir alles angetan hat, du darfst das nicht an seiner Cousine auslassen.“

„Das hat nichts mit Nate zu tun. Ich habe wegen dieser Frau eineinhalb Jahre im Gefängnis gesessen. Meinst du nicht, dass sie mir da was schuldet?“

„Nein. Dein Gefängnisaufenthalt war ohnehin längst überfällig, das weißt du selbst. Außerdem glaubst du doch wohl selbst nicht, dass das der Grund ist. Du bist einfach verrückt nach dieser Frau. Sie kann überhaupt nichts dafür. Schick sie nach Hause, Mann.“

„Noch nicht.“

„Du bist ein dickköpfiger Scheißkerl, weißt du das? Gib ihr nicht die Schuld an dem, was Nate getan hat. Wenn du noch eine Rechnung mit ihm offen hattest, so ist die inzwischen mehr als bezahlt, meinst du nicht? Killer, du bist kein so kaltblütiger Mistkerl.“

„Da täuschst du dich. Ich kann ziemlich kaltblütig sein, und außerdem erwartet sie das von mir. Ich will sie doch nicht enttäuschen.“ Er beugte sich nach vorn und hob das T-Shirt auf, das sie in der Eile vergessen hatte. Er hatte mit ihr geschlafen. Nach weiß Gott wie vielen Jahren des Wartens. Doch sein Hunger war noch längst nicht gestillt. Im Gegenteil.

Zimt. Das T-Shirt roch nach Zimt. Er konnte sie nicht gehen lassen. Noch nicht. Seine Geduld war nicht grenzenlos. Und sie endete bei Jamie Kincaid.

„Hau zum Teufel ab, Mouser. Wir haben schon oft genug darüber gesprochen, du verschwendest nur deine Zeit. Ich werde mit ihr tun, was immer ich will, und sie wird nichts dagegen haben. Nächstes Mal klopf an, bevor du reinkommst."

„Vermutlich weiß sie nicht, wie man sich wehrt. Du bist derjenige, der Erfahrung hat. Lass sie in Ruhe."

„Werde ich nicht. Mach die Tür hinter dir zu."

„Du bist ein Idiot, Dillon. Ich mag dich, aber du machst es mir manchmal ganz schön schwer", sagte Mouser ernst. „Überleg es dir gut, bevor du diesem Mädchen erneut wehtust. Du wirst dich dafür nur noch mehr hassen, als du es jetzt schon tust."

„Du kannst mich mal, Mouser."

Dillon schlich lautlos die Treppe hinauf. Mouser war gegangen; er hatte die Tür hinter ihm abgeschlossen, und diesmal würde ihn nichts und niemand aufhalten. Zwar konnte er nicht einfach da weitermachen, wo er und Jamie aufgehört hatten. Aber er würde sie schnell wieder so weit bringen, sich ihm zitternd zu ergeben, wenn er es richtig anstellte. Und dieses Mal würde er es besser machen. Zum Teufel mit Mouser und seinem eigenen schlechten Gewissen.

Er streckte gerade die Hand nach der Türklinke aus, als er sie hörte. Es dauerte einen Moment, bis er begriff, was dieses Geräusch zu bedeuten hatte. Sie weinte, ihr Schluchzen war gedämpft. Von einem Kissen, einer Hand oder der Matratze. War ja egal. Sie versuchte jedenfalls, leise zu sein, und das machte es nur noch schlimmer. Vermutlich hatte sie sich in einer Ecke zusammengekauert und wartete darauf, dass er zu ihr kam.

Für Tränen war er noch nie sonderlich empfänglich gewesen, und er hatte eine Menge davon gesehen. Frauen hatten immer versucht, ihn so zu manipulieren, ihm Schuldgefühle zu machen. Und Jamie Kincaid gehörte zu denen, die wegen jeder Kleinigkeit losheulten. Himmel, vermutlich war sie, ohne es selbst zu wissen, einfach nur frustriert, weil alles so schnell gegangen war. Wenn sie die Tür nicht aufmachte, dann könnte er sie ohne Schwierigkeiten eintreten, und sich dann so um sie kümmern, wie sie es brauchte.

Trotzdem konnte er es einfach nicht tun. Ein letzter Rest Anstand regte sich in ihm, als er sie weinen hörte. Er war ein totaler Idiot, schließlich hatte er es endlich geschafft, dass sie zitternd und willig unter ihm gelegen hatte. Es würde nicht schwierig sein, sie wieder so weit zu bringen. Und trotzdem würde er es nicht tun.

Gerade wollte er ihr T-Shirt an die Klinke hängen, als er zögerte und es an sein Gesicht drückte. Er atmete ihren Geruch tief ein. Dann lief er mit dem T-Shirt in der Hand den Flur entlang.

Mouser schüttelte den Kopf. Killer hatte es total erwischt, und er merkte es nicht einmal. Allerdings lag ihm nichts ferner, als den armen Kerl darüber aufzuklären, dass er sich verliebt hatte. Killer glaubte nämlich nicht an die

Liebe. Er würde seine Gefühle einfach nur mit seiner körperlichen Lust zu erklären versuchen.

Nates Cousine holte das Schlimmste aus ihm heraus, so viel stand fest. Dillon konnte zwar sehr raubeinig sein, aber normalerweise ließ er seine Launen nicht an hilflosen Menschen aus. Das war nicht seine Art.

Das Beste, was er als Freund nun für ihn tun konnte, war, Jamie da rauszuholen, bevor Dillon einen irreparablen Fehler beging. Es schneite leicht, und Dillon hatte die Tür hinter ihm abgeschlossen. Die Tür zur Nebenstraße allerdings hatte kein Schloss. Zunächst würde er Dillon wahrscheinlich den Spaß verderben, aber bestimmt nicht lange. Er musste Jamie helfen, und ihm blieb nicht allzu viel Zeit.

Die trostlose Gasse sah unter der dünnen Schneedecke beinahe hübsch aus. Nur ein paar Fußabdrücke verdarben das unberührte Weiß. Er runzelte die Stirn und überlegte, wer wohl durch den Hintereingang ins Haus gegangen war. Die Spuren waren zu klein für Dillon und zu groß für Jamie.

Er öffnete die Tür. Im Flur war es warm und dunkel, er schloss die Tür hinter sich und bewegte sich vorsichtig weiter.

Plötzlich blieb er stehen und starrte ungläubig in die Dunkelheit. „Du bist doch tot“, sagte er mit erstickter Stimme.

„Nein. Du bist tot.“

12. KAPITEL

Verdammt, sie heulte schon viel zu lange. Was für ein Glück, dass er sie vorhin einen Augenblick allein gelassen hatte, so dass sie weglaufen konnte. Sonst wäre alles nur noch viel schlimmer geworden. Aber vielleicht hätte es ja auch angefangen, ihr zu gefallen.

Es gab Vergewaltigung und Vergewaltigung. Dillon Gaynor war in der Lage, sie nur mit seinem Blick zu bezwingen. Zwölf Jahre lang hatte sie sich von Männern fern gehalten, nur um dann dem Schlimmsten von allen zu begegnen. Dem Einzigen, der zu ihr durchdringen konnte.

Er hatte sie angefasst. Geküsst. Seine Hände unter ihr T-Shirt geschoben und ihre Brüste berührt, er hatte sie auf den Küchentisch gelegt und ihren Körper mit seinem bedeckt. Er hatte so ziemlich all das getan, wovor sie solche Angst hatte, und sie hatte es überlebt.

Bis er sie heute Nachmittag auf das zerschlissene alte Sofa geworfen hatte und in sie eingedrungen war. Er hatte sie weder geküsst noch gestreichelt, hatte sie kaum berührt, und trotzdem hatte sie ihn beinahe begehrt.

Unten lief höllisch laute Musik, sie hörte das Dröhnen eines Automotors und metallisches Hämmern. Sie musste sich waschen, das Gefühl seiner Hände loswerden, den Duft seines Körpers, und dann endlich verschwinden. Sie rannte den Flur hinunter und duschte, so schnell sie konnte. Als sie aus dem Bad trat, war der Lärm von unten noch immer zu hören.

Seine Zimmertür stand offen – zumindest vermutete sie, dass es sein Zimmer war. Sie stieß die Tür auf, denn wenn sie überhaupt irgendwo Schuhe finden konnte, dann sicherlich hier.

Das Zimmer war spärlich möbliert. Sie starrte einen Moment lang sein großes, ungemachtes Bett an. Unweigerlich stellte sie sich Dillon darin vor. Und sich selbst. Unter ihm.

Dann entdeckte sie auf dem weißen Laken das T-Shirt, das sie auf ihrer Flucht verloren haben musste. Typisch, dass er es genommen hatte. Wenn sie noch länger in diesem Haus blieb, würde sie bald überhaupt nichts mehr anzuziehen haben.

Sie schnappte sich das T-Shirt und ging zum Schrank. Keine Schuhe, keine Stiefel, nichts. Frustriert drehte sie sich wieder um. Auf einer Kommode gegenüber dem Bett stand ein großer Fernseher. Ohne darüber nachzudenken zog sie die Schubladen auf, womöglich hatte er hier ihre Tasche und die Schuhe versteckt. Sie fand T-Shirts, Jeans und Socken, allerdings keine Unterwäsche, was sie nicht sonderlich überraschte.

Dann entdeckte sie ein pinkfarbenes Stück Stoff, halb verborgen unter seinen T-Shirts. Sie zog es heraus, und ihr Herz krampfte sich zusammen, als sie es erkannte.

Vor dreizehn Jahren hatte sie es zum letzten Mal gesehen, hätte es aber überall erkannt. Sie war damals mit ihrer Freundin Carly einkaufen gewesen. Carly – ihre Mutter hatte sie immer nur als weißen Dreck beschimpft. Das pinkfarbene Kleid mit roten Streifen war ein Sonderangebot gewesen. Es war kurz, hatte lange, gekräuselte Ärmel und einen viel zu tiefen Ausschnitt. Mit fünfzehn war sie allerdings noch so flachbrüstig gewesen, dass sie es bedenkenlos anziehen konnte. Heute würde der Ausschnitt genauso ordinär aussehen, wie ihre Mutter immer behauptet hatte.

Zu allem Überfluss war es auch noch recht durchsichtig, was ihrer Begeisterung damals keinen Abbruch tat. Zum ersten Mal hatte sie das Gefühl, hübsch zu sein. Sogar begehrenswert. Damals, als Begehren noch etwas Schönes für sie war. Sie hatte das Kleid getragen und das Gefühl ausgekostet, sexy zu sein.

Bis ihre Mutter sie zwang, es wieder auszuziehen. Sie hatte es in den Müll geworfen, wo es hingehörte, wie sie sagte, und ihr dann einen neuen Pullover gekauft, in dem sie sich fühlte wie ein katholisches Schulmädchen.

Sie schüttelte das Kleid aus und betrachtete es. Es war tatsächlich ein wenig geschmacklos, aber damals hatte sie es toll gefunden. Die Rüschen am Ausschnitt waren zerrissen, aber viel mehr hatten selbst Isobels kräftige Finger dem Polyesterstoff nicht anhaben können. Sie drückte ihr Gesicht in den Stoff und atmete die Vergangenheit ein.

Es roch ganz schwach nach dem Parfüm, das sie

damals benutzte, ein leichter und unschuldiger Duft, den sie zu Weihnachten geschenkt bekommen hatte. Und nach Benzin und Zigaretten. Nach Dillon.

Warum um Himmels willen lag es hier in seiner Kommode? Warum immer noch, nach all diesen Jahren? Das war doch verrückt – er hatte sie als Fünfzehnjährige in diesem Kleid nicht einmal wahrgenommen.

Wenn sie ehrlich war, hatte sie mit diesem Kleid nur eine einzige Person beeindrucken wollen. Es gab nur einen Jungen, dem sie hatte zeigen wollen, dass sie eine erwachsene Frau war. Mit fünfzehn.

Und dieser Junge war Nates bester Freund, Dillon Gaynor.

Sie hatte nie begriffen, warum ihr Isobel die Freundschaft mit Carly untersagte und zugleich zuließ, dass Nate sich mit jemandem wie Dillon abgab. Aber in Wahrheit kannte sie doch die Antwort. Nate hatte immer alles von Tante Isobel bekommen. Und so hatte sie eben die Zähne zusammengebissen und diese Freundschaft Nate zuliebe hingenommen.

Sie wollte gar nicht so genau wissen, wie das Kleid in Dillons Besitz gekommen war. Aber sie hatte auch nicht vor, es ihm hier zu lassen.

Es war höchste Zeit, dass sie sich gegenüber den Menschen, die sie liebte, endlich einmal durchsetzte. In allererster Linie Isobel gegenüber, ihren Klagen, Forderungen und ihrer ewigen Kritik. Wer weiß, vielleicht würde sie sogar dieses verflixte Kleid anziehen, wenn sie wieder zu Hause war.

Dillon jedenfalls war Vergangenheit. Sobald sie hörte, dass er ins Bett ging, würde sie in den verdammten gelben Cadillac steigen und wegfahren, wenn es sein musste direkt durch das geschlossene hölzerne Garagentor. Sie hatte keine Lust mehr, das Opfer von Menschen zu sein, die ihr wichtig waren.

Nun, Dillon war ihr natürlich nicht wichtig. Sie hasste ihn seit der Nacht, in der Paul Jameson sie auf dem Rücksitz vergewaltigt hatte.

Wobei sie bis vor kurzem nicht gewusst hatte, was danach geschehen war. Sie hatte nicht gewusst, dass Dillon ihn beinahe totgeschlagen hatte. Und jetzt, während sie das Kleid in ihren Händen anstarrte, das Kleid, das er über ein Jahrzehnt lang aufbewahrt hatte, wurde ihr klar, dass sie im Grunde überhaupt nichts wusste.

Für den Volvo brauchte Dillon viel länger als erwartet, aber am späten Nachmittag war er wieder tadellos in Ordnung. Jamie hatte sich nicht blicken lassen – sie war nicht einmal aus ihrem Zimmer gekommen. Allerdings war die Musik so laut, dass er sowieso nichts gehört hätte.

Aber er zweifelte nicht daran, dass sie noch immer oben in ihrem Zimmer war. Das konnte er spüren, unter seiner Haut. Wie ein schleichendes Gift, dachte er böse.

Mouser hatte Recht. Mouser hatte immer Recht, verdammt noch mal. Es war, als wäre er sein gutes Gewissen. Außerdem waren echte Freunde tausend Mal wichtiger als jede Frau.

Aus diesem Grund hatte er beschlossen, sie gehen zu lassen.

Er fuhr mit dem alten Volvo rückwärts aus der Werkstatt und nickte zufrieden, als er hörte, wie leise der Motor schnurrte. Es schneite kaum noch, die Straßenlampen, die noch funktionierten, waren eingeschaltet, die Nachmittagsluft war frisch und eisig. Sie hatte Kreditkarten und ein paar hundert Dollar Bargeld in ihrer Handtasche – also war es ein Leichtes, ein Hotelzimmer zu finden. Er konnte auch noch ein paar Scheine drauflegen, aber das würde sie bestimmt merken und gleich wieder einen Anfall bekommen.

Er parkte den Volvo vor der Garage. Er überlegte kurz, ob er den Motor laufen lassen sollte. Bestimmt kam sie bald aus dem Zimmer gerannt, als ob der Teufel hinter ihr her wäre. Es wäre also sehr zuvorkommend von ihm, den Wagen für sie schon mal vorab aufzuwärmen.

Aber scheißegal, er war nun mal kein Gentleman. Und er hatte sich in letzter Zeit sowieso schon viel zu gut benommen. Geradezu abstoßend gut. Mouser schuldete ihm nun einiges. Doch was würde Mouser tun? Er würde ihn gnadenlos aufziehen! Mouser behauptete sowieso immer, dass Dillon eigentlich ein guter Mensch sei. Und sein jetziges Vorhaben würde ihn darin noch mehr bestärken.

Gut, daran war nun nichts mehr zu ändern. Immer schon, wenn er in dem verdammten Cadillac saß, musste er über Jamie nachdenken. Es war immer dasselbe. Dabei sollte er sich um ganz andere Dinge Gedanken machen. Um Nates verdammten Tod beispielsweise.

Wenigstens hatte er verhindert, dass Jamie das Zimmer betreten hatte. Denn es war unmöglich, das ganze Blut aus dem alten Holzboden zu bekommen, da hätte man schon die Dielen entfernen und einen neuen Boden verlegen müssen. Und dazu hatte er keine Lust. Nachdem die Polizei Nates blutige Leiche entfernt hatte, hatte er einfach Nates Sachen in den Raum gestellt und abgesperrt. Er hätte sie der Gräfin schicken sollen, aber irgendwie war er nie dazu gekommen, und er schuldete dieser alten Hexe sowieso nichts.

Der wahre Grund war natürlich ein anderer. Insgeheim hatte er gehofft, dass Jamie kommen würde.

Und sie war gekommen. Wie dumm er gewesen war! Nun konnte er nur noch versuchen, das Schlimmste zu verhindern.

In dem Zimmer roch es nach Tod, selbst noch nach drei Monaten. Die dunklen Flecken auf dem Boden und an den Wänden waren selbst in dem dämmrigen Licht gut sichtbar. Plötzlich sah er alles wieder vor sich. Den leblosen, zugerichteten Körper, das Gesicht eingeschlagen, die Kleider blutdurchtränkt. Er hatte schon viel in seinem Leben gesehen, aber diesen Anblick würde er nicht so schnell vergessen. Er, der am Küchentisch gesessen und zugehört hatte, wie sein ehemals bester Freund zu Tode geprügelt wurde. Ohne irgendetwas dagegen zu unternehmen.

Er hatte deswegen kein schlechtes Gewissen, er bereute nichts. Ohne zu zögern würde er wieder so handeln. Mit den Konsequenzen musste er eben leben. Es hatte keinen Sinn, sich über den Preis zu beklagen, den er dafür zahlte.

Er warf die beiden Kartons in den Kofferraum von Jamies Wagen. Sie war immer noch genauso ordentlich wie früher – keine überflüssigen Bücher oder Verpackungen lagen herum. Der Kofferraum war genauso leer wie ihr Leben.

Aber kam ausgerechnet er auf die Idee, sie dafür zu verurteilen? Sein Leben bestand auch nur aus seiner Arbeit, ein paar Freunden und hin und wieder einem One-Night-Stand, wenn er dazu in der Laune war.

Und den Treffen natürlich.

Im Augenblick hätte er alles für einen Drink gegeben. Sobald sie verschwunden war, musste er wieder zu einem Treffen gehen. Schließlich gab es in der Stadt an einem Samstagabend mindestens drei davon. Er konnte sich nicht erinnern, wann er es zum letzten Mal so nötig gebraucht hatte. Er hätte wissen müssen, dass Jamie die fünf

Jahre gefährdete, in denen er keinen Tropfen Alkohol mehr angerührt hatte. Und das war keine Frau wert.

Er nahm ihre Handtasche und die Schuhe aus dem Safe. Es wurde bereits dunkel, aber er machte kein Licht an.

Er versuchte auch nicht, leise zu sein, als er die Treppe hinaufstieg – diesmal sollte sie wissen, dass er kam. Damit sie genug Zeit hatte, sich zu verstecken. Er würde sie am liebsten überhaupt nicht mehr sehen. Aus unerfindlichen Gründen konnte er die Finger nicht von ihr lassen, wenn sie in seiner Nähe war. Je schneller sie verschwände, desto besser. Nach all den Jahren war er endlich bereit, diesen Teil seines Lebens hinter sich zu lassen.

Die Tür war noch immer verschlossen, diesmal konnte er aber keine Geräusche hören.

Vielleicht war sie tatsächlich bereits gegangen, aber das konnte er sich eigentlich nicht vorstellen. Er hatte einen sechsten Sinn für sie entwickelt, er wusste, dass sie sich auf der anderen Seite der Tür befand, den Atem anhielt, vermutlich die Augen schloss und betete, dass er weiterging.

Was er auch tun würde, gleich. Er klopfte laut an.

„Hau ab!“ Ihre Stimme war noch immer heiser vom Weinen. Er musste lächeln. Sie kämpfte bis zum Schluss. Wie es wohl sein würde, diese Geschichte ein für alle Mal zu beenden? Würde er sich befreit fühlen? Oder leer?

Er stellte ihre Sachen vor der Tür ab. „Hier sind deine Tasche und deine Schuhe“, sagte er. „Der Volvo steht draußen, alles, was Nate gehörte, ist im Kofferraum. Ein kleiner Tipp – wenn du schon so ein altes Auto fährst, dann solltest du es regelmäßig warten lassen. Die Zündkerzen und Kolben sind seit Jahren nicht ausgetauscht worden. Bis Rhode Island wirst du aber ohne Probleme kommen – der Wagen fährt besser als vorher."

Er bekam keine Antwort, doch das hatte er auch nicht erwartet. „Wenn du noch Bargeld brauchst, nimm dir was aus dem Safe in der Garage. Ich habe ihn offen gelassen. Und mach dir keine Sorgen, du musst mich nicht mehr sehen. Ich werde dir aus dem Weg gehen, bis du verschwunden bist."

Nichts. Wie er vermutet hatte, und Gott sei Dank, machte sie die Tür nicht auf.

Er ging extra laut den Flur entlang und schloss seine Zimmertür hinter sich.

Jamie saß im Schneidersitz auf der dünnen Matratze. Der Klang seiner Schritte im Flur, seine Stimme vor der Tür, all das hatte es nur noch komplizierter gemacht. Sie hatte gehört, wie er ihre Schuhe und ihre Tasche auf dem Boden abgestellt und später seine Tür hinter sich zugezogen hatte. Dann war alles ruhig.

Sie starrte ungläubig auf die Tür. Das musste ein Trick sein. Kaum glaubte sie, ihn durchschaut zu haben, da warf er wieder alles über den Haufen. Vorsichtig öffnete sie die Tür, erwartete halb, dass er ihr auflauerte, aber der Flur war dunkel und leer. Und vor ihr standen ihre Tasche und ihre Schuhe.

Schnell, bevor er es sich noch anders überlegen konnte, hob sie die Sachen auf und warf die Tür hinter sich zu. Sie konnte ihr Glück kaum fassen. Er ließ sie gehen, und nun gab es keinen Grund mehr, ihn jemals wiederzusehen.

Sie spähte aus dem Fenster und sah den Volvo in der schmalen Straße stehen, das Dach war leicht mit Schnee bestäubt; wenn sie sich beeilte, konnte sie losfahren, bevor es ganz dunkel war, bevor es heftiger schneite, bevor sie es sich anders überlegen konnte …

Warum sollte sie es sich anders überlegen? Dillon wurde ihr einfach zu gefährlich. Er hatte ihre Mauern niedergerissen, er ließ ein Nein nicht gelten, er machte ihr Angst, klaute und log. Warum also zog sie nicht endlich die Schuhe an und rannte weg, so schnell sie nur konnte?

Wenn nur Mouser hier wäre, sie würde so gerne mit ihm sprechen. Obwohl sie nicht die geringste Ahnung hatte, was sie sagen sollte. Vielleicht würde sie ihn bitten, auf Dillon aufzupassen. Sich um ihn zu kümmern.

O mein Gott. Mit einem flauen Gefühl im Magen wurde ihr schlagartig klar, dass sie heute nirgendwo hingehen würde. Sie würde nirgendwo hingehen, außer den Flur hinunter in sein Schlafzimmer, in dem das zerwühlte Bett stand. Sie war es leid, Angst zu haben.

Es war gar nicht schwer, den Verstand auszuschalten, sozusagen auf Autopilot umzustellen. Was sie tat, ergab sowieso keinen Sinn, und deswegen musste sie erst gar nicht darüber nachdenken. Sie zog die Kleider wieder aus, die sie nach der hastigen Dusche übergestreift hatte – Jeans, T-Shirt und den weißen Baumwollslip.

Vielleicht hatte sie es ja von Anfang an gewusst. Den pinkfarbenen Seiden-BH und den Tanga hatte sie ganz unten im Koffer verstaut. Die Dessous waren noch aufreizender als die lavendelfarbene Wäsche, die sie vorher getragen hatte.

Das Kleid passte noch immer, lag nur etwas enger an ihrem weiblicher gewordenen Körper. In ihrem Zimmer gab es keinen Spiegel, doch sie brauchte auch keinen. Sie wusste genau, wie sie aussah. Zu blass, zerzaustes Haar, zu große Augen. All die Anspannung und Erschöpfung der letzen Tage forderten ihren Tribut. Wenn sie ihr Spiegelbild sähe, würde sie sich vermutlich doch wieder drücken. Aber das war nun ihre letzte Chance.

Wenn sie überhaupt jemals mit irgendeinem Mann schlafen würde, dann mit Dillon Gaynor. Er begehrte sie, daran zweifelte sie nicht länger. Warum sonst hatte er dieses Kleid so lange aufgehoben und immer wieder dafür gesorgt, dass sie nicht gehen konnte. Himmel, er hätte sie doch sonst nicht geküsst, hätte sie nicht auf das Sofa geworfen und mit ihr geschlafen. Es sei denn, er wollte es auf eine kranke Art und Weise Nate heimzahlen. Und ihr.

Das spielte aber auch gar keine Rolle. Nichts spielte mehr eine Rolle, wichtig war nur, zu beenden, was er begonnen hatte. Diesen Gang entlangzugehen und seine Tür zu öffnen.

Im Zimmer war es dunkel, nur das flackernde Licht des Fernsehers spendete etwas Licht. Er hatte sich in Jeans und weißem T-Shirt auf dem Bett ausgestreckt. Er drehte den Kopf und sah sie an. Sah das Kleid, das sie trug.

Er sagte nichts, stellte nur den Ton des Fernsehers ab. Auf einmal war es sehr still in dem Zimmer. Sie leckte sich nervös über die Lippen.

„Ich dachte, du wolltest gehen."

„Wollte ich auch."

„Ich dachte, du hast Angst vor mir."

„Habe ich auch", sagte sie. Er machte keine Anstalten, vom Bett aufzustehen. Er lag einfach da und betrachtete sie.

„Was willst du dann hier?" Kaltes Misstrauen lag in seiner Stimme, am liebsten hätte sie sich umgedreht und wäre davongelaufen. Stattdessen schloss sie die Tür hinter sich, ließ aber die Hand auf der Klinke liegen.

„Du hast gesagt, dass wir beenden sollen, was wir begonnen haben." Ihre Stimme war belegt. Sie räusperte sich. „Ich finde, das war kein anständiges Ende. Nachdem es so ein Desaster für dich war, solltest du mir die Chance geben, es besser zu machen." Sie konnte nicht glauben, dass sie das gesagt hatte. Sie konnte nicht glauben, dass sie überhaupt in diesem dunklen Zimmer war.

In seinem Gesicht war eine flüchtige Regung erkennbar. „Es lag nicht an dir. Außerdem hast du nie auf mich gehört. Wieso jetzt auf einmal?“

Sie ließ die Klinke los. Er schien überhaupt nicht an ihr interessiert zu sein, sie könnte also jederzeit flüchten. Was vermutlich das Beste wäre.

„Ich dachte, du begehrst mich. Aber offenbar hast du deine Meinung inzwischen geändert, vielleicht hat dir ein Mal ja gereicht. Schade, dass Nate dich jetzt nicht sehen kann – er wäre bestimmt stolz auf dich.“

„Nate wäre auf eine anständige Geste niemals stolz.“ Das Licht des Fernsehers flackerte über seine Brust. Er sah noch genauso gut aus wie vor zwölf Jahren und war noch genauso unerreichbar.

„Gut“, sagte sie. „Vielleicht wollte ich mich auch einfach nur verabschieden.“

Er zögerte nur einen Augenblick, dann schien er einen Entschluss gefasst zu haben. „Wenn, dann mach es richtig, Jamie. Komm her.“

„Nein.“

Zum ersten Mal huschte ein winziges Lächeln über sein sonst so distanziertes, undurchdringliches Gesicht. „Du hast damit angefangen. Du bist zu mir gekommen. Jetzt steig ins Bett.“

Einen Moment lang war sie wie gelähmt. Dann machte sie einen Schritt auf ihn zu.

13. KAPITEL

Vermutlich ging er davon aus, dass sie sowieso weglaufen würde. Sicher wäre das auch das Klügste gewesen, doch stattdessen ging sie auf ihn zu.

Der Holzboden unter ihren nackten Füßen war kalt. Dillon war offenbar kein Freund von Teppichen, dachte sie.

Er setzte sich auf, beobachtete sie, unternahm aber keinen Versuch, sie zu berühren. Warum machte er es ihr nicht leichter – er musste sie doch nur anfassen und ihr die Entscheidung abnehmen, so wie vorher. Doch er schaute sie einfach schweigend an.

Sie machte noch einen Schritt. Die Distanz zwischen Tür und Bett war nicht sonderlich groß, sie würde nicht lange brauchen, bis sie bei ihm war. Es sei denn, sie machte kleinere Schritte.

„Wo hast du das Kleid her?“ fragte er.

Das Kleid hatte sie ganz vergessen. „Aus deiner Kommode. Ich habe nach meinen Sachen gesucht.“

„Die waren im Safe in der Garage. Von diesem Kleid mal abgesehen.“

„Ich weiß.“ Noch ein Schritt. Jetzt war sie ihm schon viel zu nah, ihr Herz trommelte laut in ihrer Brust. „Warum hast du es genommen?“

„Ich könnte jetzt behaupten, dass es Nate gehörte. Dass er es immer bei sich hatte, egal, wo er hinging, vielleicht hatte er ja eine krankhafte Zuneigung zu dir", sagte er leichthin.

Sie blieb entsetzt stehen, und er lachte.

„Du wärst sogar naiv genug, mir zu glauben", fügte er hinzu. „Die Wahrheit ist, dass ich es aus dem Mülleimer geholt habe, in den deine Mutter es geworfen hat. Als Erinnerung an die aufregendste kleine Jungfrau, die ich je gesehen habe."

„Und du glaubst, dass ich dir das abnehme? Dir ist ja damals nicht mal aufgefallen, dass ich überhaupt existiere."

„Allerdings ist mir das aufgefallen. Und heute siehst du noch besser aus, auch wenn ich das niemals für möglich gehalten hätte. Hör auf, Zeit zu schinden, Jamie. Du bist schließlich freiwillig in mein Zimmer gekommen. Jetzt sollst du endlich erfahren, was du all die Jahre verpasst hast. Was wir beide verpasst haben."

Sie stand direkt vor ihm. Das Bett war hoch, die Matratze berührte ihre Schenkel. Sie sah in seine Augen, in diese Augen, die absolut nichts verrieten. Sie kletterte aufs Bett, kniete sich vor ihn und strich ihr Kleid glatt.

Ihr war flau im Magen. Er zog sich das T-Shirt über den Kopf und warf es auf den Boden.

„Zieh dein Höschen aus."

Sie protestierte leise, doch er ignorierte sie. „Früher oder später bist du es sowieso los, und aus Erfahrung weiß ich, dass diese Dinger gar nicht so leicht zu zerreißen sind, obwohl die Idee sehr verlockend ist. Also, Jamie, zieh es aus."

Sie fasste unter ihr kurzes Kleid und schob den kleinen Tanga hinunter. Es war unmöglich, ihn ganz auszuziehen, solange sie kniete, also musste sie sich hinsetzen. Als sie ihn ans andere Ende des Bettes werfen wollte, hielt er sie auf und nahm ihn ihr ab.

„Der ist zu klein für dich", sagte sie bissig.

„Ich will ihn ja nicht anziehen", entgegnete er liebenswürdig. „Und jetzt der BH."

„Dieses Kleid ist ziemlich durchsichtig."

„Eben drum."

Sie wehrte sich nicht länger, drehte ihm nur den Rücken zu und schob das Strickkleid so weit über die Schultern, dass sie den BH ausziehen konnte.

„Du verschwendest nur deine Zeit, wenn du dich so schamhaft gibst", sagte er, aber sie hatte das Kleid schon wieder über ihre nackten Brüste gezogen. Dann drehte sie sich um und sah ihn an.

„Ich vermute, den willst du auch als Souvenir behalten." Sie ließ den BH an einem Finger vor seiner Nase baumeln.

Er nahm ihn und warf ihn neben sich aufs Bett. Aufs Bett, dachte sie auf einmal erschrocken. Sie war mit Dillon Gaynor in einem Bett und von dem dünnen Kleidchen abgesehen vollkommen nackt.

„Und jetzt setz dich auf mich."

Sie konnte nicht anders, sie starrte panisch auf seinen Schoß. Seine Erektion war nicht zu übersehen, drückte gegen seinen Reißverschluss, aber bisher hatte er noch nicht einmal den Knopf seiner Jeans geöffnet.

„Nein, so weit sind wir noch nicht", sagte er, als könnte er ihre Gedanken lesen. „Da ich die Rolle deines Sexthe- rapeuten übernehme, wirst du dich nach meinem Tempo richten müssen und tun, was ich dir sage."

„Und wenn ich nicht will?"

„Dann kannst du wieder gehen. Ich werde dich nicht aufhalten. Aber wenn du bleiben willst, dann musst du dich jetzt auf mich setzen."

Es gab kein Zurück mehr. Sie biss sich auf die Lippen, setzte sich vorsichtig auf seinen Schoß. Dann sah sie in seine dunkelblauen Augen.

Er fasste sie mit den Händen unter ihrem Kleid und schob sie etwas zurück, bis sie direkt auf seiner Erektion saß. Er fühlte sich noch härter und größer an, als sie er- wartet hatte.

Dann streichelte er über ihre Schenkel. „Wir werden Folgendes tun", sagte er mit dunkler Stimme. „Du be- stimmst, wie schnell oder langsam es geht. Es liegt ganz alleine an dir. Himmel, du kannst mich sogar festbinden, wenn dir das hilft. Ich habe nichts gegen ein paar nett ge- meinte Fesseln einzuwenden."

„Du bist ekelhaft."

„Warum bist du dann hier?"

„Ich weiß es nicht“, presste sie hervor.

„Aber ich. Du willst hier sein. Denn sonst wärst du schon längst mit eingezogenem Schwanz auf dem Weg zurück zur Gräfin. Wobei es genau das ist, was du zwischen deinen Beinen spüren möchtest.“

Mit einem Mal lag sie auf dem Rücken, er war über ihr und legte ihre Beine um seine Hüften. Das Licht des Fernsehers flackerte über sein Gesicht und ließ es beinahe brutal aussehen.

Dann küsste er sie. Legte seine Lippen auf ihre und öffnete sie, sie schmeckte seine Zunge, seine Lust und erwiderte den Kuss.

Sie hörte ein unterdrücktes Stöhnen und begriff erst später, dass es von ihr kam. Warum erstaunte sie das so? Es war höchste Zeit zuzugeben, dass sie seit Jahren immer wieder davon geträumt hatte, Dillon zu küssen. Das war die einzige erotische Fantasie gewesen, die sie sich jemals erlaubt hatte.

Er nahm ihr Gesicht in die Hände, schien alle Zeit der Welt zu haben, er knabberte an ihrer Unterlippe, küsste ihre Augenlider und dann wieder ihre Lippen. Obwohl sie Angst davor hatte, ihn zu berühren, schlang sie die Arme um ihn und ließ ihre Finger über seine heiße, glatte Haut gleiten, über seinen sehnigen, muskulösen Rücken.

Als er sie ansah, wirkten seine blauen Augen beinahe schwarz. „Vorhin war ich schneller als du. Wird Zeit, dass du etwas bekommst.“ Er entwand sich ihren Armen, schob ihr Kleid nach oben und legte eine Hand zwischen ihre Beine.

Er ignorierte ihren leisen Aufschrei und schob das Kleid noch etwas höher. „Komm schon, Jamie. Du erinnerst dich doch daran; es hat dir gefallen oder etwa nicht?" Er streichelte sie einmal kurz; automatisch drückte sie den Rücken durch und verlangte nach mehr. Diesmal berührte er sie etwas fester, ein wollüstiges Stöhnen kam über ihre Lippen.

„Siehst du, ich sagte doch, dass es dir gefallen wird." Er begann, ihren Bauch zu küssen, seine Lippen brannten sich in ihre Haut. „Und das wirst du sogar noch mehr mögen." Er küsste sie zwischen ihren Beinen.

Erschrocken versuchte sie, ihn wegzuschieben, doch er hielt ihre Hüften umklammert und verwöhnte sie mit seinen Lippen, mit seiner Zunge und sogar mit seinen Zähnen. Sie zitterte, diesmal aber nicht aus Furcht. Hitze breitete sich von ihrem Schoß aus, durchfuhr ihren ganzen Körper wie eine Spirale der Lust, für die sie sich beinahe schämte.

Es ging viel zu schnell. Sie versuchte, sich gegen ihre Gefühle zu wehren, aber dazu war es zu spät. Sie spürte, wie ihr Körper sich krümmte, und da war wieder diese Angst, doch im selben Moment drang Dillon mit einem Finger tief in sie ein, und sie war verloren. Wellen heißer, wilder Lust schlugen über ihr zusammen, sie hatte keine andere Wahl, als sich auszuliefern, sie wölbte sich ihm entgegen und unterdrückte ihren Schrei, indem sie ihn küsste.

Nach und nach schlug ihr Herz wieder ruhiger, sie öffnete die Augen und sah, dass er sie mit zufriedener Miene betrachtete. Am liebsten hätte sie ihn geohrfeigt, aber dazu fehlte ihr die nötige Kraft.

„Schon besser", murmelte er. „Und jetzt zieh ich dir dieses Kleid aus. So sexy es auch ist, wir brauchen es nicht mehr. Oder soll ich es dir vom Leib reißen?"

Sie war schon längst nicht mehr in der Lage, zu protestieren, sie ließ sich einfach nur das Kleid über den Kopf ziehen und achtete nicht einmal darauf, wo er es hinwarf. Das alles spielte keine Rolle mehr.

Sie ließ sich nackt zurücksinken, und er betrachtete sie ernst. „Verdammt", sagte er sanft.

„Verdammt was?" Ihre Stimme war nicht mehr als ein gebrochenes Flüstern.

„Einfach nur verdammt." Er küsste sie hart und leidenschaftlich, sie konnte sich auf seinen Lippen schmecken. Er zog sie in seine Arme, ihre Brüste berührten seinen muskulösen Oberkörper, sie spürte seine heiße Haut. „Es wird Zeit, etwas mehr ranzugehen", flüsterte er in ihre Lippen, nahm ihre Hand und legte sie auf seinen Reißverschluss, auf seine harte Erektion.

Sie zog die Hand nicht weg, sein leises Stöhnen ließ sie tief erschauern.

Er drehte sich auf den Rücken. „So ist es gut, Babygirl",

sagte er. „Nur zu!“ Wieder ergriff er ihre Hand und schob sie in seine Hose.

Diesmal versuchte sie, sich loszumachen, aber er war zu stark, drückte ihre Hand gegen seine weiche Haut, während er gleichzeitig den Reißverschluss öffnete, die Jeans herunterschob und dann wegkickte.

Er nahm etwas von seinem Nachttisch. Ein Kondom, wie sie feststellte. Sie gewöhnte sich langsam an das Gefühl, ihn zu berühren, daran, wie hart und heiß er war, dann hörte sie, wie er das Päckchen aufriss.

„Genug gespielt, Babygirl. Jetzt wird es ernst.“

„War das vorhin nicht ernst?“ murmelte sie benommen.

„Ich möchte, dass du kommst, während ich in dir bin.“

Sie schüttelte den Kopf. „Das wird nicht funktionieren …“

„Es hat schon einmal geklappt, und diesmal bist du nass.“ Er hob sie ohne Anstrengung hoch, hielt sie an den Hüften über sich fest. Sie spürte ihn an ihren Beinen, hart und fest, er wartete. „Du bist jetzt dran, Jamie“, sagte er gepresst. „Wenn du mich da haben willst, dann musst du es selbst tun.“

Sie hielt die Luft an. Dann ließ sie sich langsam auf ihn sinken, spürte, wie er sie ausfüllte, Zentimeter um Zentimeter, bis sie ihn ganz in sich aufgenommen hatte.

Sie zitterte, Schweiß brach ihr aus allen Poren. Sie konnte nicht begreifen, dass ihr Körper so heftig auf ihn reagierte. Er war stark und männlich, aber sie spürte keinen Schmerz, sie begann, sich langsam hin und her zu wiegen. Es fühlte sich herrlich an. Sie wollte mehr.

„Ich kann nicht“, sagte sie mit erstickter Stimme.

Er umfasste wieder ihre Hüften. „Lass mich dir helfen“, wisperte er und bewegte sie über sich, auf und ab, in langsamem, gleichmäßigem Rhythmus, zog sich zurück und füllte sie wieder aus. Jedes Mal, wenn sie sich auf ihn senkte, wollte sie mehr, brauchte sie mehr, und ohne es zu merken beschleunigte sie das Tempo.

„Haben wir es eilig?“ Seine Stimme klang beinahe träge, doch sie konnte die Anspannung in seinem Körper spüren, sie wusste, dass er es auch fühlte, dieses innere Beben, das sie durchschüttelte.

Schneller, härter. Ihr Körper war schweißnass, sie schüttelte zugleich frustriert und flehend den Kopf. „Ich kann das nicht. Bitte hilf mir.“

„Du brauchst nur zu fragen.“ Er rollte sich über sie, sie schlang die Beine um ihn, spürte, wie sich die Lust in ihr ausbreitete.

„Ich bin in dir“, flüsterte er ihr ins Ohr. Er streichelte sie, kräftiger als zuvor, während er tief in sie stieß. Sie spürte ihn, spürte, wie sein Penis zuckte, als er sich entlud, und dann konnte sie nicht mehr denken; unbändiger Genuss riss sie in eine Dunkelheit, die sich anfühlte wie ein kleiner Tod.

Erst sehr viel später zog er sich zurück, doch sie war

viel zu betäubt, um etwas anderes zu tun, als still dazuliegen, während vereinzelte Schauer durch ihren Körper fuhren.

Dann spürte sie, wie er ihre Tränen wegwischte, doch sie hielt die Augen geschlossen. „Armes Babygirl“, flüsterte er. „Ich hätte Nate einfach zur Party bringen und dann mit dir wegfahren sollen. Genau das war es nämlich, was ich am liebsten getan hätte. Ich wollte dich in mein Haus mitnehmen und dich um den Verstand vögeln. Zwar war mir klar, dass die Gräfin mich dafür ins Gefängnis bringen würde, aber da bin ich ja sowieso gelandet. Und für dich hätte es sich wenigstens gelohnt.“

Er tastete über ihren Nacken, ihren Hals, streichelte ihre Brüste, und sie schnappte nach Luft.

Er lachte. „Ich habe mich bisher noch gar nicht richtig um deine Brüste kümmern können“, sagte er. Als er ihre Brustwarzen kurz streifte, richteten sie sich sofort sehnsuchtsvoll auf. „Oder um deinen Hintern. Um deinen Mund. Ich bin gespannt, wie lange es dauern wird, bis du es mir mit dem Mund machst.“

Sie wimmerte leise auf.

„Zwölf Jahre, Jamie“, flüsterte er. „Und wir haben gerade erst angefangen.“

Dann war er verschwunden, zog einfach die Tür hinter sich zu, und Jamie lag allein in der Dunkelheit, ihr Körper bleischwer, nicht in der Lage, sich zu rühren.

Sie zitterte.

Nate konnte es riechen. Den Geruch nach Sex, der das Gebäude durchdrang, übel riechend. Konnten Geister riechen? Er wusste nur, dass er es konnte. Und sein Gehör war genauso fein – er hatte Jamies leises Wimmern gehört, das Reiben von Haut gegen Haut, das Klatschen des Fleisches, das unterdrückte Stöhnen. Er wusste, wann Dillon kam. Er hatte ihn in all den Jahren oft genug beobachtet, kannte ihn besser als die Frauen, mit denen Dillon es trieb. Er wusste, wie Dillon klang, wenn er kam, kannte dieses erstickte Stöhnen. Und er musste erkennen, dass Dillon nie zuvor einen so mächtigen Orgasmus gehabt hatte wie mit seiner kleinen Cousine.

Eigentlich müsste ihn das ärgern. Es hatte ihn immer genervt, wie Dillon mit Frauen schlief. Er tat ihnen nicht gerne weh, aber Nate fand Sex ohne Schmerzen immer langweilig. Egal. Keines der Mädchen hatte je eine Rolle gespielt. Keine war ihm wirklich wichtig gewesen. Überhaupt war ihm niemand wichtig gewesen, außer seinem besten Freund Dillon.

Bis der ihn in den Tod geschickt hatte.

Rache war eine ganz schön beschissene Sache. Aber zu sehen, wie Dillon Gaynor seine süße kleine Cousine vögelte, war beinahe die Mühe wert. Vor allem weil er Jamie dafür töten würde.

Das Beste daran war, dass Killer furchtbar darunter leiden würde.

Bis Nate Kincaid ihn ebenfalls tötete.

14. KAPITEL

Dillon stand sehr lange unter der Dusche, so lange, bis der ansonsten sehr üppige Vorrat an Warmwasser aufgebraucht war. Erst stützte er sich an der Wand ab und ließ das Wasser auf sich prasseln, dann schloss er die Augen und hob das Gesicht in den Strahl. Er hatte kein schlechtes Gewissen. Schließlich gab es dafür auch keinen Anlass. Er hatte nur getan, worum sie ihn gebeten hatte, und diesmal hatte er es richtig gemacht. Und er wollte es wieder tun, wieder und wieder und wieder, bis sie genug voneinander hatten.

Jamie hat überhaupt keine Ahnung, was da zwischen uns abläuft, dachte er, und zog den Kopf zurück, als das Wasser mit einem Mal kalt wurde. Die arme, zerbrechliche Halbjungfrau, deren einzige sexuelle Erfahrung mit einer Vergewaltigung geendet hatte. Eine solche Reaktion hatte er nicht erwartet. Er war davon ausgegangen, dass es Tage dauern würde, bevor sie einen Orgasmus haben würde. Und nun war es ganz leicht gewesen. Was ihn andererseits nicht überraschen sollte – sie hatte immer für ihn geschwärmt, und nach all den Jahren hatten sich endlich ihre Schulmädchenträume erfüllt. Außerdem war er mehr als erfahren – er wusste, was zu tun war, er hatte nie daran gezweifelt, sie glücklich machen zu können. Irgendwann – nur, dass es jetzt viel einfacher gewesen war.

Er versuchte, Zeit zu gewinnen. Sie musste etwas

schlafen, sich erholen. Verdammt, ein Gedanke an sie reichte, und er war sofort wieder erregt. Wenn er jetzt zurück ins Zimmer ginge, würde er sofort wieder mit ihr schlafen, aber er wollte ihr nicht wehtun. Sie sollte Freude daran haben, zumindest solange er noch Lust auf sie hatte.

Was nicht ewig der Fall sein würde. Das war immer so gewesen – früher oder später begannen selbst die raffiniertesten Frauen ihn zu langweilen, außerdem mochte er keine emotionalen Verwicklungen. Jamie hatte sich schon einmal in ihn verliebt, noch ein guter Orgasmus, und alles würde von vorne losgehen. Davon abgesehen, dass sie mindestens zwei gehabt hatte.

Das würde er ihr schon austreiben. Denn er war nach wie vor Dillon, nach wie vor Killer. Für sie beide gab es keine Zukunft – für ihn gab es mit niemandem eine Zukunft. Aber wen interessierte die Zukunft überhaupt? Nur der Augenblick zählte, und in diesem Augenblick lag eine Frau in seinem Bett. Eine Frau, die er wollte. Alles andere war unwichtig.

Er stellte das Wasser ab und zog sich an. Dann begann er, sich zu rasieren. Normalerweise machte er sich abends die Mühe nicht, aber er wollte Jamies zartes Gesicht nicht mit seinen Stoppeln verletzen. Oder ihre Schenkel, dachte er grinsend. Während er sich rasierte, vermied er es, sich anzusehen. Das Risiko, in seinem Gesicht etwas zu entdecken, was er nicht sehen wollte, war zu groß.

Bevor er nach unten ging, warf er schnell einen Blick ins Schlafzimmer. Sie lag auf dem Bauch und schlief fest, ihr helles Haar lag wirr über ihrem Gesicht, die weiße Bettdecke bedeckte ihre Hüften. Leise schloss er die Tür und ging in die Werkstatt.

Vielleicht würde sie ja trotz allem versuchen, wegzulaufen. Wahrscheinlich sogar. Ihr alter Volvo hatte keine Winterreifen, nur ziemlich abgefahrene Ganzjahresreifen, die für den harten Winter in Wisconsin nicht taugten. Er trat in die kalte Abendluft und fuhr den Wagen wieder in die Garage zurück. Als er sich umdrehte, sah er einen dunklen Fleck im Schnee, er zögerte einen Moment. Eigentlich dürfte nichts auslaufen – kein Öl oder Frostschutzmittel oder sonst etwas – er hatte den Motor eingehend geprüft. Und zumindest mit Autos kannte er sich wirklich gut aus.

Er parkte den Wagen mitten in der Werkstatt und öffnete die Motorhaube. Alles schien in Ordnung zu sein, er konnte keine undichten Schläuche entdecken, jeder Behälter war anständig gefüllt. Sollte der dunkle Fleck im Schnee tatsächlich vom Volvo gewesen sein, dann lief jetzt jedenfalls nichts mehr aus.

Er beschloss, am nächsten Tag die Unterseite zu kontrollieren, was ihm die perfekte Entschuldigung dafür liefern würde, dass sie doch noch länger bleiben musste. Obwohl er natürlich keine Entschuldigung brauchte, sie allerdings schon.

Jamie konnte ja nicht gut zugeben, dass sie sich von ihrer herrschsüchtigen Mutter befreien wollte, und für ein paar Tage, Wochen oder Monate guten Sex ihr geordnetes Leben und ihren Job aufs Spiel zu setzen bereit war. Doch so war es. Nach dieser kleinen Kostprobe wollte sie einerseits mehr davon und andererseits so schnell wie möglich verschwinden.

Aber irgendwann würde sie sich eingestehen müssen, dass sie ihn aus irgendeinem Grund, aus einem merkwürdigen, schicksalhaften Grund, genauso begehrte wie er sie. Bis dieser Hunger gestillt war, konnte viel Zeit vergehen.

Jamie versuchte, sich zu entspannen, während sie seinen Schritten auf dem Flur lauschte. Sie hatte den Kopf abgewandt, als er die Tür öffnete. Sie hielt den Atem an und wartete darauf, dass er hereinkam. Sie fragte sich, wie sie es schaffen würde, Nein zu sagen. Vor allem, weil sie gar nicht Nein sagen wollte.

Sie hatte ihre Tasche wieder, ihr Geld, ihren Ausweis und ihre Kreditkarten. Außerdem hatte er gesagt, dass ihr Auto wieder fahrtüchtig sei. Aber selbst wenn das nicht stimmte, war sie nun in der Lage, sich eines zu leihen und zu verschwinden. Er würde sie sicher nicht aufhalten.

Die Tür wurde wieder geschlossen, sie hörte, wie er die Treppe hinunterging, und atmete erleichtert – und nicht enttäuscht! – auf.

Als sie unter die Dusche stieg, stellte sie fest, dass es kein warmes Wasser mehr gab, aber das störte sie nicht. Das war die Strafe für ihre Dummheit. Das kalte Wasser würde diese noch nachklingende, idiotische Lust wegspülen. Denn mehr war es nicht gewesen, nur primitive, animalische Lust.

Mit Liebe hatte es jedenfalls nichts zu tun.

Sie wickelte sich in ein Handtuch, rannte den dunklen Gang entlang in ihr Zimmer und schloss leise die Tür. Wenn er wollte, konnte er ihr altes Kleid behalten, genauso wie ihre Dessous. Sie brauchte lediglich ihre Klamotten und die Schuhe, um so schnell wie möglich zu verschwinden.

Hastig zog sie sich an, warf die restlichen Sachen in den Koffer und schlug ihn zu. Die Turnschuhe passten eigentlich nicht zu dem braven Kleid, das ihre Mutter ihr gekauft hatte, aber das war egal. Wichtig war nur, so schnell wie möglich wegzukommen.

Sie suchte nach ihrer Uhr. Nicht, um nach der Zeit zu sehen, schließlich hatte Jamie sie seit Tagen nicht mehr aufgezogen. Aber sie war ein altes Erbstück, das sie von ihrem Vater zum sechzehnten Geburtstag bekommen hatte, und sie liebte diese Uhr.

Doch sie war weder im Koffer noch sonst irgendwo. Hatte Dillon sie auch an sich genommen? Es war das kostbarste Stück, das sie besaß, und so wie sie Dillon kannte, hatte er es womöglich schon in Bargeld umgesetzt.

Aber – kannte sie Dillon denn überhaupt? Egal, sie wollte gar nicht wissen, wie er wirklich war. Sie wollte nur weg.

Sie verstand selbst nicht, warum sie unbedingt weglaufen wollte, aber es schien geradezu eine moralische Notwendigkeit zu sein. Die Sache wuchs ihr über den Kopf, sie musste sich beeilen, sonst wäre sie verloren. Noch hatte sie genug Selbsterhaltungstrieb, um zu wissen, dass sie niemals in sein Zimmer hätte gehen dürfen. Das war fast noch dümmer gewesen, als sich mit Paul Jameson auf den Rücksitz des Cadillacs zu setzen. Denn rückblickend betrachtet, hatte Paul nur ihrem Körper Gewalt angetan. Dillon hingegen wollte ihre Seele.

Sie zerrte den Schlafsack zur Seite, um nachzusehen, ob die Uhr irgendwo auf der Matratze lag. Plötzlich schrie sie auf.

Auf der Treppe lief sie Dillon direkt in die Arme.

„Was zum Teufel ist los?"

„Tot ...", keuchte sie. „Auf der Matratze ..." Sie erschauderte. „Da ist Blut ..."

Er drückte sich an ihr vorbei ins Zimmer. „Du bleibst hier!" befahl er.

Sie lehnte sich an die Wand und versuchte, das Zittern ihres Körpers zu kontrollieren. Sie hasste diesen Flur – immerzu hatte sie das Gefühl, beobachtet zu werden, von einem Perversen mit tödlichem Atem und verdrehten Gedanken. Das war natürlich dumm, schließlich war nur

Dillon hier, und der befand sich in diesem Moment in ihrem Zimmer.

„Eine tote Ratte." Er erschien unter der Tür, seine Stimme klang sachlich. „Ich habe dir doch gesagt, dass die hier herumstreunen."

„Aber hier liegt so viel Blut", entgegnete sie schwach. „Und was hatte sie in meinem Bett zu suchen?"

„Wenn es ein Mann gewesen wäre, würden mir einige Gründe einfallen! Aber da es sich nur um eine ziemlich große, tote Ratte handelt, kann ich dir die Frage auch nicht beantworten. Vermutlich hat sie von dem Rattengift gefressen und sich zum Sterben in dein Zimmer geschleppt."

„Bin ich ein Glückspilz. Und wo kommt dann das ganze Blut her? Die andere Ratte hat überhaupt nicht geblutet. Zumindest nicht, bis ich auf sie getreten bin", fügte sie schaudernd hinzu.

Dillon zuckte die Achseln und blickte sie an. Wieder fiel ihr auf, wie groß er war, wie stark. Sie waren alleine in diesem dunklen Flur und hatten gerade miteinander geschlafen. „Wer weiß? Dafür gibt es alle möglichen Erklärungen, aber die willst du bestimmt nicht hören. Außerdem ist das doch auch egal. Du wirst sowieso nicht mehr in diesem Bett schlafen."

„Ich werde hier überhaupt nicht mehr schlafen", sagte sie.

Er grinste genau so, wie sie es erwartet hatte. „Nein,

ich habe dabei auch nicht ans Schlafen gedacht. Ich werde so lange wach bleiben, wie du willst."

„Ich meine damit, dass ich verschwinde. Okay? Wir sind quitt, wir haben getan, was wir tun mussten. Du hast deine Entschädigung für eineinhalb Jahre Gefängnis bekommen, ich habe mir meine Teenagerfantasien erfüllt und kann jetzt mein Leben weiterleben. Der Fall ist abgeschlossen. Ich gehe." Sie wartete darauf, dass er vor Wut in die Luft ging.

Stattdessen neigte er nur unbeeindruckt den Kopf. „Ach, tatsächlich? Und wie kommst du auf diese Idee? Ich persönlich habe noch nicht einmal damit begonnen, was ich seit zwölf Jahren hätte tun sollen."

Dieses Mal blockierte er keinen Fluchtweg. Zwar waren ihre Handtasche und ihr Koffer noch im Zimmer, aber solange sie ihre Schuhe und das Auto hatte, war sie jederzeit in der Lage, abzuhauen.

„Du kannst versuchen, mich aufzuhalten", sagte sie und versuchte, ihre Nervosität zu verstecken. „Doch das wird dir nichts nützen. Ich bin schneller …"

„Ich werde dir nicht hinterherlaufen, Jamie", sagte er ruhig. „Ich habe doch gesagt, dass ich dich gehen lasse. Wenn du wegmöchtest, bitte sehr. Ich habe deinen Wagen wieder in die Garage gefahren. Die Schlüssel liegen auf dem Fahrersitz."

Sie glaubte, sich verhört zu haben. „Du lässt mich wirklich gehen?" fragte sie und wartete auf das Hochgefühl, das sich nicht einstellen wollte. „Würdest du mir dann bitte meine Tasche und meinen Koffer holen? Ich möchte nicht mehr in dieses Zimmer gehen.“

„Selbstverständlich“, sagte er und verschwand. Als er zurückkam, fragte er: „Soll ich sie dir runtertragen?“

Warum nur hätte sie am liebsten geweint? „Das kann ich schon selbst“, entgegnete sie und riss ihm den Koffer und die Tasche aus der Hand. Dann wirbelte sie herum und lief die Treppen hinunter, diesmal dankbar über die Dunkelheit. Ihre Augen brannten, er durfte ihre Tränen auf keinen Fall sehen.

Er folgte ihr in sicherem Abstand. In der Küche war es wie immer mollig warm, geradezu behaglich, sie stellte den Koffer ab und wappnete sich für einen höflichen Abschied. Doch Dillon ging einfach an ihr vorbei zur Hintertür, ein rot gefärbtes Laken in der Hand. Die tote Ratte!

Er warf sie mitsamt dem Laken auf den kleinen Seitenweg, zögerte einen Moment, starrte auf den Schnee zu seinen Füßen und auf den Weg, der zur Hauptstraße führte. Dann drehte er sich wieder um, ganz in Gedanken und schloss die Tür.

„Das Auto ist in der Werkstatt“, sagte er geistesabwesend. „Du brauchst das Tor hinter dir nicht zu schließen, ich kümmere mich darum.“

Es kam ihr so unwirklich vor. Sie konnte nicht glauben, dass es so einfach war, dass er sie nach allem einfach ohne ein Wort gehen lassen würde. Natürlich war es genau das, was sie wollte, aber trotzdem fühlte es sich irgendwie absurd an.

Sie legte ein freundliches Lächeln auf, so, wie ihre Mutter es ihr beigebracht hatte. „Na dann …“, sagte sie.

„Na dann“, sagte er und wandte sich ihr zu. „Du hast diesen Gräfinnenausdruck im Gesicht. Als Nächstes wirst du mir noch die Hand schütteln und dich für die schöne Zeit bedanken.“

Jamie ließ verstohlen ihre Hand sinken. „Natürlich nicht“, sagte sie eisig.

„Was möchtest du dann sagen?“

„Das ist ziemlich leicht. Auf Wiedersehen.“ Sie nahm den Koffer, bevor er es tun konnte, und lief in die Garage.

Da stand ihr Volvo, in einer Ecke geparkt. Schneeflocken schmolzen auf dem Dach. Und außerdem hatte er mindestens zwei platte Reifen.

Sie stellte den Koffer und die Tasche ab, als Dillon hinter ihr auftauchte. „Was ist denn mit den Reifen passiert?“

„Keine Ahnung“, sagte er, offenbar nicht beunruhigt über diese Entwicklung. „Du musst in etwas reingefahren sein, als du von der Straße abgekommen bist.“

„Und das hast du nicht bemerkt, als du das Auto repariert hast?“

„Da hatte es noch keinen Platten.“

Sie drehte sich um und starrte ihn an. „Hast du etwas damit zu tun?"

„Ich habe dein Auto repariert."

„Ob du etwas mit den platten Reifen zu tun hast? Hast du die Luft rausgelassen?" Das war eine dumme Frage. Natürlich nicht – schließlich war er überglücklich, sie endlich loszuwerden.

„Ja."

„Wir könnten … ja?" fragte sie, als sie begriff, was er gesagt hatte.

„Ja. Ich habe die Luft aus den Reifen gelassen. Aus allen vieren, um genau zu sein. Nur für den Fall, dass du abhauen wolltest."

„Ich dachte, du lässt mich gehen."

„Das sollte ich." Er versuchte, kühl zu klingen, aber selbst sie bemerkte, dass er sich nicht wohl in seiner Haut fühlte.

„Aber du wirst es nicht tun." Sie hätte außer sich vor Wut sein müssen und nicht erleichtert.

„Nein."

„Dann überzeug mich zu bleiben", sagte sie, strich sich das Haar aus dem Gesicht und sah ihn ruhig an.

Sie war blass und hatte dunkle Ringe unter ihren schönen grauen Augen. Und sie sah ihn an, als wäre er eine Kreuzung aus Teufel und Traumprinz. Die ganze Zeit hatte er alles dafür getan, damit sie ihn für Ersteres hielt.

Aus irgendeinem Grund hatte er jetzt keine Lust mehr dazu.

Es war warm in der Werkstatt. Er wusste immer noch nicht, warum er in letzter Minute doch noch die Luft aus den Reifen gelassen hatte. Er sollte sie zurück in ihr eigenes kleines Leben schicken. Aber er konnte es einfach nicht. Vielleicht, weil es noch nicht zu Ende war.

Sie sah ihn noch immer an, hoffnungsvoll und zugleich verängstigt. Diese großen grauen Augen waren wirklich albern – keine erwachsene Frau durfte so verletzlich aussehen. Sie war ein wenig zu dünn, aber er konnte sie ja aufpäppeln. Sie war ein wenig zu nervös, und er hatte alles dafür getan, damit sich daran nichts änderte.

Und sie war ein wenig zu unwiderstehlich. Das Beste wäre, sie zu vergraulen, sie wegzustoßen, aber er tat das Gegenteil.

Er ging an ihr vorbei zur Stereoanlage, wobei er darauf achtete, sie nicht zu berühren. Er drückte ein paar Knöpfe, und eine Sekunde später ertönte so laute Musik, dass jedes Gespräch unmöglich war. Er drehte sich zu ihr um.

In dem grellen Licht der Werkstatt sah sie sogar noch blasser aus. Er wusste, wie unfair das war, er sollte sich schämen. Aber er tat es nicht.

Die Musik von U2 erfüllte den Raum, und er fühlte sich plötzlich wieder wie vor zwölf Jahren, als er mit einer zitternden Jungfrau in den Armen direkt auf die Katastrophe zusteuerte. Und eben diese zitternde Jungfrau sah ihn jetzt an und erinnerte sich an das Lied.

Er bewegte sich langsam, um sie nicht zu erschrecken, aber offenbar war sie in den letzten Stunden ziemlich mutig geworden. Als er die Hand nach ihr ausstreckte, wich sie nicht zurück, und als er sie umarmte, warf sie ohne zu zögern die Arme um seinen Hals und lehnte den Kopf an seine Schulter. Sie begannen, sich zu der Musik zu bewegen.

Er schloss die Augen und tanzte mit ihr. Er konnte die alte, mit Krepppapier dekorierte Turnhalle in der Marshfield School vor sich sehen. Zu diesem Ball hätte er sie begleiten sollen, er hätte den Mut aufbringen müssen, sie zu fragen. Aber zu der Zeit ging sie mit einem gut erzogenen Jungen und hätte niemals Ja gesagt.

Sie schmiegte sich an ihn wie ein Kätzchen, sie tanzten langsam, ihre Füße bewegten sich kaum.

Er begehrte sie, sehnte sich nach ihr, mehr als nach Kaffee und Zigaretten, mehr als nach dem letzten Drink, den er vor fünf Jahren getrunken hatte, und je stärker er dagegen ankämpfte, umso größer wurde sein Begehren, bis es ihn zu vernichten drohte.

Er konnte sie verscheuchen – das wäre nicht schwer. Das Lied war schon fast vorbei, gleich würde eine andere CD anlaufen, er konnte ihr sagen, dass er sie liebte, und alles wäre vorbei.

Es gab nur noch eine Chance, sich zu retten. Nur eine

Chance, um sie endgültig zu verjagen, bevor es für ihn zu spät war.

Er blieb stehen, nahm ihr Kinn und hob es an. Ihre Augen glänzten, ein weicher, glücklicher Ausdruck lag auf ihrem Gesicht. Sie nur anzusehen, ließ ihn beinahe kommen.

Im allerletzten Augenblick meldete sich doch noch sein Verstand. Er musste endgültig dafür sorgen, dass sie ging, indem er das sagte, was sie auf jeden Fall vertreiben würde.

„Steig auf den Rücksitz."

Er erwartete, dass sie ihn empört anstarren und wegstoßen würde. In nur fünf Minuten hätte er ihre Reifen wieder aufgepumpt, danach könnte er sich einfach umdrehen und sie wegfahren lassen. Und er wäre in Sicherheit.

Sie sah zu ihm auf, ihr Mund, ihr herrlicher Mund, zitterte. Sie machte einen Schritt zurück.

„Gut", sagte sie.

Dillon glaubte, sich verhört zu haben. Aber sie drehte sich einfach um und ging zu dem alten Cadillac. Sie sah aus wie damals mit sechzehn, als er so verliebt in sie gewesen war, dass er sogar riskierte, im Gefängnis zu landen. Und auch jetzt wollte er sie so sehr, dass er sein ganzes Leben, seinen Seelenfrieden, aufs Spiel setzte.

Er begann, sein Flanellhemd aufzuknöpfen, aber sie hob die Hände und nahm ihm die Arbeit ab, mit gebeugtem Kopf, sehr konzentriert.

Sie zog ihm das Hemd über die Schultern, ihre Hände streiften seine Haut, sie beugte sich vor und legte die Lippen auf sein hämmerndes Herz, während sie nach seiner Gürtelschnalle griff.

Durch den festen Stoff seiner Jeans begann sie, seinen Penis zu streicheln. Er stieß ein unterdrücktes Stöhnen aus.

„Wenn wir jetzt nicht ins Auto steigen, dann schaffen wir es nicht mehr", sagte er rau.

Sie sah mit geröteten Wangen zu ihm auf.

„Wir sind schon da", sagte sie.

„Am liebsten würde ich dich auf den Zementboden werfen."

Sie warf einen Blick nach unten. „Sieht unbequem aus", sagte sie. In der Zwischenzeit hatte sie den Knopf seiner Jeans geöffnet. Jetzt begann sie, den Reißverschluss aufzuziehen, ganz vorsichtig, sie berührte ihn dabei kaum, und das war beinahe noch erregender als ein tatsächliches Streicheln.

„Rein ins Auto“, sagte er mit erstickter Stimme.

„Gleich“, entgegnete sie. Sie schob seine Jeans hinunter, ging vor ihm auf dem harten Boden auf die Knie, legte die Lippen um ihn, schmeckte ihn.

Qualvolle Lust ließ ihn aufstöhnen, erschrocken ließ sie von ihm ab und sah ihn mit großen Augen an. „Hab ich dir wehgetan?“

„Nein“, sagte er. „O Gott, nein.“ Er strich ihr durchs Haar und drückte dann sanft ihr Gesicht wieder an sich.

Es war das absolut erregendste Erlebnis seines Lebens. Sie schien überhaupt nicht zu wissen, was sie da tat, experimentierte einfach, berührte ihn, schmeckte ihn, saugte an ihm. Er musste sie nicht führen, musste nichts sagen. Er lehnte sich nur an den alten Caddy, damit seine Beine nicht unter ihm wegsackten, und sie brachte ihn mit ihrem süßen, unerfahrenen Mund beinahe zum Explodieren. Doch nur beinahe, denn er wusste, dass sie dafür noch nicht bereit war. Sie stöhnte leise, und ihm wurde klar, dass sie beinahe genauso erregt war wie er.

Er schob sie sanft zurück, obwohl sich ihre Finger noch immer in seine Hüften krallten. Dann zog er sie nach oben und hob sie auf den Rücksitz des Cadillacs, wo sie atemlos auf ihn wartete. Schnell zog er seine Jeans aus und kletterte zu ihr.

Diesmal trug sie einfache weiße Unterwäsche, und das fand er sogar noch erotischer als die Dessous.

Sie half ihm dabei, ihr Höschen auszuziehen. Der Rücksitz des Cadillacs war beinahe so breit wie ein Bett und bot genügend Platz. Gerade wollte er sie nach unten drücken, als sie den Kopf schüttelte. Sie kletterte auf seinen Schoß.

Er fasste unter ihren Rock, sie war nass. Bereit. Sie zitterte.

„Zeig mir, wie es geht“, flüsterte sie.

Die Kondome waren in seinen Jeans. Und nichts auf der Welt konnte ihn jetzt daran hindern, weiterzumachen. Er nahm seinen Penis in die Hand, berührte sie damit und spürte, wie sie erbebte. „Beweg dich einfach ganz langsam. Damit du dir nicht wehtust, und mir auch nicht. Finde heraus, was sich gut anfühlt.“ Sie ließ sich vorsichtig auf ihn sinken, er konnte kaum noch sprechen. „Und dann mach einfach weiter.“

Zögernd nahm sie ihn tiefer in sich auf, Zentimeter für Zentimeter, sie war heiß und feucht, nichts schien sie aufhalten zu können, diese quälende Langsamkeit war überwältigend.

Er war erst halb in ihr, als sie plötzlich aufschrie, er spürte, wie sie sich verkrampfte. Sie war so überrascht, dass sie sich beinahe von ihm losgemacht hätte, aber dafür war es zu spät.

Das Kleid, das sie trug, war lächerlich, er riss es herunter, damit er ihre Brüste sehen konnte. Er bedeckte sie mit seinen Händen, streichelte sie und spürte, wie sich ihr zweiter Höhepunkt anbahnte.

Wieder jammerte sie auf, doch inzwischen wusste er, was das bedeutete. Sie flehte ihn an, nicht aufzuhören, woraufhin er sich ganz in sie schob. Sie drückte die Stirn an seine Schulter.

Sie hatte sehr empfindliche Brüste, die auf die leichteste Berührung reagierten. Ihre Nippel drückten sich hart wie Kieselsteine gegen seine Hände, er wollte sie in den Mund nehmen, doch da hob sie den Kopf und flüsterte in sein Ohr. „Ich wollte, dass du in meinem Mund kommst."

Beinahe hätte er sich genau in diesem Moment ergossen. Sein Schwanz schien noch größer zu werden, sie sah ihn mit aufgerissenen Augen an. „Noch nicht", fügte sie hinzu und begann, sich zu bewegen.

Er ließ sie machen, überließ ihr den Rhythmus, so gerne er auch die Führung übernommen hätte. Sie war dabei, auf ihre Art zu lernen, und er wollte ihr helfen, und wenn es das Letzte war, was er tat.

Endlich bewegte sie sich schneller, er legte die Arme um sie, presste sie an sich und stieß nach oben, ihren Hüften entgegen, sie schluchzte und schrie und keuchte, er rang nach Luft, es war unbeschreiblich, und gemeinsam erreichten sie den Höhepunkt. Sie heulte leise auf, ihre Beine umklammerten ihn, zuckend ergoss er sich wieder und wieder, sie hielt ihn fest, bis sie beide zusammensackten.

Weinend ließ sie sich an seine Brust sinken wie eine Stoffpuppe. Und obwohl er selbst ganz außer Atem war, legte er seine Hand in ihren Nacken und drehte ihr Gesicht zu sich, damit er sie küssen konnte. Es war ein zärtlicher und zugleich hungriger Kuss. Er spürte, wie weitere Krämpfe ihren Körper durchzuckten.

Er nahm sie auf den Arm, ließ die Kleider, wo sie waren, und trug sie die Treppe hinauf in sein Zimmer. Er legte sie in sein Bett, legte sich daneben und hielt sie ganz fest. Zum ersten Mal in seinem Leben schlief er mit einer Frau im Arm ein.

Als Jamie erwachte, war es bereits Morgen. Sie war allein. Langsam begann sie sich an die Nacht zu erinnern, daran, wie sie einmal aufgewacht war, weil er sich in sie schob, und daran, wie sie sich ein anderes Mal nur geküsst hatten, endlos lange. Er konnte fantastisch küssen. Er konnte überhaupt alles fantastisch.

Ihr war kalt, ihr ganzer Körper tat weh. Sie sehnte sich nach einer Dusche, nach sauberen Kleidern und nach einem anständigen Essen. Aber vor allem sehnte sie sich nach Dillon.

Es war bereits spät – sie konnte nicht glauben, wie lange sie geschlafen hatte. Andererseits waren die letzten vierundzwanzig Stunden auch wirklich anstrengend gewesen. Sie kletterte aus dem Bett und wickelte sich in das

Laken ein. Sie hatte keine Ahnung, warum sie sich derart schamhaft benahm. Nach so einer Nacht. Nun, vielleicht gerade deshalb.

Himmel, sie hatte Schmerzen! Ein heißes Bad in der Badewanne mit den Klauenfüßen würde sicher Wunder wirken. Seit sie in Wisconsin war, hatte sie immer nur so kurz wie möglich geduscht, weil sie ständig Angst hatte, Dillon würde sie überraschen. Doch nun würde es wunderschön sein, falls er hereinplatze …

Das Badezimmer war mollig warm. Diesmal war auch genug heißes Wasser da, sie ließ die Wanne randvoll laufen. Dann legte sie das Leinentuch ab und glitt ins Wasser. Sie stöhnte genüsslich auf. Wie konnte man sich gleichzeitig so zerschlagen und so gut fühlen?

Sie lehnte den Kopf an das kühle Gusseisen, schloss die Augen und bemerkte, dass ein breites Lächeln auf ihrem Gesicht lag. Er hatte gesagt, dass er sie zum Schreien bringen würde, und er hatte Recht behalten. Allerdings hatte er nicht erwähnt, dass er sie zum Lächeln bringen würde.

Als sie wieder aus der Wanne kletterte, musste sie feststellen, dass es nur ein Handtuch gab. Sein Handtuch, es war noch feucht. Sie hielt es sich an die Nase, konnte seine Seife riechen, sein Shampoo. Sie atmete den Geruch tief ein, wie eine Droge, und da begriff sie endlich, warum er ihr Kleid aufbewahrt hatte. Jetzt würde sie dieses Handtuch auch mitnehmen, falls er sie wegschickte. Und mit ihm einschlafen, wie der liebeskranke Teenager, der sie noch immer war.

Sie schlang das Laken um sich und lief in ihr Zimmer. Inzwischen hatte er den Koffer wieder hinaufgebracht. Sie zog schnell Jeans und einen alten Baumwollpulli an. Vielleicht würde er bald wieder nach oben kommen, eigentlich lohnte es sich gar nicht, sich anzuziehen. Da hörte sie ein Geräusch über sich. Es war nur ein schwaches, knarrendes Geräusch, das klang wie die Schritte eines Gespenstes.

Sie erstarrte und lauschte angestrengt. Da war es wieder, diesmal hörte es sich an, als ob etwas über den Boden geschleift würde. Dillon muss da oben sein, dachte sie, auch wenn sie sich nicht vorstellen konnte, warum.

Wenn sie noch einen letzten Rest Verstand besaß, dann sollte sie nach unten gehen, sich etwas zu essen suchen und Dillon so lange aus dem Weg gehen, wie sie es ertragen konnte. Sie wusste, dass ihr Körper eine Ruhepause brauchte, aber auch, dass sie nicht Nein sagen könnte, sobald er sie berührte. Oder wollte.

Dennoch ging sie nach oben, um herauszufinden, was Dillon da tat. Falls sich daraus etwas anderes ergab, würde sie das auch überstehen! Außerdem gab es noch eine Menge Dinge, die sie ausprobieren wollte. Die er ihr zeigen sollte.

Die Stufen waren in Schatten getaucht, offenbar gab es kein Licht. Als sie oben ankam, war es stockdunkel.

Mit etwas Fantasie konnte man sich problemlos einbilden, dass ihr hier Monster auflauerten. Aber sie war schließlich eine vernünftige Frau – wenn es nicht gerade um Dillon ging.

Die Stufen knarrten unter ihren Füßen, obwohl sie sehr vorsichtig ging, aus Angst, wieder auf eine Ratte zu treten. Sie wurde das merkwürdige Gefühl nicht los, dass jemand oder etwas sie beobachtete. Obwohl es dazu viel zu dunkel war. Sie konnte kaum die eigene Hand vor Augen sehen, also wäre sie selbst auch für niemanden sichtbar.

Der Flur im oberen Stockwerk sah genauso aus wie der darunter. Alle Türen waren geschlossen. Bis auf eine, dort schimmerte etwas Licht, das graue Licht eines verschneiten Tages.

„Dillon?" rief sie. Ihre Stimme wurde von der Dunkelheit verschluckt. Keine Antwort. Nur das Geräusch aus diesem Zimmer.

Das konnte nicht das Kratzen von Rattenfüßen sein. Es musste sich um etwas Größeres, Kräftigeres handeln. Sie lief den Flur entlang, der alte Holzboden ächzte unter ihr. „Dillon?" rief sie erneut. Wieder keine Antwort.

Die Tür stand einen Spalt weit offen, sie drückte sie ganz auf, doch der Raum war leer. Keine Menschenseele war zu sehen.

Sie stand reglos da, während sich ihre Augen an das dämmrige Licht gewöhnten. Das Zimmer sah genauso aus wie ihres, nur dass es nicht eingerichtet war – keine Matratze, keine Lampe. Wände und Boden waren mit dunklen Flecken übersät, der Putz bröckelte an mehreren Stellen, als ob jemand etwas gegen die Wand geschlagen hätte. Dort waren die Flecken am dunkelsten.

Sie konnte es fühlen. Den Schmerz. Das Entsetzen. Und auf einmal wusste sie, dass Nate in diesem Zimmer gestorben war. Es war Blut, das sie an den Wänden und auf dem Boden entdeckt hatte.

Die Heizung funktionierte hier oben nicht. Oder sie merkte nichts davon. Sie fühlte überhaupt nichts außer dem Schmerz, dem Grauen, das dieses Zimmer vor drei Monaten ausgefüllt hatte. Und noch immer ausfüllte, wie ein Geist, der nach Rache schrie.

Sie konnte ihn hinter sich spüren, Angst kroch ihr den Rücken hinauf. Außer ihr konnte niemand hier sein, ihr Verstand sagte ihr das ganz deutlich. Sie hörte nichts, die Luft um sie herum war ruhig, keine Körperwärme, die von einem anderen Menschen ausging. Doch sie wagte es nicht, sich umzudrehen, aus Angst, was sie vielleicht erblicken würde. Also stand sie nur steif da und starrte die getrockneten Blutflecken an.

Es fühlte sich an wie ein Windstoß, war aber kräftig genug, dass sie nach vorne stürzte. Der Boden gab unter ihr nach, sie krachte durch die Holzdielen, die sich unter ihr gerade aufzulösen schienen.

Wahrscheinlich hatte sie geschrien. Sie steckte bis zu

den Knien zwischen den verrottenden Bodenbrettern fest, und als sie den Kopf drehte, sah sie, dass außer ihr niemand im Zimmer war.

Jedes Mal, wenn sie versuchte, sich zu befreien, zersplitterte das Holz unter ihr. Sie saß in der Falle. Auf einmal hatte sie furchtbare Angst, dass Geisterhände sie von unten in eine unerklärliche Hölle ziehen könnten. Sie schrie noch einmal, diesmal Dillons Namen.

Sie hörte seine donnernden Schritte und schloss erleichtert die Augen. Niemals hätte er sie in dieser Zeit schubsen, schnell verschwinden und wieder die Treppe hinaufrennen können. Auf keinen Fall.

Er packte sie unter den Armen und zerrte sie hoch, vor Schmerz schrie sie auf. Er setzte sie unsanft im Flur ab, sie lehnte sich mit zitternden Beinen an die Wand und sah, wie er die Tür zuknallte. Sofort waren sie wieder in Dunkelheit gehüllt. Er schloss ab, schloss das Böse weg, die Wahrheit.

„Was zum Teufel hattest du da drin zu suchen?"

Sie war froh, dass sie sein wütendes Gesicht nicht sehen musste. Ihr linkes Bein begann zu pochen, ihr ganzer Körper bebte.

„Hier ist er gestorben, nicht wahr?" Ihre Stimme klang angespannt. „Hier ist Nate umgebracht worden. Das ist sein Blut. Himmel, hättest du nicht wenigstens das Blut wegwischen können?" schrie sie.

Stille. Sie konnte kaum seine Umrisse erkennen, schon

gar nicht seine Miene. „Ich habe nicht damit gerechnet, dass du in Räumen herumschnüffelst, in die du nicht gehörst."

„Verdammt, ich gehöre hier überhaupt nicht hin, das wissen wir doch beide. Vor allem gehöre ich nicht in dein Bett."

„Oder auf den Rücksitz meines Wagens. Oder auf den Boden der Werkstatt. Oder auf den Küchentisch, oder wo auch immer wir es künftig tun werden. Ob du hierher gehörst oder nicht ist unerheblich. Du willst hier sein."

Der Schmerz in ihrem Bein war nichts im Vergleich zu der Schärfe in seiner Stimme. „Geh zum Teufel", sagte sie. Sie drückte sich von der Wand ab, doch da gaben ihre Beine unter ihr nach.

Er half ihr hoch, sie schlug um sich und versuchte, sich aus seinen Armen zu befreien. Er war natürlich viel stärker, in Sekundenschnelle hatte er ihre Hände gepackt. „Lass das", sagte er schroff. „Das verdirbt mir die Laune, und ich glaube nicht, dass du mich schlecht gelaunt erleben möchtest. Du bist verletzt, du kannst nicht laufen, also lass mich dir helfen."

„Ich würde lieber kriechen", zischte sie.

„Ein hübscher Gedanke, aber wir sollten uns für solche Spielchen einen passenderen Zeitpunkt aussuchen."

„Du bist ekelhaft."

„Aus deiner Sicht betrachtet bestimmt." Ihre Wut ließ ihn völlig kalt, aber daran, wie angespannt sein Körper war, konnte sie erkennen, dass er selbst mindestens genauso sauer war wie sie.

Er trug sie die Treppe hinunter. Zum Glück brachte er sie nicht ins Schlafzimmer. Die Küche war warm und hell – welch ein krasser Gegensatz zu dem düsteren zweiten Stock –, und es roch nach Essen. Sofort begann ihr Magen zu knurren.

Er setzte sie auf den Küchentisch, von dem sie umgehend herunterspringen wollte.

„Reine Zeitverschwendung. Und hör auf, mich noch wütender zu machen", brummte er. „Du hast dich ganz schön am Bein verletzt, und ich habe keine Lust, dass du mich deswegen verklagst. Ich bin nämlich nicht versichert. Also halt still und lass mich nachsehen, wie schlimm deine Verletzung ist."

„Mist", murrte sie.

„Mist", wiederholte er, als er ihre blutdurchtränkten Jeans betrachtete. Es musste schlimm sein. Kein Wunder, dass sie Schmerzen hatte.

„Bleib hier", sagte er, und diesmal gehorchte sie. Er öffnete eine Schublade, holte verschieden Sachen heraus, dann schnitt er, bevor sie noch protestieren konnte, ihr Hosenbein auf.

Drei Wunden waren zu sehen, aber zumindest hatten sie schon aufgehört zu bluten.

„Leg dich auf den Tisch."

„Das habe ich doch schon mal gehört."

„Benimm dich, Jamie.“ Er drückte sie überraschend sanft nach hinten, und sie schloss die Augen. Das fühlte sich ganz anders an als der Stoß vorhin. Es waren andere Hände gewesen – aber wer konnte es gewesen sein? Wer war sonst noch in diesem Haus?

„Hast du mich gestoßen?“

Ohne zu zögern, entgegnete er: „Na klar. Und wenn du noch einmal versuchst, dich aufzurichten, dann werde ich mich auf dich setzen.“

„Ich meine vorhin, im zweiten Stock. Hast du mich in das Zimmer gestoßen?“

Diesmal zögerte er ganz kurz, so kurz, dass die meisten Menschen es gar nicht bemerkt hätten. „Ich wollte nicht, dass du nach oben gehst“, sagte er schließlich. „Warum sollte ich dich dann in das Zimmer stoßen? Wenn ich geahnt hätte, dass du da hochgehen würdest, hätte ich dich gewarnt. Was zum Teufel wolltest du dort überhaupt?“

„Ich habe Geräusche gehört. Ich dachte, dass du da oben bist.“

„Ich war in der Werkstatt.“

„Ich habe dich unten nicht gehört.“

„Glaubst du, dass ich lüge?“ Die Frage klang beiläufig, aber er konnte sie nicht länger täuschen.

„Nein“, sagte sie und hoffte, dass sie das auch wirklich meinte.

„Wahrscheinlich wimmelt es da oben von Ratten. Niemand geht da jemals hoch.“

Sie erschauerte. „Warum wirst du sie nicht endlich los?“

„Ich habe dir doch gesagt, dass hier jede Menge Rattengift verstreut ist. Deswegen liegt auch immer mal eine tote Ratte herum. Was soll ich sagen – du scheinst Ratten ja geradezu magisch anzuziehen.“

„Sprichst du jetzt von dir oder von Nate?“

„Das kannst du dir aussuchen. Warum heiratest du nicht einfach einen netten Banker und machst deine Mutter glücklich?“

„Meine Mutter kann überhaupt nichts glücklich machen“, sagte sie rundheraus.

„Na, da hast du ja wenigstens etwas gelernt in den letzten Jahren. Setz dich auf.“

Eigentlich wollte sie das gar nicht. Sie wollte, dass er sich über sie beugte und sie küsste, die Arme um sie schlang und ihr die Angst nahm. Dabei gab es doch gar nichts, wovor sie sich fürchten musste, oder?

Doch sie setzte sich auf, blickte auf ihr bandagiertes Bein und dann in sein Gesicht. Ihr Blut war an seinen Händen.

„Bist du in Ordnung?“ fragte er schließlich, beinahe ein wenig widerwillig. „Du bist blass wie ein Gespenst.“

„Aber Gespenster gibt es nicht, oder? Nate ist tot – er kann nicht zurückkommen.“

„Er ist tot. Ich habe seine Leiche identifiziert, Jamie. Ich habe ihn zweifelsfrei erkannt, obwohl er so zugerichtet war.“

„Zugerichtet?“ wiederholte sie schwach.

„Komm schon, Jamie, du weißt, wie er ausgesehen haben muss. Er ist zu einem blutigen Klumpen zusammengeschlagen worden. Die Gräfin höchstpersönlich hätte ihn nicht erkannt, außer an seinen Klamotten und dem Schmuck.“

„Und du kannst dich nicht geirrt haben?“

Dillon schüttelte den Kopf. „Ich war hier, als es passierte. Er konnte vorher nicht verschwinden.“

Ein erster Zweifel regte sich in ihrem Bauch. „Was soll das heißen, du warst hier? Du hast gewusst, was geschah?“

Er sah sie nicht an. Er zögerte einen Moment. „Ich war nicht Nates Babysitter. Er war im zweiten Stock, vergiss das nicht. Während ich bei lauter Musik in der Werkstatt gearbeitet habe.“

Das war keine Antwort, zumindest keine richtige. Er ging zur Spüle, wusch sich das Blut von den Händen, sie konnte sehen, wie verkrampft sein großer, schlanker Körper war.

„Du lügst“, sagte sie.

Er betrachtete sie über die Schulter. „Was willst du mir unterstellen, Babygirl? Dass ich Nate umgebracht habe? Und dich dann nach oben gelockt habe, um dich ebenfalls zu töten? Hätte ich dich da nicht viel leichter im Bett erdrosseln können?“

Sie wollte nicht erröten. Sie wusste nicht mehr, was sie

denken sollte, und rutschte vom Tisch. Das Bein tat zwar weh, aber sie konnte auftreten.

„Ich weiß nicht, was ich glauben soll. Ich weiß nur, dass du mich anlügst."

Er drehte sich um und lehnte sich an die Spüle. „Ach ja?" sagte er. „Und möchtest du mir zeigen, wie egal dir das ist?"

„Was meinst du damit?"

Er ging auf sie zu, langsam und aufrecht, sie erstarrte. Er wirkte so bedrohlich. All ihre Instinkte befahlen ihr, wegzulaufen und zugleich, stehen zu bleiben.

Er stand jetzt vor ihr, überragte sie, ihre Körper berührten sich. Er beugte langsam den Kopf und flüsterte ihr ins Ohr: „Es ist dir egal, ob ich Nate umgebracht habe oder nicht. Es ist dir sogar egal, ob ich aus irgendeinem Grund vielleicht sogar dich töten möchte. Ich muss dich nur berühren, und dir ist alles andere außer mir egal." Er schob eine Hand zwischen ihre Beine, und trotz des festen Stoffs der Jeans zuckte sie erschauernd zusammen und lehnte sich an ihn.

Er küsste ihren Hals, sie wölbte sich ihm entgegen. „Das nennt man Macht, Babygirl", wisperte er. „Sexuelle Hörigkeit. Du gehörst mir, ganz egal, was ich getan habe oder was ich noch tun werde. Wichtig ist nur, dass du mir gehorchst. Nicht wahr?"

Er streichelte sie, sie spürte, wie sie feucht wurde. Er strich mit den Lippen über ihren Mundwinkel, schob sein Bein zwischen ihre Schenkel. „Nicht wahr?" fragte er noch mal.

Sie wollte ihn berühren. Sie wollte die Arme um ihn legen und ihn noch fester an sich ziehen, sie wollte sich auf den Boden knien und beenden, was sie früher am Tag begonnen hatte. Sie wollte alles tun, was er von ihr verlangte und mehr.

Aber sie konnte nicht. Sie schaute in seine Augen, hätte sich am liebsten in ihrer brennenden Glut verloren. Aber sie konnte nicht.

„Hast du etwas mit Nates Tod zu tun?" würgte sie hervor.

Sie hatte erwartet, dass er zurückschrecken würde. Doch stattdessen presste er seinen muskulösen Oberschenkel zwischen ihre Beine, bis sie aufstöhnte. „Vertraust du mir?"

Mein Gott, sie wollte ihm so gerne vertrauen. Sie wollte alles aus ihrem Kopf und ihrem Herzen verbannen außer Dillon. Wenn er so weiter machte, würde er sie dazu bringen, zu kommen, und das wollte sie nicht. Er sollte aufhören damit. Er sollte vielmehr mit ihr sprechen, ihr sagen, dass sie keine Angst zu haben brauchte, sich keine Sorgen machen musste, dass sie ihm vollkommen vertrauen konnte.

„Vertraust du mir?" fragte er erneut. Er rieb sein Bein an ihr, fester, sie spürte das Zucken eines nahenden Höhepunktes. Es fiel ihr schwer, zu atmen; wenn da nicht der Tisch gewesen wäre und sein Bein, wäre sie einfach zusammengeklappt.

Sie war beinahe so weit, und er wusste es. Er kannte ihren Körper nach so kurzer Zeit bereits in- und auswendig. „Vertraust du mir?“ wiederholte er und küsste sie flüchtig. Sie wollte mehr, sie wollte seine Zunge, sie wollte alles. Alles außer sich selbst verlieren.

„Nein“, wimmerte sie.

„Nein? Nein, tu das nicht, oder nein, du vertraust mir nicht?“

„Ich … ich …“ Sie konnte kaum sprechen, so sehr zitterte sie. Er hätte sie sofort so weit bringen können, aber er zögerte es hinaus, quälte sie.

„Nein, ich vertraue dir nicht“, sagte sie. „Und nein, hör nicht auf.“

Er ließ sie so plötzlich los, dass sie auf den Tisch zurückfiel. Sie starrte ihn betäubt an, aber er war bereits einen Schritt zurückgegangen.

„Tut mir Leid, Babygirl. Du kannst das eine nicht ohne das andere haben.“

Und dann ging er in die Nacht hinaus, in den Schnee, und ohne noch etwas zu sagen, knallte er die Tür hinter sich zu.

16. KAPITEL

Er hatte keinen Mantel dabei, aber das war ihm völlig egal. Er konnte Kälte gut ertragen, was bei diesem Wetter von Vorteil war; das Flanellhemd musste eben reichen. Hauptsache, er kam von Jamie weg. Er hätte es natürlich wissen müssen. Sie war von der Gräfin erzogen worden, Seite an Seite mit Nate. Das musste doch seine Spuren hinterlassen, egal, wie unschuldig sie wirkte. Mit ihm zu vögeln war offenbar in Ordnung – sie war bereit, alles zu tun, wenn er sie nur entsprechend berührte. Alles, außer ihm zu vertrauen.

Komisch, dass ihn das überhaupt störte. Warum zur Hölle interessierte es ihn, ob sie ihm vertraute oder nicht, wo er doch nichts von ihr wollte außer Sex? Damit er die zwölf Jahre Frust so schnell wie möglich hinter sich lassen konnte?

Vielleicht störte es ihn, weil sie Nate so sehr vertraut hatte, weil sie so sehr an ihn geglaubt hatte, wie sie, wie er dachte, niemals an Dillon glauben würde. Nate war der heimtückischste Mensch gewesen, den er je getroffen hatte, eingeschlossen all die Verbrecher im Gefängnis. Doch Jamie hielt ihn noch immer für ein Unschuldslamm. Und Dillon für einen miesen Typen, mit dem man eben mal etwas Spaß haben konnte.

Verdammt, eigentlich sollte er sich doch darüber freuen. Schließlich war es doch genau das, was er über sich selbst auch dachte. Außerdem wollte er ihr gar nicht mehr bedeuten.

Er beschloss, zu Mouser zu gehen. Der würde ihn schon wieder aufrichten, auf ihn konnte man immer zählen. Vielleicht würde er ihn zu St. Anne's fahren. Langsam wurde ihm doch kalt. Er sollte sich besser beeilen, bevor ihm die Eier einfroren.

Doch bei Mouser brannte kein Licht. Er wohnte in einem baufälligen Apartmenthaus und schlief normalerweise immer bei brennendem Licht. Er hatte Angst vor der Dunkelheit. Aber seine Wohnung war stockdunkel.

Er wusste, wo Mouser den Zweitschlüssel aufbewahrte. Noch bevor er die Tür aufschloss, konnte er die Katzen jammern hören. Mousers Zuneigung zu Katzen hatte ihn immer amüsiert. Er hatte eine Schwäche für arme, kleine Dinger – kein Wunder, dass er Jamie gegenüber so fürsorglich war. Momentan besaß er drei Katzen. Sie drängten sich sofort an Dillons Beine und jammerten vor Hunger. Er beugte sich nach unten, nahm eines dieser Fellbündel hoch, streichelte den Kopf eines anderen und ging in Mousers winzige Küche.

Der Futternapf war leer. Das war sehr merkwürdig, so vernarrt, wie Mouser in seine Tiere war. Er würde sie doch niemals ohne etwas zu fressen allein lassen.

Er schüttete etwas Futter in die Schüsseln und wurde umgehend mit lautem Schnurren belohnt, eine der Katzen schmiegte sich an seine Beine, während die dritte erst mal ihre Krallen an seinem Schienbein wetzte, bevor sie sich übers Essen hermachte.

Er knipste das Küchenlicht an. Zwar konnten Katzen angeblich im Dunkeln sehen, aber Mouser würde sie trotzdem nicht gerne ohne Licht in der Wohnung lassen.

Irgendwie hatte er das dumpfe Gefühl, dass Mouser nicht mehr zurückkommen würde.

Mousers Nachbarin, eine mollige Witwe, die auch ganz wild auf Tiere war, versprach, sich um die Katzen zu kümmern. Mouser würde es ihm nie verzeihen, wenn er seine Lieblinge verhungern ließe.

Er lief die schneebedeckte Straße entlang Richtung St. Annes. Es war ein ziemlich langer Marsch, ihm war kalt, aber er kümmerte sich nicht darum. In den letzten vierundzwanzig Stunden war einfach zu viel geschehen. Normalerweise war er ein pragmatischer und geerdeter Mensch, und mit einem Mal überkamen ihn krankhafte Fantasien und er stand kurz davor, sich zu …

Himmel, nein. Er musste einfach ein Meeting besuchen, damit er wieder einen klaren Gedanken fassen konnte. Auf dem Rückweg wollte er dann noch mal bei Mouser vorbeischauen. Es musste eine absolut logische Erklärung für sein Verschwinden geben. Und wenn er dann wieder nach Hause kam und Jamie wider Erwarten nicht bereits verschwunden wäre, dann würde er sie in ihr Auto setzen und dann die Haustür hinter ihr fest abschließen.

Oder besser doch nicht ins Auto setzen, denn allein

sie zu berühren, brachte ihm jedes Mal Probleme. Wenn sie noch nicht gegangen sein würde, konnte er sie mit ein paar entsprechend harten Worten leicht verjagen.

Kurz bevor er ins Meeting ging, zündete er sich noch eine Zigarette an. Samstagabends war immer besonders viel los, der Kaffee schmeckte furchtbar, aber zumindest war er heiß. Vielleicht würden die Ereignisse der letzten Tage nun endlich anfangen, einen Sinn zu ergeben.

Jamie sank auf einen Küchenstuhl und starrte ungläubig auf die Tür. Er hatte sie einfach sitzen lassen. Er hatte sie so weit gebracht, dass jede Faser ihres Körpers aufschrie, ihre Haut prickelte, sie kaum noch atmen konnte, und war dann einfach abgehauen.

Offenbar hat er seine angebliche Besessenheit, diese seit zwölf Jahren aufgestaute Lust, sehr schnell überwunden, dachte sie böse. Während sie noch nicht einmal damit begonnen hatte.

Er sollte sich zum Teufel scheren. Sie alle sollten sich zum Teufel scheren. Sie war es leid, sich immerzu schwach und hilflos zu fühlen. Er hatte die Luft aus ihren Reifen gelassen, na und? Sie hatte den Kompressor gesehen, und blöd war sie auch nicht gerade. Sie würde schon herausfinden, wie man die Reifen wieder mit Luft füllte, und dann konnte sie verschwinden, bevor er zurückkam. Genau das wollte sie doch, oder nicht? Sie beide wollten es.

Wenn das nicht funktionierte, dann konnte sie immer

noch irgendein anderes Auto nehmen. Vielleicht nicht gerade den gelben Cadillac. Sie würde lieber barfuß durch knietiefen Schnee stapfen, als sich noch einmal in dieses Auto zu setzen.

Zum ersten Mal war sie allein in diesem riesigen Gebäude. Zumindest glaubte sie das. Ohne Dillons hämmernde Musik wirkte es leer und verlassen. Man konnte sich beinahe einbilden, dass es hier spukte.

Von dem Sturz waren ihre Turnschuhe blutig, aber das war das kleinste ihrer Probleme. Sie zog sie schnell an und lief in die Werkstatt, ohne sich umzusehen. Sie wurde das Gefühl einfach nicht los, dass jemand oder etwas sie beobachtete, und jetzt war es noch stärker als zuvor.

Das alte Gebäude ächzte unter der Kälte. Von oben waren leise Geräusche zu hören – vermutlich wieder diese Ratten. Der Wind heulte ums Haus und ließ die Fensterläden klappern. Sie hörte ihre eigenen Schritte, als sie über den Zementboden zu ihrem alten Volvo lief.

Den Cadillac würdigte sie keines Blickes. Sie könnte sich dafür ohrfeigen, wie dumm sie sich benommen hatte. Sie hatte getan, was er wollte, ihm in die Hand gespielt. Er hatte mit ihr auf dem Rücksitz dieses verdammten Cabriolets geschlafen.

Klar, ich kann natürlich überhaupt nichts dafür, dachte sie spöttisch, und ging zur Stereoanlage. Wer war denn auf die Idee gekommen, ihn mit dem Mund zu verwöhnen, obwohl sie schon den Gedanken daran eigentlich immer ekelhaft gefunden hatte? Wer war hier immer noch höchst erregt, und wer war einfach weggelaufen?

Solange sie sich selbst etwas vormachte, verschwendete sie nur ihre Energie. Es war besser, sich den Tatsachen zu stellen – sie hatte Dillon Gaynor schon immer begehrt, und es sah nicht so aus, als könnte sich daran etwas ändern. Ein Jugendtraum hatte sich erfüllt. Doch nun war es an der Zeit, erwachsen zu werden.

Sie konnte die unheimliche Stille in der Werkstatt nicht länger ertragen. Es musste ja nicht gerade Nirvana sein, aber er besaß auch ein paar CDs von REM und U2. Sie legte irgendeine ein und drehte die Lautstärke auf.

Dieser Kompressor war komplizierter zu handhaben, als sie gedacht hatte. Es gab nicht mal eine Druckanzeige, woher sollte sie wissen, wie viel Luft sie bereits eingefüllt hatte? Nun, dann musste sie es eben nach Gefühl machen und später an einer Tankstelle halten, um den Druck noch einmal professionell überprüfen zu lassen.

Bei drei Rädern funktionierte alles wunderbar, das vierte allerdings machte Probleme. Dann entdeckte sie, dass es aufgeschlitzt war.

Das konnte nicht Dillon gewesen sein. Er hätte wohl eher die Windschutzscheibe mit einem Vorschlaghammer eingeschlagen, das passte besser zu ihm.

Nun, dann musste sie eben den Reifen wechseln.

Sie stand zu schnell auf, sodass ihr schwindlig wurde. Wahrscheinlich hatte sie nicht genug gegessen. Als sie um das Auto herum zum Kofferraum ging, entdeckte sie einen dunklen Fleck auf dem Boden. Sie fluchte leise. Das zum Thema, dass ihr Auto besser laufen würde als je zuvor. Offenbar verlor es Öl oder Bremsflüssigkeit. Gerade als sie den Kofferraum öffnen wollte, schaltete der CD-Player auf den nächsten Song um. Sie erstarrte.

Bonos traurige Stimme erfüllte die Werkstatt; mit einem Mal wusste sie nicht mehr, was mehr schmerzte, ihr leerer Magen oder ihr Herz.

Sie stieß sich vom Volvo ab, um das verdammte Lied abzustellen, bevor sie hier noch in Tränen ausbrach. Am liebsten wäre sie gerannt, doch es fühlte sich eher an, als ob sie sich in Zeitlupe bewegte. Der Geruch nach Abgasen schien strenger als sonst zu sein. Als sie endlich die Stereoanlage erreicht hatte, die auf einmal nicht mehr so leicht zu bedienen war wie vorher, hatte sie das Gefühl, jeden Moment ohnmächtig zu werden.

Und plötzlich begann auch noch ein Motor aufzuheulen.

Sie steuerte auf die Autos zu, die an der linken Seite der Werkstatt geparkt waren. Doch der Lärm kam von überall. Nicht nur ein Auto pumpte Kohlenmonoxid in den Raum. Alle Motoren heulten, kein Wunder, dass ihr so schlecht war. Sie musste hier raus, bevor sie ohnmächtig wurde. Sie versuchte, die Küchentür zu erreichen, aber ihre Beine waren wie aus Wackelpudding. Sie stolperte über ihre eigenen Füße und stürzte zu Boden.

Sie versuchte, sich aufzurichten, doch ihre Arme waren zu schwach. Sie sank zurück, ihre Wange lag auf dem rauen Boden, sie merkte, wie sich ihre Augen langsam schlossen. Wenn sie nicht aufstand, würde sie sterben. So einfach war das. Es gab nur einen einzigen Menschen, der die Motoren angestellt haben konnte. Dillon musste unbemerkt zurückgekommen sein, um das zu Ende zu bringen, was er schon vorher versucht hatte.

Aber das ergab doch überhaupt keinen Sinn. Er hatte keinen Grund, sie umzubringen. Nun, womöglich brauchte ein Mann namens Killer ja gar keinen Grund. Vielleicht hatte er einfach keine Lust mehr, sich mit ihr abzugeben.

Sie versuchte, sich zu bewegen, zur Tür zu kriechen, aber es ging nicht. Mit letzter Kraft öffnete sie die Augen und glaubte, jemanden direkt vor der Tür stehen zu sehen.

„Hilf … mir“, krächzte sie, doch die schmale Gestalt rührte sich nicht. Warum sollte er ihr auch helfen? Er war derjenige, der sie töten wollte.

Ihre Lider waren bleischwer, aber sie zwang sich, sie nicht zu schließen. Sie starrte auf den Mann, der sich im Schatten hielt.

Sie wusste, dass sie sterben musste und nichts dagegen tun konnte. Weil es Nate war, der da vorne stand und auf sie wartete. Sie hörte auf zu kämpfen.

Er betrachtete Jamie mit echter Zuneigung. Auch wenn sie und Dillon es wie die Karnickel miteinander getrieben hatten, sie war immer wie eine kleine Schwester für ihn gewesen. Vor allem hatte sie ihn immer maßlos bewundert. Natürlich ohne zu ahnen, was für ein Mensch er in Wirklichkeit war. Und wenn Bewunderung im Grunde nur auf Ahnungslosigkeit beruhte, dann zählte sie letztendlich nicht viel.

Tante Isobel hingegen hatte ihn genau gekannt. Sie wusste, was er getan hatte. Was er weiterhin tun würde. Trotzdem hatte sie ihn bedingungslos geliebt und immer in Schutz genommen. Nicht nur, weil er der Sohn ihres verstorbenen Bruders war, nein, sie betrachtete ihn eher als ihr eigenes Kind. Sie hatte ihren Cousin geheiratet, damit die Kincaid-Linie fortbestand, nur um dann feststellen zu müssen, dass sie keine Kinder bekommen konnte. Ihr blieb nur Nate, er wurde der Mittelpunkt ihres Lebens. Jamie hatte immer nur an zweiter Stelle gestanden.

Zu sterben war das Beste gewesen, was ihm seit langer Zeit widerfahren war. Denn endlich war er von Tante Isobels zwanghafter Liebe befreit. Er würde so ziemlich jedem empfehlen zu sterben – oder dafür zu sorgen, dass man für tot gehalten wurde. Denn seine Geisterexistenz war bisher der beste Teil seines Lebens.

Jamie war nun endgültig ohnmächtig. Er ging zu ihr hinüber und starrte auf ihren reglosen Körper. Jemanden zu töten, der einen geliebt hatte, machte besonders viel Spaß – dieser Nervenkitzel war unbeschreiblich. Jamie hatte ihm dieses Geschenk gemacht, vor Dankbarkeit kamen ihm beinahe die Tränen. Er hockte sich neben sie und suchte am Hals nach ihrem Puls. Er war fast nicht mehr zu spüren. Er drehte sie auf den Rücken. Dillon war in ihr gewesen – er hatte sie dabei beobachtet. Wenn er mit ihrem sterbenden Körper vögelte, wäre es fast so, als würde er es mit Dillon treiben. Und das hatte er sich so lange gewünscht.

Doch der Raum war mit Kohlenmonoxid gefüllt, er hatte nicht viel Zeit. Außerdem konnte Dillon jeden Augenblick nach Hause kommen.

Er schob ihr T-Shirt hoch und schnitt mit einem Messer den BH durch. Auf ihren Brüsten sah er Male, die wohl von Dillons Mund herrührten, von seinen Bartstoppeln.

Das Messer war sehr scharf. Er hatte es nach dem Mord an Mouser sauber gemacht und neu gewetzt. Er war ein Mann, der sein Werkzeug immer äußerst vorsichtig behandelte.

Ihre Haut war blass und zart, er drückte die Spitze der Klinge hinein; es war nicht gut, dass nur Dillon Spuren auf ihr hinterlassen hatte.

Danach zog er das T-Shirt wieder hinunter, der Stoff begann sich mit ihrem Blut voll zu saugen. Er beugte sich nach vorne und küsste und leckte ihre bewegungslosen Lippen. Dann erhob er sich.

Er wollte Dillon auf keinen Fall über den Weg laufen und beschloss, sich auf seinen Aussichtspunkt zurückzuziehen und zu warten. Zu warten, bis Dillon Jamies Leiche fand. Dann würde der Spaß erst so richtig beginnen.

Als Dillon die Kirche verließ, schneite es wieder. Wenn das so weiterging, würde es einen unglaublich strengen Winter geben. Aber das war ihm immer noch lieber als dieser eisige Regen in Rhode Island. Himmel, im Vergleich zu Rhode Island war alles an Wisconsin besser. Von Jamie Kincaid einmal abgesehen.

Er wollte ihr mit den Reifen helfen, falls sie sich nicht schon selbst darum gekümmert hatte. Aber so entschlossen, wie sie gewirkt hatte, hatte sie das bestimmt alleine hinbekommen.

Normalerweise fühlte er sich nach einem Meeting wieder geerdet und ausgeglichen. Aber heute Abend hatte er immer wieder auf die Uhr geschaut und kein Wort von dem verstanden, was der Sprecher erzählt hatte. Später, als alle zum Kaffeetrinken nach draußen strömten, war er sofort gegangen, zum ersten Mal in all den Jahren. Für ihn war dieses gemeinsame Kaffeetrinken sonst fast wichtiger als das Meeting selbst. Aber er konnte an nichts anderes denken, als so schnell wie möglich nach Hause zu kommen. Mouser zu finden. Sich zu vergewissern, dass Jamie in Ordnung war, dass seine irrationale und unheimliche Vorahnung nichts mit der Realität zu tun hatte.

Er rannte den Weg zurück, weil er sich schließlich irgendwie warm halten musste, nicht etwa, weil er wirklich glaubte, dass irgendjemand in Gefahr war. Wer sollte schließlich für Jamie eine Bedrohung sein?

Aber er wusste es. Tief im Innern wusste er es. Er hätte sie niemals alleine lassen dürfen.

O Gott, sie musste raus aus seinem Haus, raus aus diesem verdammten Bundesstaat, und zwar so schnell wie möglich. Wenn er eines Tages herausgefunden hatte, was in seinem Haus eigentlich vor sich ging, dann konnte er ihr immer noch hinterherfahren. Oder – vermutlich nicht. Distanz war das einzige Heilmittel gegen Jamie.

Er konnte die Musik bereits eine Straße vom Haus entfernt hören. Nirvana, voll aufgedreht, Kurt Cobain kreischte vor Wut und Schmerz. Was hatte sie in der Werkstatt zu suchen? Und warum hörte sie ausgerechnet Nirvana?

Vielleicht war sie schon längst weg. Aber dann wäre das Garagentor offen – bestimmt hätte sie sich nicht die Mühe gemacht, es zu schließen, so schnell, wie sie abhauen wollte. Davon abgesehen, dass sich der frisch gefallene Schnee bereits vor dem Tor auftürmte.

Die Küchentür war abgeschlossen, was er nie tat, und auch mit dem Schlüssel ließ sie sich nicht öffnen. Er warf sich gegen die Tür, einmal, zweimal, endlich flog sie auf, der Stuhl, der die Klinke blockiert hatte, zersplitterte.

Er konnte es sofort riechen – das Kohlenmonoxid, das

durch den Türspalt strömte. Er zögerte keine Sekunde. Jamie war nicht gegangen, sie war auch nicht im oberen Stockwerk. Nein, sie war in der Werkstatt.

Er trat die Tür ein. Blauer Dunst schwebte über dem Boden, er brauchte einen Moment, bis er sie entdeckte. Sie lag auf dem Rücken zwischen den Autos.

Später konnte er sich gar nicht mehr daran erinnern, dass er sie hochgerissen und aus der Werkstatt geschafft hatte. Sie atmete noch, ihr Puls ging gleichmäßig, aber er hatte keine Ahnung, wie lange sie schon dort gelegen hatte.

Auch in der Küche stank es nach Abgasen. So trug er sie lieber nach draußen und legte sie in den Schnee. Sie bewegte sich. Er lief schnell zurück, um ein paar Mäntel zu holen, mit denen er sie zudecken konnte.

Bei vier Autos lief der Motor. Zuerst lief er und stellte die verdammte Musik ab, dann versuchte er, die Motoren abzustellen.

In keinem der Wagen steckte ein Schlüssel im Zündschloss. Irgendjemand hatte sie kurzgeschlossen, und er war sich ziemlich sicher, dass Jamie nicht wusste, wie man das machte. In Sekundenschnelle hatte er die entsprechenden Kabel herausgerissen. Er zerrte das Garagentor auf, ließ frische Luft hereinströmen und rannte zurück zu Jamie. Sie zitterte – kein Wunder, schließlich lag sie auf einem Schneehaufen. Er warf die Mäntel zu Boden und zog sie in seine Arme.

Sie stöhnte und öffnete die Augen, konnte aber den Blick nicht halten. Er musste sie unbedingt ins Krankenhaus bringen. Da riss sie sich mit einem Mal los und übergab sich in den Schnee.

Er hielt ihren Kopf. Sie war zu schwach, um sich dagegen zu wehren. Viel hatte sie nicht ihm Magen, etwas verspätet machte er sich Vorwürfe, weil er sie nun wirklich nicht sonderlich gut verpflegt hatte. Als sie aufhörte zu würgen, nahm er sie wieder in den Arm, sie vergrub ihr Gesicht an seiner Schulter, und er strich ihr über die schweißnasse, gerötete Wange.

„Du musst ins Krankenhaus", sagte er nach einer Weile. Er kniete im Schnee, hielt sie umschlungen, ihm war eiskalt. Und doch hätte er ewig so sitzen können. Hauptsache, er musste sie nicht loslassen.

Sie schüttelte den Kopf. „Nein", sagte sie. „Mir geht's gut."

„Du warst ohnmächtig. Wer weiß, wie viel du von dem Gift eingeatmet hast. Wir nehmen dein Auto, und wenn die Ärzte sagen, dass du in Ordnung bist, kannst du direkt vom Krankenhaus nach Hause fahren."

„Wir können mein Auto nicht nehmen. Du hast den Vorderreifen aufgeschlitzt, schon vergessen?"

Inzwischen hatte sein Puls sich normalisiert, sodass er wieder in der Lage war, einen klaren Gedanken zu fassen. „Ich habe den Reifen nicht aufgeschlitzt."

Sie antwortete nicht, drückte ihr Gesicht nur fester

an seine Brust, wie ein Kätzchen, das Trost suchte. Er musste ihr die Frage stellen, obwohl er nicht wollte. Bestimmt war sie nicht in der Lage, die Zündungen von Oldtimern kurzzuschließen. Wer also war es gewesen? Wer war noch in der Garage gewesen?

„Hast du versucht, dich umzubringen? Jamie, sag mir die Wahrheit."

Sie blickte ihn mit Tränen in den Augen an. „Nur weil ich so dumm bin, dich zu lieben, heißt das noch lange nicht, dass ich mich deinetwegen umbringen würde."

Er blinzelte überrascht, aber sie schien gar nicht zu wissen, was sie gesagt hatte. „Da war jemand. Ich hatte die Musik aufgedreht und hörte erst etwas, als es zu spät war."

„Du hast Nirvana aufgelegt?"

„Wohl kaum. U2."

Nun, manche Dinge änderten sich nie. Er war noch immer erschüttert über das, was sie gesagt hatte. „Also hat jemand versucht, dich zu töten."

„Ja", sagte sie, drückte ihr Gesicht wieder an sein weißes T-Shirt und das darunter hämmernde Herz. „Warst du es?"

So viel zu ihrer überraschenden Liebeserklärung.

„Ich war gar nicht da, schon vergessen? Und wenn ich dich hätte umbringen wollen, hätte ich dich doch nicht gerettet. Das ergibt doch keinen Sinn."

„Das alles ergibt überhaupt keinen Sinn", sagte sie

müde. „Könnten wir vielleicht wieder reingehen? Mein Hintern ist klitschnass."

„Aber das Krankenhaus ..."

„Nein. Wechsel einfach das verdammte Rad, und ich verschwinde. Und werde mich nie mehr bei dir blicken lassen."

Er wünschte, sie würde ihm noch einmal sagen, dass sie ihn liebte. Erst jetzt fiel ihm auf, dass ihm das noch keine Frau außerhalb des Bettes gesagt hatte. Es war nicht schwer von Liebe zu sprechen, wenn man gerade einen Orgasmus hatte. Aber Jamie Kincaid lag mit einer vergifteten Lunge und einem schmerzenden Magen im Schnee und hatte behauptet, dass sie ihn liebte – obwohl sie es für möglich hielt, dass er versucht hatte, sie umzubringen.

Das war so unglaublich, dass er es nicht fassen konnte. Er stand auf und zog sie hoch. Sie jammerte vor Schmerz.

„Bist du in Ordnung?" Es gefiel ihm gar nicht, wie besorgt seine Stimme klang. Aber er konnte nichts dagegen tun.

„Klar. Ich kann selbst gehen ..."

„Nein, ich trage dich." Um ehrlich zu sein brauchte er eine Entschuldigung, damit er sie fest an sich drücken konnte. Damit wäre es vorbei, sobald er ihr Rad gewechselt hatte, aber bis dahin wollte er es einfach genießen.

In der Küche war es inzwischen eiskalt, die Abgase hatten sich verflüchtigt. Er stieß mit dem Fuß die Tür zu.

„In ein paar Minuten wird es warm sein …“, sagte er. Sie begann zu zappeln. Instinktiv verstärkte er seinen Griff. Sie konnte nur noch „Toilette“ ausstoßen, und er ließ sie herunter. Sie rannte davon, und kurz darauf konnte er hören, wie sie sich erneut übergab.

Viel konnte sie ja nicht mehr im Magen haben. Sie hatte die Tür abgeschlossen, was ihn nicht unbedingt aufhalten würde, aber er beschloss, sie in Ruhe zu lassen, zumindest eine Zeit lang.

In der Werkstatt war es ebenfalls kalt, der Gestank nach Abgasen war so gut wie verschwunden. Er zog das Tor zu, ließ es nur einen kleinen Spalt offen, damit auch noch der Rest der giftigen Gase entweichen konnte, und untersuchte dann ihren Volvo.

Sie hatte Recht – das Vorderrad war aufgeschlitzt und nicht mehr zu retten. Aber wenn er es nicht gewesen war, dann blieb ja nur Jamie übrig. Hatte sie nach einer Ausrede gesucht, um bei ihm zu bleiben?

Reines Wunschdenken. Schließlich hatte sie es geschafft, die anderen drei Reifen mit Luft zu füllen, was eindeutig auf ihren Wunsch hindeutete, ihn zu verlassen. Wer aber hatte dann den Reifen aufgeschlitzt?

Blieb nur Mouser. Der treue Mouser, der sich ständig einmischen musste und der sich einbildete zu wissen, was das Beste für Dillon war. Mouser mit seiner romantischen Vorstellung, dass Jamie die perfekte Frau für Dillon war.

Doch Mouser war nicht der Typ, der Dinge zerstörte, nicht einmal im Namen der Liebe.

Er beschloss zunächst, sich erst um Jamie und dann um den Reifen zu kümmern. Da er sie ja schlecht zwingen konnte, ins Krankenhaus zu gehen, musste er wenigstens dafür sorgen, dass sie ins Bett ging. Die entscheidende Frage war nur, in welches?

Nun, mit Sicherheit würde sie sich weigern, auf der Matratze zu schlafen, auf der sie die tote Ratte gefunden hatte – da schlief sie doch lieber mit einer lebendigen. Doch er würde sich ihr nicht nähern – er hatte genug in der Werkstatt mit ihrem Auto zu tun, zudem musste er die herausgerissenen Kabel der anderen Autos wieder in Ordnung bringen.

Als sie in die Werkstatt kam, sah sie noch blasser aus. Als ob sie einem Geist über den Weg gelaufen wäre. „Geh hoch ins Bett“, sagte er. „Ich repariere deinen Wagen, dann kannst du gleich morgen früh losfahren.“

„Und warum sollte ich dir vertrauen?“

„Weil du keine andere Wahl hast.“

„Meine Matratze ist voller Rattenblut.“

Er sah sie an. „Nimm mein Bett. Meinetwegen kannst du auch die Tür abschließen. Ich schlafe hier auf dem Sofa.“

Sie warf einen Blick darauf und errötete. Er war fasziniert. Warum wurde sie nach allem, was sie getan hatten, noch immer rot?

„Gut“, sagte sie. Bevor er noch etwas sagen konnte, wirbelte sie herum und lief die Treppe hinauf, schneller, als er es für möglich gehalten hätte.

Er wäre ihr so gerne gefolgt. Nicht, um mit ihr zu schlafen, nein, er wollte einfach neben ihr liegen und sie im Arm halten, nur noch einmal, bevor sie ging.

Aber er hatte sich geschworen, sie nicht mehr anzurühren. Er wollte sich an sein Versprechen halten, ein Versprechen, das er sich gegeben hatte, nicht ihr. Weil sie ihm mehr Ärger machte, als sie wert war, weil sie ihm eher schadete als gut tat. Weil er entschieden hatte, sie gehen zu lassen, damit er sie endlich vergessen konnte. Und weil es auch für sie das Beste war.

Er war verdammt müde, aber er würde nicht allzu lange brauchen, um den Reifen zu wechseln. Danach konnte er sich endlich auf das alte Sofa legen und ein paar Stunden schlafen. Im Moment kam ihm alles so sinnlos vor. Das letzte Mal, als er sich auf dem zerschlissenen grünen Sofa ausgestreckt hatte, hatte Jamie unter ihm gelegen, verängstigt und unfreiwillig erregt.

Jetzt war sie nicht bei ihm! Aber er konnte künftig wohl kaum jeden Platz meiden, der ihn an sie erinnerte – dann müsste er schon das ganze Haus niederbrennen.

Er wollte sich einfach nur hinlegen, nicht weiter an sie denken und ganz schnell einschlafen.

Doch leider hatte er kein Glück.

17. KAPITEL

Jamie warf nicht einmal einen Blick in ihr Zimmer. Es war klar, wo sie diese Nacht verbringen würde, aber es spielte auch gar keine Rolle mehr. Es handelte sich nur noch um eine weitere Nacht, und in dieser Nacht würde weder sie sich ändern noch Dillon. Egal, was er mit ihr anstellte, dadurch würde es weder einfacher noch schwerer werden zu gehen. Sie hatte einfach gar keine andere Wahl.

Obwohl es kalt war, öffnete sie das Fenster, um auch noch den letzten Rest Kohlenmonoxid zu vertreiben. Irgendwie war es ihr gelungen, dem Tod noch einmal von der Schippe zu springen, und sie hatte nicht vor, ihr Leben erneut aufs Spiel zu setzen. Obwohl sie möglicherweise genau das tat, indem sie hier blieb.

Sie war so müde, dass sie nur die vom Schnee nassen Jeans auszog und sofort ins Bett kroch. Brust und Hals taten ihr weh, und ihr war fürchterlich kalt. Als sie den BH unter ihrem T-Shirt ausziehen wollte, stellte sie fest, dass er bereits geöffnet war. Wahrscheinlich hatte Dillon das getan, damit sie besser atmen konnte. Seltsamerweise war er hinten allerdings noch zugehakt und vorne aufgeschnitten.

Auch das T-Shirt war nass, ihre Brust fühlte sich an wie in Eis gepackt. Sie zog die Bettdecke bis zur Nase, knipste das Licht aus, schloss die Augen und versuchte zu schlafen.

Fünfundvierzig Minuten später musste sie die Tatsache akzeptieren, dass man Schlaf nicht erzwingen konnte. Das wusste sie schließlich am besten. Also lag sie in der Dunkelheit, lauschte den Geräuschen im Haus, wartete darauf, dass Dillon die knarrende Treppe hinaufkam.

Aber er kam nicht. Sie versuchte sich einzureden, dass sie darüber erleichtert war. Dass sie jetzt schlafen konnte und gleich morgen früh nach Hause fahren würde. Und doch starrte sie vor sich hin und wartete auf ihn. Als kein Zweifel mehr daran bestand, dass er tatsächlich die Nacht auf dem alten Sofa in der noch immer nach Abgasen stinkenden Garage verbringen würde, setzte sie sich auf.

Der ganze Abend war nur noch verschwommen in ihrer Erinnerung – sie wusste noch, wie sie die Reifen aufgepumpt hatte. U2 lief im Hintergrund, und ihr war schwindelig geworden. Dann waren da noch diese seltsamen Träume, Nates Geist, der sie beobachtete, während sie auf ihn zukroch und ihn um Hilfe anflehte.

Da waren noch andere Bilder, aber sie konnte sich nicht mehr recht erinnern. Jedenfalls hatte irgendjemand die Motoren angestellt. Dieser Jemand hatte versucht, sie zu töten.

Es gab zwei Möglichkeiten. Dillon hatte das Ganze inszeniert, damit er sie retten und als Held dastehen konnte. Oder er hatte sie wirklich loswerden wollen und es sich dann kurzfristig anders überlegt.

Die andere Möglichkeit, die geradezu undenkbare

Möglichkeit, war, dass sich noch jemand in diesem Gebäude befand. Jemand, der sie wirklich umbringen wollte. Jemand, der es wieder versuchen würde. Jemand, der entweder in ihr Zimmer kommen und sein Werk vollenden oder Dillon unten in der Garage töten würde.

Sie konnte die Tür verschließen, einen Stuhl unter die Klinke klemmen und auf den Morgen warten, in der Hoffnung, dass niemand ins Zimmer kam und beendete, was er begonnen hatte. Das wäre am klügsten. Wenn es wirklich Dillon gewesen war, musste sie ihn sich unbedingt vom Leibe halten.

Aber genau das konnte sie nicht. Die Jeans, die sie auf die Heizung gelegt hatte, waren warm und beinahe trocken. Sie warf sich die Bettdecke über die Schultern und trat in den dunklen Flur.

Noch immer hatte sie das Gefühl, beobachtet zu werden. Gerne hätte sie sich vorgestellt, dass Nates Geist über sie wachte, aber ganz so naiv war sie nun doch nicht.

In der Küche brannte ein kleines Licht über der Spüle, durch das gekippte Fenster drang eisige Luft in den Raum. Die Tür zur Garage stand offen, und auch die Heizung, die auf Hochtouren lief, konnte nicht viel gegen die Kälte ausrichten.

Jamie blieb in der offenen Tür stehen. Der Gestank von Abgasen war verschwunden, und nur eine kleine Tischlampe erhellte das Dunkel ein wenig. Dillon schlief tief und fest auf dem Sofa unter einer dünnen Decke. Wenigstens Dillon schien keine Schlafprobleme oder ein schlechtes Gewissen zu haben, oder zu befürchten, dass jemand ihn umbringen könnte. Vielleicht hatte er sich ja betrunken. Doch er war bisher nicht ein einziges Mal betrunken gewesen, genauer gesagt, sie hatte ihn überhaupt nie Alkohol trinken sehen – selbst beim Pokern hatte er Eistee getrunken. Wenn sie es nicht besser wüsste, würde sie glatt glauben, dass er mit dem Trinken aufgehört hatte.

Ihre nackten Füße waren eiskalt. Sie blickte auf die Umrisse ihres Wagens – noch hatte er den Reifen nicht gewechselt, vielleicht hatte er es auch gar nicht vor.

Natürlich hielt niemand sie davon ab, jetzt gleich zu verschwinden. Sie konnte einfach zur nächsten Telefonzelle laufen, sich ein Taxi rufen und zum Flughafen fahren, wo sie entweder viel Geld für einen Flug oder etwas weniger Geld für einen Leihwagen hinlegen konnte. Das war ein geringer Preis, verglichen mit dem, was auf dem Spiel stand. Ihr Leben. Und ihr Herz.

Sie hatte Schmerzen in der Brust, in den Füßen, in der Seele. Während er den Schlaf der Gerechten auf diesem riesigen alten Sofa schlief, fror sie sich hier zu Tode.

Sie durchquerte die Werkstatt, bis sie direkt vor ihm stand. Er sah beinahe unschuldig aus, wenn er schlief, doch Dillon Gaynor war sicher nicht einen einzigen Tag in seinem Leben unschuldig gewesen.

Gerade wollte sie sich umdrehen und wieder gehen, als seine Stimme die Stille durchbrach.

„Ich teile meine Bettdecke, wenn du deine teilst."

Er lag auf der Seite gegen die Rückenlehne des Sofas gelehnt und beobachtete sie. Eine Million Gründe sprachen dagegen, aber sie verschwanden alle auf einen Schlag. Nur heute Nacht wollte sie einmal nicht kämpfen.

Dillon verstand. Er hob das dünne Laken, sie schlüpfte darunter und wickelte ihre Bettdecke um sich und ihn. Es war zwar ein großes Sofa, aber doch nur ein Sofa, und so musste sie sich an ihn kuscheln, um nicht herunterzufallen.

Er sagte nichts. Drückte sie nur an sich und schloss sie in seine schützenden Arme. Als er ihr zärtlich das Haar aus der Stirn strich, rieb sie unbewusst ihr Gesicht an seiner Hand und hätte am liebsten laut geschnurrt.

Sie seufzte und ließ alles los, die Anspannung, die Furcht, das Misstrauen, und kurz bevor sie einschlief spürte sie, wie er sie auf die Stirn küsste. Am liebsten hätte sie geweint.

Er konnte sie sehen. Sie schliefen eng umschlungen auf dem Sofa. Eiskalte Wut stieg in ihm hoch.

Er hatte sie beobachtet. Hatte gesehen, wie seine süße kleine Cousine sich vor Dillon auf den Zementboden gekniet hatte. Er hatte sie im Badezimmer gesehen und die Laute gehört, die sie ausstieß, wenn sie kam. Aber am stärksten hatte er sich auf Dillon konzentriert, gesehen, wie er die Hüften nach vorne stieß, wie er sie küsste, festhielt, streichelte und liebte.

Und das war viel schlimmer. Das war eine Zärtlichkeit, die er nicht ertragen konnte. Dillon kannte Zärtlichkeit doch genauso wenig wie er. Er hatte zweifellos eine Menge Erfahrung mit Sex. Aber hier ging es um mehr, um etwas, das er auf keinen Fall akzeptieren konnte.

Er hätte sie schon wie geplant vor zwölf Jahren umbringen sollen. Gut, die Polizei hatte sie damals angehalten, aber er hätte es ja auch später noch erledigen können. Er hatte gedacht, die Gefahr sei gebannt – Dillon würde Jamie nie mehr wiedersehen und sie würde diese bescheuerte Teenagerbesessenheit endgültig überwinden.

Aber dann war alles anders gekommen. Er selbst hatte sterben müssen, und das hatte er Dillon zu verdanken.

Warum hatte er mit dem Messer nicht einfach zugestochen? Dann wäre sie auf dem Boden der Werkstatt verblutet. Das mit den Abgasen hatte ja leider nicht funktioniert, weil Dillon früher als erwartet nach Hause gekommen war.

Doch jetzt konnte ihn nichts mehr aufhalten. Er musste etwas Todsicheres planen. Noch konnte er seinen Fehler wieder gutmachen. Hauptsache, Jamie starb innerhalb der nächsten Tage.

Dann gab es niemanden mehr, den Dillon lieben konnte. Niemanden außer Nate.

Wie seltsam, dachte Jamie, warum fühle ich mich nur so geborgen, so friedlich, obwohl nichts in Ordnung ist? Sie wollte nicht aufwachen – es fühlte sich so gut an, in Dillons Armen zu liegen.

Doch sie durfte nicht länger bleiben – das wussten sie beide. Es war schon beinahe Tag, dämmriges Licht füllte die Werkstatt, sie drehte den Kopf und betrachtete ihn. Er hatte die Augen geöffnet, diese blauen, verlorenen Augen, und sah sie an.

Sie wusste, wenn er sie jetzt küssen würde, wäre sie für immer verloren. Sie stemmte eine Hand gegen seine Brust und schob ihn weg.

Ihre Hände waren voller Blut. Genauso wie sein weißes T-Shirt. Überall war Blut. Sie schrie entsetzt auf, rutschte von ihm weg und landete auf dem harten Zementboden.

„Blut", sagte sie schließlich. „Du bist voller Blut."

Er setzte sich auf, schob die Decken zur Seite und blickte an sich herab. Dann stand er auf und lief zu der Werkbank. Als er sich umdrehte, hielt er ein Messer in der Hand.

Sie gab keinen Ton von sich, als er langsam auf sie zuging. Sie wollte zurückweichen, aber das Sofa stand im Weg, und so blieb ihr nichts anderes übrig, als in panischer Angst darauf zu warten, dass er sie tötete.

Die Angst war ihr anzusehen. Er packte sie am Arm und warf sie aufs Sofa. Instinktiv hob sie die Hände, um die Stiche abzuwehren.

„Jesus Christus", murmelte Dillon, hielt sie mit einer Hand fest und zerschnitt mit der anderen ihr T-Shirt. Es klaffte in der Mitte auseinander.

„Jesus Christus", sagte er dann noch mal, ließ sie los und warf das Messer weg. „Was zum Teufel ist mit dir geschehen?"

Sie wollte sich gerade wieder bedecken, hielt aber mitten in der Bewegung inne. Das Blut auf seinem T-Shirt war harmlos im Vergleich dazu, wie sie aussah. Sie starrte entsetzt auf den dunkelroten Stoff.

„Leg dich hin", sagte er. Sie rührte sich nicht, also stieß er sie zurück. Sie wollte zumindest ihre Brüste bedecken, aber selbst dazu war sie nicht in der Lage. Sie schloss einfach nur die Augen und wartete ab.

Dillon verschwand, kam kurz darauf zurück und setzte sich neben sie. Er legte ein warmes, nasses Handtuch auf ihre Brust. Dann zog er ihr die restlichen Fetzen aus und warf sie auf den Boden.

„Dafür, dass du geglaubt hast, ich wollte dir die Kehle durchschneiden, bist du recht vertrauensselig." Seine Stimme klang gefasst, und als sie die Augen wieder öffnete, sah sie, dass seine Miene völlig ausdruckslos war. Er verschloss sich vor ihr. Wie immer.

„Bleib eine Weile hier liegen. Ich habe eines meiner Sweatshirts mitgebracht, das kannst du anziehen. Tut mir Leid, dass ich keine BHs besitze, aber du brauchst sowieso keinen."

„Scher dich zum Teufel", sagte sie müde und drehte den Kopf weg.

Als er aufstand, hätte sie am liebsten seine Hand genommen und festgehalten. Sie wollte ihn berühren, irgendeine Verbindung zu ihm spüren.

Doch sie konnte sich nicht bewegen. „Wer war das?" fragte sie matt.

Er zuckte die Schultern. „Vermutlich derselbe, der dich auch bei laufenden Motoren in der Werkstatt eingesperrt hat."

„Du?"

Er blinzelte nicht, er antwortete auch nicht. Er wandte sich nur ab.

„Ich wechsle jetzt deinen Reifen, dann kannst du fahren, wann immer du willst", sagte er.

Das feuchte Handtuch auf ihre Brust gepresst, setzte sie sich auf. „Was sind das für Kisten auf dem Rücksitz?" fragte sie und versuchte, genauso kühl zu klingen wie er. Als ob es das Normalste der Welt wäre, mit einem Messer verwundet worden zu sein.

„Das sind Nates Sachen. Du wolltest sie doch der Gräfin mitbringen ..." Seine Stimme brach ab, nachdenklich sah er ihr Auto an.

„Stimmt was nicht?"

„Ich dachte, ich hätte die Kisten in den Kofferraum gepackt", sagte er leise. Er schien sie vergessen zu haben, war ganz und gar auf den alten Volvo konzentriert. Er ging zum Kofferraum; sie sah, dass sein ganzer Körper angespannt war.

„Im Kofferraum ist kein Ersatzrad“, sagte sie. „Ich hatte letzte Woche schon einen Platten und habe noch keinen neuen Reifen besorgt.“

„Ich suche kein Ersatzrad“, entgegnete er ausdruckslos. Er öffnete den Kofferraum und starrte schweigend hinein.

Sie ließ das Handtuch fallen, zog schnell sein Sweatshirt über und wollte gerade zu ihrem Wagen gehen, als er herumwirbelte.

„Komm nicht näher, Jamie!“

Seine Stimme klang entsetzlich heiser. Als sie versuchte, sich an ihm vorbeizudrücken, hielt er sie eisern fest und schob sie weg. Doch vorher gelang es ihr, einen kurzen Blick in den Kofferraum zu werfen.

Er schleifte sie durch die Werkstatt zu dem gelben Cadillac, den Arm fest um sie gelegt, dann hob er sie hoch und setzte sie hinters Lenkrad. Er beugte sich nach vorne, startete den Motor, während sie ihn nur stumm anstarrte.

„Hier kannst du das Dach schließen“, sagte er mit monotoner Stimme. „Alles andere ist ziemlich normal. Er ist voll getankt und hat Winterreifen. Du musst so schnell wie möglich von hier verschwinden.“

„Wer war das …“

„In deinem Kofferraum? Mouser. Vielmehr das, was

noch von ihm übrig ist." Er schloss kurz die Augen. Dann konzentrierte er sich wieder ganz auf sie. „Wo ist deine Handtasche?"

„Ich weiß es nicht."

Er griff in die hintere Hosentasche und warf dann seine Brieftasche in ihren Schoß. „Da sind Kreditkarten und genug Bargeld drin. Damit kommst du nach Rhode Island. Lass den Wagen einfach irgendwo stehen – ich brauche ihn nicht mehr. Er hat seinen Zweck erfüllt."

„Aber was ist mit meinem Auto?"

„Das werde ich verschwinden lassen. Mouser hat keine Verwandten, und er würde es sicher nicht wollen, dass unangenehme Fragen gestellt werden."

Der Motor des Cadillacs schnurrte leise. So wie vor zwölf Jahren. „Hast du ihn umgebracht?"

Immer schon hatte sie Angst vor ihm gehabt, aber das war nichts im Vergleich zu ihrer jetzigen Panik. Der Blick, den er ihr zuwarf, hätte jeden zur Salzsäule erstarren lassen.

„Normalerweise schlage ich Frauen nicht", sagte er ruhig. „Aber bei dir würde ich gerne eine Ausnahme machen. Hau verdammt noch mal einfach ab und komm nie mehr zurück."

„Ich habe keine Schuhe an."

„Wie bitte?"

„Ich kann nicht barfuß in einen Schneesturm hineinfahren."

Seine Antwort war kurz und bündig. „Mach das Scheißdach zu.“ Kurz danach warf er ein Paar seiner Turnschuhe durchs Fenster.

„Die passen bestimmt nicht …“

„Halt um Himmels willen die Klappe und verschwinde, bevor es zu spät ist.“

Es gab nichts mehr zu sagen. Außer dem Offensichtlichen. „Wer hat dann Mouser umgebracht? Und wer hat versucht, mich zu töten?“

„So dumm bist du nicht, Jamie. So langsam solltest du es kapiert haben.“

„Nun, habe ich aber nicht. Ich habe nicht die entfernteste Idee, was hier los ist. Also erkläre es mir bitte.“

„Sieht so aus, als ob dein Traum doch noch wahr werden würde, Babygirl“, sagte er böse. „Vielleicht habe ich einen Fehler gemacht. Vielleicht ist dein geliebter Cousin Nate doch nicht tot. Im Gegensatz zu dir, wenn du nicht schnell verschwindest. Ich kann dich nicht beschützen, Jamie. Bleib hier und stirb, oder hau ab, so schnell du kannst.“

Er wirbelte herum, lief zu dem großen Garagentor und öffnete es. Sie schloss das Dach des Wagens, wendete und fuhr dann langsam in den verschneiten Morgen. Die Heizung blies warme Luft auf ihre nackten Füße. Sie strich sich das Haar aus dem Gesicht und stellte fest, dass ihr Tränen die Wangen hinunterliefen. Sie hatte nicht einmal gemerkt, dass sie weinte.

Sie wusste, dass sie ihn nie wiedersehen würde. Sie musste verschwinden. Und doch hielt sie den Wagen an.

Dillon kam zu ihr. Noch immer trug er das blutbefleckte T-Shirt. Er beugte sich durch das offene Fenster, legte eine Hand in ihren Nacken und küsste sie hart und verzweifelt.

„Verschwinde, Jamie. Und komm nicht zurück."

Sie stellte die Automatik auf Drive und fuhr auf die leere, schneebedeckte Straße.

18. KAPITEL

Dillon sah den Rücklichtern des alten Cadillacs nach. Dann zog er das Garagentor zu und verschloss es. Schloss sich mit der Leiche seines besten Freundes ein. Mit dem mörderischen Geist seines ältesten Freundes.

Nur dass er nicht an Geister glaubte. Zumindest nicht an Geister, die ein Messer benutzen konnten. Der Mord trug eindeutig Nates Handschrift – Mouser war nicht der erste Mensch, den er umgebracht hatte. Allerdings war Dillon immer davon ausgegangen, dass Nate nur auf Frauen aus war.

Als er nach einer Zigarette griff, stellte er fest, dass seine Hände zitterten. Er konnte die Polizei anrufen und versuchen, sie davon zu überzeugen, dass er als verurteilter Verbrecher nichts mit dem Mord zu tun hatte. Und das bei der bereits zweiten Leiche in seinem Haus in den letzten drei Monaten. Lieutenant MacPherson würde ihm wohl kaum glauben. Schon gar nicht, wenn Dillon ihm erzählte, dass Mouser von einem Toten ermordet worden war.

Viel schlimmer aber war, dass die Polizei Jamie zurück nach Wisconsin schleifen würde, schließlich lag die Leiche im Kofferraum ihres Autos. Und ihre Fingerabdrücke waren natürlich überall.

Dieses Risiko wollte er nicht eingehen. Er durfte sie keinesfalls wiedersehen. Sie machte ihn verrückt, bösartig und vor allem dumm, und das konnte er sich nicht leisten. Die Tatsache, dass er sie nicht haben konnte, hatte er schon vor vielen Jahren akzeptiert. Und dass er sie in den letzten beiden Tagen auf alle möglichen Arten geliebt hatte, war ein purer Zufall gewesen. Damit hatte er nicht gerechnet, und wiederholen wollte er es auch nicht.

Auf der Suche nach einem Feuerzeug klopfte er seine Taschen ab, konnte es aber nicht finden. Es musste herausgefallen sein, als er mit Jamie im Arm auf dem Sofa geschlafen hatte.

Nicht wirklich geschlafen, das hatte er sich nicht erlaubt. Schließlich befand sich etwas Gefährliches, Bösartiges in diesem Haus, er musste auf der Hut sein.

Vielleicht hatte er sie auch nur betrachten wollen. Spüren wollen, wie ihr Herz langsam und gleichmäßig an seiner Brust schlug. Hören wollen, wie sie leise atmete.

Der Kofferraum war noch immer geöffnet; bevor er ihn zuknallte, blickte er noch einmal auf das, was von Mouser übrig geblieben war.

„Tut mir Leid, mein Freund", sagte er leise. „Ich hätte wissen können, was hier los ist. Ich hätte dich warnen müssen."

Aber natürlich antworte Mouser nicht. Im Augenblick gab es nichts, was Dillon für ihn tun konnte. Zu weinen kam überhaupt nicht infrage. Er hatte nicht mehr geheult, seit er acht Jahre alt gewesen war und seine Mutter ihn mit diesem betrunkenen alten Mann allein gelassen hatte.

Und jetzt würde er mit Sicherheit nicht wieder damit anfangen.

Er wollte die Zigarettenschachtel zurück in die Tasche stecken, als er innehielt und sie anstarrte. Mouser hatte ihm immer Vorträge übers Rauchen gehalten, ihm gesagt, dass es ihn eines Tages umbringen würde. Tja, und nun war Mouser tot und nicht er.

„Hier, Kumpel“, rief er und warf die Packung in den Kofferraum. „Wenigstens das kann ich für dich tun.“

Es war noch immer früh am Morgen, als er in Jamies Wagen aus der Garage auf die menschenleere Straße fuhr. Er stieg aus, um das Tor hinter sich zu schließen – eine Blutlache hatte sich dort gebildet, wo das Auto gestanden hatte. Er wollte nicht riskieren, dass irgendjemand das Blut zufällig entdeckte. Dann fuhr er los. Er sehnte sich nach einer Zigarette.

Wisconsin war eigentlich ein verdammt flacher Staat, aber an der Grenze gab es eine tiefe Schlucht – Tucker's Ravine. Wenn er es richtig anstellte, konnte er das Auto einfach in dieser Spalte verschwinden lassen. Mouser würden sie sowieso nicht identifizieren können – er hatte keine Familie, polizeilich war er nicht bekannt. Nicht einmal Dillon wusste seinen richtigen Namen. Aber wahrscheinlich würde es Jahrzehnte dauern, bis das Auto überhaupt gefunden wurde. Hoffte er zumindest.

Er fuhr nah an den Felsvorsprung heran und stieg aus. Es würde leicht sein, den Wagen über die Kante zu schieben. Er ging hinter das Auto und begann zu schieben. Schon bald hingen die Vorderräder über der Schlucht. Noch einmal schlug er kurz auf den Kofferraum, eine sinnlose Geste des Abschieds, dann stürzte der Wagen in die Tiefe.

Dillon blickte hinterher, sah, wie das Auto sich wieder und wieder überschlug; die Explosion kam von weit her, der Lärm wurde vom Schnee und den Bäumen gedämpft. Er wartete, bis das Feuer erloschen und nur noch eine schwache Rauchsäule zu sehen war.

Inzwischen schneite es heftiger. Sein Haar war nass, so wie seine Schultern und seine Füße. Er hatte sich nicht die Zeit genommen, Stiefel anzuziehen, und Turnschuhe waren nicht gerade optimal bei diesen Wetterverhältnissen. Aber es gab Schlimmeres. Er wollte eine Zigarette, er wollte, dass Mouser noch lebte, er wollte Jamie. Und nichts von alldem konnte er haben.

Der Sechsmeilenmarsch zurück nach Hause war eine Tortur. Das dichte Schneetreiben erwschwerte das Vorankommen, auch wenn es alle verdächtigen Spuren zudeckte und dafür sorgte, dass die Straßen fast menschenleer waren. Nur zweimal musste er sich auf den Boden fallen lassen, weil ein Auto vorbeikam. Zwar ging er nicht davon aus, dass Mouser gefunden werden würde, aber man konnte nie vorsichtig genug sein.

Für Jamie würde das Wetter allerdings nicht von Vorteil sein. Die Reifen des Cadillacs waren zwar in

Ordnung, und sie war an Hinterradantrieb gewöhnt. Doch es war ein Unterschied, ob man mit einem riesigen amerikanischen Wagen oder mit einem kompakten Volvo fuhr. Außerdem hatte sie kurz vorher ihre erste Leiche gesehen und ging davon aus, dass Dillon der Mörder war.

Doch eigentlich war ihm egal, was sie dachte. Solange sie nur abhaute, war er sicher. Letztendlich ging es doch nur darum.

Als er sein Haus erreichte, war es schon spät am Morgen. Er zitterte – durch den Schnee war er von Kopf bis Fuß durchnässt. Er knallte die Tür hinter sich zu, lehnte sich dagegen und starrte in die verlassene Küche.

Hier hatte er Jamie auf den Tisch gelegt und beinahe mit ihr geschlafen. Hatte mit Mouser über Jahre hinweg Karten gespielt, gelacht und Witze gerissen. Und hier hatte er eine Zigarette nach der anderen geraucht und zugehört, wie Nate zu Tode geprügelt worden war.

Mit wenigen Schritten ging er durch den Raum, warf den schweren Eichentisch um, Kaffeetassen und Teller zerschellten auf dem Boden. Er zerschlug einen Stuhl, dann einen zweiten. Geradezu methodisch lief er durch die Küche und zertrümmerte alles, was er in die Finger bekam – die Mikrowelle, das Geschirr. Es gelang ihm sogar, den Kühlschrank umzuwerfen, die Tür sprang auf, Milch und Lebensmittel verteilten sich auf dem Boden.

Schließlich stand er schwer atmend inmitten des Chaos. Er hatte gehofft, sich danach besser zu fühlen, durch die Zerstörungswut alle anderen Gefühle ausschalten zu können. Aber ihn erfüllte heller Zorn.

Er überlegte kurz, ob er mit einer Eisenstange seine herrlichen Autos zertrümmern sollte. Aber das wollte er dann doch nicht. Er hatte bereits Menschen verletzt und zerstört, die ihm etwas bedeuteten. Da brauchte er nicht auch noch die einzigen materiellen Werte zu vernichten, die ihm wichtig waren. Für heute hatte er genug Schaden angerichtet.

Er ging in die Garage, um Trost und Ablenkung zu finden in einer sachlichen Beschäftigung wie der Autoreparatur. Doch auch hier sah er nur das Sofa, auf dem er mit Jamie geschlafen hatte, die Bettdecken waren noch immer ganz zerwühlt. Und dann die inzwischen getrocknete Blutlache dort, wo das Auto mit seinem schrecklichen Geheimnis gestanden hatte.

Und in diesem Moment entdeckte er das Wort, das mit Blut auf den Zementboden geschmiert worden war. Er fragte sich, wann Nate das getan hatte. Bestimmt in dem Moment, in dem er sich oben um den Verstand gevögelt hatte.

Dungeon. Damit hatte Nate immer sein Elternhaus bezeichnet. Das Haus, das ein Feuer zerstört hatte und in dem seine Eltern ums Leben gekommen waren. Tatsächlich hatte es Dungeness Towers geheißen, nach seinem Urgroßvater, einem schottischen Einwanderer, der sich selbst ein Monument damit errichtet hatte. Als

Dillon es zum ersten Mal sah, war nicht viel von den beiden Türmen und dem Haus übrig. Gemeinsam richteten sie eine Werkstatt ein – Nate ließ Autos klauen, Dillon zerlegte sie in Rekordzeit und baute sie dann wieder neu zusammen.

Dass Nate nebenbei auch noch mit Drogen handelte, hatte Dillon nicht sonderlich interessiert. Er selbst hatte in seiner Schulzeit mit Marihuana und ein paar anderen Sachen gedealt, doch Nate beschäftigte sich inzwischen mit viel gefährlicheren Drogen, und damit wollte er nichts zu tun haben.

Dungeon. Nate hatte immer gesagt, dass er, wenn er sterben würde, dorthin zurückgehen und als Geist herumspuken würde.

Dillon schloss die Augen und dachte an Jamies geschundenen Oberkörper. Zum Glück hatte sie nicht sehen können, welche Worte dort eingeritzt waren: „Nutte", „Verräterin", „Dungeon".

Eine Botschaft, die keinem anderen galt als Dillon. Denn wer sonst bekam Jamies nackte Brust zu sehen?

Früher oder später musste er sich Nate stellen. Es war eine Aufforderung, eine Einladung zum Kampf. Von einem angeblich toten Mann, der wusste, dass Dillon ihn verraten und nichts unternommen hatte, ihn zu retten.

Wenn er jetzt keine Maßnahmen ergriffe, würde Nate Kincaids Geist Jamie verfolgen.

Eine Konfrontation war längst überfällig. Er und

Nate waren als Teenager egoistische, selbstzerstörerische Monster gewesen. Bis Dillon erwachsen geworden war und angefangen hatte zu begreifen, was wirklich zählte.

Nate aber war immer ein kleiner, gefährlicher Junge geblieben, der nur auf Rache und auf sein Vergnügen aus war, koste es, was es wolle.

Dillon hatte keine andere Wahl. Er hätte ja so weiterleben können, mit Nates Geist, der ihm gelegentlich eine tote Ratte als Zeichen seiner Wertschätzung vor die Füße legte. Aber nun hatte er Mouser verloren, und er musste etwas unternehmen, um Jamie zu schützen.

So richtig glaubte er ja nicht an Geister. Darum gab es nur eine Erklärung: Nate musste noch am Leben sein, ein anderer war in diesem blutverschmierten Zimmer totgeschlagen worden. Und noch mehr Tote würden folgen.

Gut, Dillon würde der Einladung folgen, aber in seinem eigenen Tempo. Zunächst einmal war Jamie weg, in Sicherheit, und so konnte Nate ihm im Grunde nichts anhaben. Zumindest nicht im Augenblick. Das Klügste wäre also, ihm nicht in die Falle zu gehen. Einfach ganz ruhig zu bleiben, bis Nate wieder anfing, herumzuspuken.

Denn das würde er. Er würde weitermachen, unerbittlich. Bis er hatte, was er wollte:

Dillon.

Jamie fuhr hastig, sie konzentrierte sich auf die schneebedeckten Straßen und die schlechte Sicht. Die Verhältnisse wurden besser, als sie die Autobahn erreichte. Der starke Berufsverkehr hielt sie davon ab, zu viel über Dillon nachzudenken. Killer. Wer hatte Mouser ermordet?

Dillon kann es nicht gewesen sein, dachte sie. Bitte Gott, es darf nicht Dillon gewesen sein!

Zum Frühstück hielt sie an einem McDonald's und aß einen pappigen McMuffin. Wenigstens der Kaffee war heiß und hatte genug Coffein, um sie für weitere zwei Stunden Fahrt wach zu halten. Kurz vor der Grenze zu Indiana fuhr sie an eine Tankstelle und öffnete die Brieftasche, die Dillon ihr in den Schoß geworfen hatte.

Kreditkarten. Wer hätte gedacht, dass jemand wie Dillon Gaynor eines Tages Kreditkarten besitzen würde? Sie nahm die Zapfpistole und beobachtete mit Entsetzen, dass der Caddy Benzin für dreißig Dollar verschlang.

Die Toilette war zum Glück einigermaßen sauber. Als sie sich die Hände wusch, starrte sie ihr Spiegelbild an.

Sie sah furchtbar aus. Wie ein Geist. Oder wie jemand, der einen gesehen hatte.

Vorsichtig zog sie sich Dillons Sweatshirt über den Kopf, um endlich einmal einen richtigen Blick auf ihre Brust zu werfen. Kein Wunder, dass sie solche Schmerzen hatte. Die Kratzer waren gerötet und wund, aber wenigstens bluteten sie nicht mehr. Könnte schlimmer sein, dachte sie. Wer immer ihr das angetan hatte, war zumindest nicht in die Nähe ihrer Brüste gekommen. Der ganze Oberkörper war zerschnitten, nur ihre kleinen

Brüste nicht, es war, als ob derjenige, wer auch immer es gewesen war, nichts hatte berühren wollen, was so richtig weiblich an ihr war.

Sie hatte keine Ahnung, woher dieser Gedanke kam, doch er war klar und stark. Dann betrachtete sie die Schnitte genauer.

Das waren Buchstaben. Worte! Jamie konnte sie im Spiegel nicht gleich lesen. Sie musste sich sehr konzentrieren, um das erste Wort zu entziffern. *Nutte* stand da. Noch nie im Leben hatte jemand sie so genannt. Fast empfand sie es als ein Kompliment, nachdem sie immer geglaubt hatte, dass sie eines Tages frigide und beinahe unberührt sterben würde. Zumindest eines hatte sie durch ihren Aufenthalt in Wisconsin herausgefunden: Frigide war sie definitiv nicht. Und keine Stelle ihres Körpers war länger unberührt.

Das Wort auf ihrem Bauch konnte sie nicht lesen. Sie erkannte ein D, ein paar Vokale, aber das ergab alles keinen Sinn. Sie versuchte, sich das Wort spiegelverkehrt vorzustellen. Es sah aus wie *Dungeon,* aber warum um Himmels willen sollte jemand ausgerechnet dieses Wort in ihre Haut ritzen? Andererseits, warum sollte jemand überhaupt *irgendetwas* in ihre Haut ritzen? Sie zog den Pulli wieder hinunter und zwang sich, nicht weiter darüber nachzudenken.

Bevor sie zurück zum Auto ging, kaufte sie noch ein Sixpack Cola Light und eine Schachtel Donuts. Dabei stellte sie fest, dass sich in Dillons Geldbörse neben Kreditkarten und Bargeld auch noch sein Führerschein befand.

Sie betrachtete die kleine Plastikkarte. Das Bild schmeichelte ihm nicht gerade, aber zumindest war es das erste Foto, das sie je von ihm gesehen hatte. Er blickte ziemlich finster in die Kamera, unrasiert, sein Haar war zu lang. Sie betrachtete es sehr lange und war sich sofort darüber im Klaren, dass sie es behalten wollte.

Sie schaute die restlichen Karten durch und hielt inne. Warum nur hatte Dillon ein Papier mit den zwölf Schritten der Anonymen Alkoholiker in seiner Brieftasche? Sie suchte weiter und fand die Antwort in Form eines Terminplans für die entsprechenden Treffen im südlichen Wisconsin. Er hatte offenbar tatsächlich mit dem Trinken aufgehört!

Und dann entdeckte sie noch ein Extrafach. Dort war ein Foto von ihr, eines, das sie noch nie gesehen hatte, von dem sie nicht einmal bemerkt hatte, wie es gemacht worden war.

Allerdings wusste sie genau wann. Es war an einem Nachmittag im Sommer gewesen, sie war zwanzig Jahre alt. Dillon war aus ihrem Leben verschwunden, endgültig, wie sie glaubte. Ihr Vater war gerade gestorben, und ihre Mutter hielt die Trauerfeier im Garten ihres Hauses ab. Jamie trug ein blassgelbes Kleid – das Lieblingskleid ihres Vaters. Ihre Mutter hatte zwar einen Anfall bekommen, weil sie die Farbe für respektlos hielt, aber dieses eine

Mal hatte Jamie sich durchgesetzt. Ihr Vater hatte dieses Kleid geliebt, sie hatte ihren Vater geliebt, und egal, wie sehr sich ihre Mutter auch aufregte, sie weigerte sich standhaft, etwas Schwarzes anzuziehen.

Sie unterhielt sich gerade mit einer Freundin ihrer Mutter, hielt eine Tasse Tee in der Hand, lächelte mit den Lippen, nicht mit den Augen. Obwohl sie nichts lieber getan hätte, als die Teetasse auf den Boden zu werfen und wegzurennen, erfüllte sie wie immer brav ihre gesellschaftliche Pflicht.

Nate musste dieses Foto gemacht haben. Und dann war Dillon irgendwie an das Bild gekommen und hatte es in seiner Brieftasche versteckt.

Wie er es sich besorgt hatte, darüber wollte sie gar nicht nachdenken. Sie konnte ihn einfach nicht verstehen, und am besten versuchte sie es auch gar nicht.

Sie schaltete das Prepaid-Handy ein, das sie sich von Dillons Geld gekauft hatte, und rief ihre Mutter an. Seltsamerweise bekam sie beinahe einen Schreck, als sie plötzlich ihre Stimme hörte.

„Wo bist du, Jamie?"

„Ich bin auf dem Rückweg. Tut mir Leid, ich habe nichts von Nate dabei. Weil … weil von ihm nichts in dem Haus war." Sie war es nicht gewohnt zu lügen, schon gar nicht ihrer Mutter gegenüber.

„Sei doch nicht albern. Dillon hat gesagt, dass er zwei Kisten mit den persönlichen Dingen von Nate hat. Und die will ich haben, Jamie. Es ist alles, was mir von ihm noch bleibt." Die Stimme ihrer Mutter wurde spitzer.

„Sie sind weg", entgegnete Jamie rundheraus. „Genauso wie Nate." Dann fielen ihr Dillons Worte ein und sie erstarrte. Er hatte gesagt, dass Nate vielleicht doch nicht tot war. Jemand war in Dillons Haus, hinterließ tote Ratten, hatte versucht, sie zu töten und ihr Worte in die Haut geritzt. Hatte Mouser ermordet. Und Dillon war mit Sicherheit trotz seines Spitznamens kein Mörder.

Doch Nate konnte es auch nicht sein. Er lebte nicht mehr, und vor allem würde er ihr niemals wehtun. Er war immer wie ein Bruder für sie gewesen. Allerdings hatte sie auf eine ziemlich brutale Art und Weise lernen müssen, dass sie auch ihm nicht vertrauen konnte, denn schließlich hatte er ihr nie die Wahrheit jener Nacht ihrer Vergewaltigung erzählt. Und die tausend anderer Dinge auch nicht. Und er war tot. Dillon hatte seine Leiche identifiziert.

Andererseits war der Mann bis zur Unkenntlichkeit zusammengeschlagen worden. Vielleicht hatte Nate den Spieß umgedreht und seinen Angreifer getötet?

„Jamie, hörst du mir überhaupt zu?" Die Stimme ihrer Mutter klang schrill, und erst jetzt fiel ihr auf, dass Isobel sie nicht mal gefragt hatte, wie es ihr ging. Sie hatte überhaupt nichts gefragt, sondern nur von Nate gesprochen. Vielleicht war es Dillons Einfluss – schlagartig erkannte sie die Wahrheit: Sie kam immer nur an zweiter Stelle.

Isobel war immer auf Nate fixiert gewesen, was dieser schamlos ausgenutzt hatte.

„Ich bin noch dran“, sagte sie schwach. Die Haut über ihrem Bauch begann wieder zu brennen, dort waren die Schnitte tiefer und bluteten auch noch ein wenig. „Kannst du mit dem Wort *Dungeon* irgendetwas anfangen?“

„Natürlich. Erinnerst du dich denn nicht mehr? So hat Nate immer sein Elternhaus genannt. Du weißt schon, es ist damals abgebrannt. Eigentlich hieß es Dungeness Towers, aber ich schätze, Nate war noch zu klein, um das richtig auszusprechen, und deswegen sagte er Dungeon.“

„Was ist daraus geworden?“

„Jamie, mich interessieren diese alten Geschichten nicht. Mich interessiert vielmehr, was aus Nates Sachen geworden ist …“

„Wo befindet sich dieses Dungeon?“ unterbrach sie ihre Mutter wieder.

„In Connecticut. Als Nate gestorben ist, habe ich es geerbt, aber ich bringe es einfach nicht über mich, mich darum zu kümmern. Da sind nur noch ein paar Ruinen übrig, vermutlich sind sie einsturzgefährdet. Wenn ich mich wieder etwas besser fühle, werde ich sie abreißen lassen und das Grundstück dann verkaufen. Ich meine, schließlich sind meine Schwester und mein Schwager dort ums Leben gekommen – ich habe nicht gerade die besten Erinnerungen an diesen Ort.“

„Und wie war das bei Nate?“

„Nate war der Ort sehr wichtig. Er dachte, ich wisse nicht, dass er sich dort herumgetrieben hat. Mit seinem schrecklichen Freund Dillon.“

„Wo genau in Connecticut?“

„In einem kleinen Ort namens Danvers. Warum sollte das wichtig sein?“

„Es ist wichtig“, sagte sie eisern.

„Jamie, du fährst jetzt zurück nach Wisconsin und bestehst darauf, dass …“

Jamie legte auf und warf das Handy auf den Beifahrersitz. Es wurde bereits dunkel, und obwohl es aufgehört hatte zu schneien, waren die Straßen rutschig. Sie beschloss, sich mit Dillons Kreditkarte ein paar Klamotten, Toilettensachen und Schuhe zu kaufen, dann ein Motel zu suchen, ein riesiges Abendessen zu verdrücken und schlafen zu gehen.

Am nächsten Tag wollte sie nach Danvers fahren. Zum Dungeon, in das sie schließlich eingeladen worden war.

Dort würde sie sich dem Geist von Nate Kincaid stellen. Ihrem Cousin, der wahrscheinlich niemals gestorben war.

19. KAPITEL

Nate Kincaid kam so langsam zu der unangenehmen Auffassung, dass er vielleicht doch nicht tot war. Er hatte viel Zeit in den oberen Gefilden von Dillons Haus verbracht, er hatte beobachtet und gewartet, wie ein Phantom, das zum richtigen Zeitpunkt Rache üben wollte. Jedes Mal, wenn er sich schwach fühlte, war er in der Lage gewesen, aus einer unbekannten Quelle Kraft zu schöpfen.

Doch warum hatte es ihm solche Schwierigkeiten bereitet, Mousers blutige Leiche in den Kofferraum von Jamies Wagen zu hieven? Warum hatte er den köstlichen Druck des Messers spüren können, als er seine Botschaft in Jamies Haut ritzte? Und wieso war es ihm so schwer gefallen, damit wieder aufzuhören?

Wenn er noch tiefer geschlitzt hätte, wäre zu viel Blut geflossen und Dillon hätte seine Nachricht nicht lesen können. Er hätte Jamies Tod betrauert, statt die Kampfansage von Nate zu begreifen.

Killer war ein Idiot. Ein schwacher, sentimentaler Idiot, und dabei hatte er ihn immer für den einzigen Menschen gehalten, der es ansatzweise mit ihm aufnehmen konnte. Er hatte immer wie ein Halbwüchsiger für seine kleine Cousine geschwärmt, und offenbar würde sich das nie ändern. Nicht bis sie endlich verschwunden war und Killer wieder klar denken konnte.

Er hätte sie unzählige Male umbringen können. Natürlich wäre die Nacht, in der Paul Jameson sie vergewaltigt hatte, perfekt gewesen, wenn sich die Polizei nicht eingemischt hätte. Er hatte auch daran gedacht, es während der Party zu tun, die Tante Isobel und Onkel Victor anlässlich Jamies Highschool-Abschlusses gaben, aber da waren ständig zu viele Menschen um sie herum gewesen.

Am Tag von Onkel Victors Beerdigung hätte es beinahe geklappt. Er hatte sich die Zeit damit vertrieben, Fotos zu schießen – eines davon wollte er Dillon als Abschiedsgeschenk geben. Aber schon mischte sich das Schicksal ein, diesmal in Gestalt von Tante Isobel. Man hätte fast meinen können, dass sie wusste, was er vorhatte. Aber Tante Isobel war eine schlichte Frau – klug genug zwar, um seine Einzigartigkeit zu würdigen, aber sie hätte niemals auch nur geahnt, wozu er fähig war. Nichts konnte ihn aufhalten, keine idiotischen Gesetze, keine sich ständig einmischenden Menschen und schon gar keine rührseligen Emotionen.

Nun war er bereit, die Sache zu Ende zu bringen – er hatte sowieso schon viel zu lange auf das gewartet, was ihm rechtmäßig zustand. Rache. Jamie war immer der einzige Mensch gewesen, der ihm Dillon hätte wegnehmen können. Gleichzeitig hatte sie ihn, ihren Cousin, bedingungslos geliebt. Schon allein aus diesen beiden Gründen musste sie sterben. Warum das so war, verstand er selbst nicht genau, er wusste nur, dass es absolut notwendig war.

Bei Dillon lag der Fall ganz anders. War er das Ziel seiner Rache oder das Hindernis? Vielleicht würde er das niemals herausfinden. Eines jedoch war sicher – wenn er Dillon schon nicht haben konnte, dann konnte er ihn wenigstens umbringen.

Altes Öl sickerte in den Betonboden wie Wasser in einen trockenen Schwamm. Die Blutflecken und die hingeschmierte Nachricht waren nun von einer dünnen, zähflüssigen Ölschicht bedeckt, niemand würde sie jemals bemerken.

Vorher hatte Dillon das Haus auf den Kopf gestellt. Aber von Nate gab es keine Spur, weder von seinem Geist noch von ihm persönlich. Nur in einer kleinen Abstellkammer im oberen Stockwerk entdeckte er einige Lebensmittelreste, die aber wahrscheinlich die Ratten hier hochgeschleppt hatten.

Er nahm Jamies Koffer und warf ihn in der Stadt in einen Müllcontainer. Wenn ihn jemand finden sollte, bevor er in der Müllpresse gelandet war, dann konnte er nicht mit ihr in Verbindung gebracht werden. Bestimmt würde sie sich darüber nicht besonders freuen, dass ihre ganzen Klamotten hatten dran glauben müssen, aber das war ihm egal.

Er bedauerte nur, dass er auch ihre gewagte Unterwäsche wegwerfen musste. Sollte aber eines Tages ein Wunder geschehen und er irgendwie wieder in ihre Nähe kommen, dann konnte er ihr ja etwas Neues kaufen. Obwohl sie ihm nackt sowieso am besten gefiel.

Dabei glaubte er natürlich an Wunder genauso wenig wie an Geister. Jamie war weg, für immer aus seinem Leben verschwunden. Nun musste er nur noch darauf warten, dass Nate den nächsten Schritt unternahm. Das mit Blut geschriebene Wort auf dem Boden in der Garage war erst der Anfang gewesen.

Nate Kincaid war noch nie der versöhnliche Typ gewesen. Er musste gewusst haben, dass Dillon ihn seinem Mörder überlassen hatte. Dieses Katz-und-Maus-Spiel sollte ihm zeigen, dass er noch da war und seinem Opfer immer näher kam.

Dillon hatte keine Angst davor, dass Nate ihn hinterrücks erstechen oder ihm im Schlaf den Hals durchschneiden könnte. Denn Nate würde sich daran ergötzen wollen, wenn Dillon ganz bewusst mitbekam, was mit ihm geschah. Nein, er würde noch genug Vorwarnungen bekommen. Er musste bloß abwarten.

Es war spät am Nachmittag, er hatte den Kopf unter die Kühlerhaube des 63er Mustangs gesteckt, als an seine Haustür gehämmert wurde. Die Klingel funktionierte schon seit Jahren nicht mehr, und normalerweise drehte Dillon die Musik so laut auf, dass er gar nicht hörte, wenn jemand vorbeikam.

Aus irgendeinem Grund konnte er aber momentan

keine Musik ertragen. Schon gar nicht Nirvana – Kurt Cobains Stimme würde ihn nur daran erinnern, wie Jamie bewusstlos auf dem Boden gelegen hatte.

U2 war noch schlimmer – viel zu traurig. Als ob er Jamie nicht schon genug vermisste! Er würde schon darüber hinwegkommen, wie immer, er brauchte nur etwas Zeit, um mit der Geschichte abschließen zu können.

Bei diesem Gedanken musste er laut loslachen. Für einen Mann, der weder an Wunder noch an Geister glaubte, war er ganz schön erpicht darauf, an Märchen zu glauben. Mit Jamie würde er erst abgeschlossen haben, wenn sie beide tot waren. Und vielleicht auch nicht einmal dann.

Das Hämmern ging unvermindert weiter. „Moment!" rief er und wischte sich die Hände an einem Lappen ab. „Die Tür ist offen, kommen Sie rein."

Als er in die Küche kam, erkannte er, dass er einen taktischen Fehler begangen hatte. Es war die Polizei, genauer gesagt Lieutenant MacPherson. Dieser bereits unglaublich beschissene Tag konnte also sogar noch schlimmer werden.

„Haben Sie eine große Party gefeiert, Gaynor, oder ist das Ihre Art von Haushaltsführung?" MacPherson schloss die Tür hinter sich. Er war allein, das war zumindest ein gutes Zeichen. Hätte er ihn festnehmen wollen, dann wäre er mit Verstärkung angerückt.

Dillon betrachtete die verwüstete Küche. „Ich war

ziemlich sauer", erklärte er und lehnte sich an die Tür, die zur Werkstatt führte.

„Auf jemand Bestimmtes? Sollte ich mich vielleicht nach einer Leiche umsehen?"

Dillon zuckte nicht mit der Wimper. „Sie ist mit meinem 56er Cadillac abgehauen. Unberührt."

„Unberührt?"

„Also, unverletzt", korrigierte sich Dillon. „Wieso interessiert Sie das?"

„Ich habe von dieser Frau gehört. Ich dachte, dass Sie vielleicht beschlossen haben, ein geregeltes Leben zu beginnen, zu heiraten und eine Familie zu gründen." MacPherson zog eine Packung Zigaretten aus der Tasche. Er brauchte nicht erst zu fragen – er wusste von seinen früheren Besuchen, dass Dillons Küche ein Himmelreich für Raucher war. Der Geruch des frischen Zigarettenrauchs entfachte in Dillon ein Verlangen, das beinahe so stark war wie das nach Jamie.

„Ich bin nicht der Typ, der heiratet, Lieutenant. Das müssten Sie eigentlich wissen."

„Ich bin mir nicht sicher, was ich überhaupt weiß. Aber ich würde Ihnen gern ein paar Fragen stellen." Er blies den Rauch aus, und Dillon war versucht, einen Schritt näher zu kommen, um ihn einzuatmen. Doch dann dachte er an Mouser und blieb, wo er war.

„Schießen Sie los. Sollte ich vielleicht meinen Anwalt anrufen?"

MacPherson lachte. „Haben Sie überhaupt einen Anwalt?“

„Nein.“

„Dann lassen Sie uns aufhören, Spielchen zu spielen. Wissen Sie etwas über eine Leiche in einem Wagen in der Tucker's-Ravine-Schlucht?“

Scheiße. Das war schnell gegangen. „Nein. Was für ein Auto war das?“

MacPherson lachte wieder. „War ja klar, dass sie gleich zum Wesentlichen kommen. Irgendein Volvo, wie wir vermuten. Er ist ziemlich ausgebrannt, vermutlich gestohlen. Jemand hat die Nummernschilder abgeschraubt und natürlich sowieso alles, woran man ihn identifizieren könnte. Wie meine Leute sagen, müssen das Profis gewesen sein.“

„Ich habe seit zehn Jahren kein Auto mehr gestohlen, Lieutenant.“

„Und das soll ich Ihnen glauben? Nun, ich glaube Ihnen in der Tat. Ich dachte nur, dass Sie vielleicht wissen, wer in dieser Stadt Autos vertickt.“

„Ein einziger gestohlener Wagen bedeutet noch lange nicht, dass es sich um eine professionelle Bande handelt.“

„Es ist nicht das einzige gestohlene Auto. Der Volvo wurde letzte Nacht gefunden, und heute Morgen wurde ein Audi als gestohlen gemeldet. Diese verdammte Karre war mit allen bekannten Diebstahlsicherungen ausgestattet, doch das hat nicht viel geholfen.“

„Was sagt der Besitzer dazu?“

„Der Besitzer liegt mit einem Schädelbruch im Krankenhaus; wir dürfen ihn erst vernehmen, wenn sich sein Zustand stabilisiert hat. Wir vermuten, dass er den Dieb im falschen Moment erwischt hat. Er hat Glück, überhaupt noch am Leben zu sein – er ist ziemlich zugerichtet worden.“

Dillon zuckte mit den Schultern. „Schrecklich.“

„Er wird es überleben. Mir ist einfach nur wieder eingefallen, dass Sie sich früher einmal auf Audis spezialisiert hatten.“

„Damals konnte mir nie etwas nachgewiesen werden, das wissen Sie genau, MacPherson.“

„Ja, das weiß ich. Und ich weiß auch, wie man eins und eins zusammenzählt.“

„Ich habe weder das Auto geklaut noch den Besitzer zusammengeschlagen.“

„Das behaupte ich auch gar nicht. Ich denke nur, dass Sie vielleicht wissen könnten, wer es war.“

„Da kann ich Ihnen leider nicht weiterhelfen.“

MacPherson stieg über die Scherben, ging zum Waschbecken und ließ Wasser über seine Zigarette laufen – hätte er sie einfach nur ausgedrückt, dann wäre Dillon vermutlich später über die Kippe hergefallen und hätte sie geraucht, so verzweifelt war er. „Nein“, sagte MacPherson. „Damit habe ich auch nicht gerechnet. Aber ich dachte, es schadet ja nichts, mal zu fragen.“ Er ging wieder zur

Tür, das zerschmetterte Geschirr knirschte unter seinen Schuhen. „Oh, eines noch.“

„Ja?“ Er kannte sich mit Polizisten aus, speziell mit MacPherson, und wusste genau, dass jetzt der eigentliche Hammer kam.

„Wir wollen nun doch noch einige DNA-Proben im Mordfall Kincaid überprüfen. Inzwischen glauben wir, dass der Fall vielleicht doch nicht so eindeutig ist, wie wir dachten.“

„Ich habe die Leiche identifiziert. Wollen Sie vielleicht behaupten, ich hätte gelogen, um Nate zu decken?“

„Wir beide wissen doch, in welchem Zustand die Leiche war. Seine eigene Mutter wäre nicht in der Lage gewesen, ihn wiederzuerkennen. Nein, sollte es wirklich nicht Kincaid gewesen sein, dann schätze ich, dass Sie sich einfach geirrt haben.“

„Halten Sie mich wirklich für ehrlich, MacPherson?“

„Ich glaube, Sie sind der lebende Beweis dafür, dass man sich ändern kann. Früher waren Sie ein armseliger Verlierer, und inzwischen haben Sie sich zu einem anständigen Mitglied der Gesellschaft gemausert. Ich würde es nicht gerne sehen, dass Sie wieder Ärger bekommen.“

„Das werde ich nicht.“

MacPherson starrte ihn lange an und nickte schließlich. „Dann machen Sie’s mal gut.“

Dillon schloss die Tür hinter ihm ab. Er hatte keine Zigaretten, keine Brieftasche, doch für den Notfall lag immer etwas Bargeld im Safe, genauso wie ein gefälschter Führerschein und die Fahrzeugscheine für seine Autos. Nicht weil er ernsthaft damit gerechnet hatte, das alles noch einmal zu brauchen, aber bestimmte Gewohnheiten konnte man einfach nicht so schnell ablegen.

Mit etwas Glück würde er aber unbehelligt nach Connecticut gelangen und im Dungeon ein letztes Mal auf seinen alten Kumpel Nate treffen. Er hatte ja gehofft, dass Nate zu ihm kommen würde – weil es einfacher war, ihn auf seinem eigenen Grund und Boden zu besiegen. Aber er hätte sich ja denken können, dass es so leicht nicht werden würde. Das blutige Wort auf dem Boden war eine Aufforderung gewesen, eine Einladung, so wie auch die Worte auf Jamies weißer Haut. Und der gestohlene Audi war der letzte Hinweis.

Dillon hatte sich gut mit den Audis ausgekannt, die Nate ihm brachte. Andere Leute klauten Mercedes, Ferraris und sogar klassische amerikanische Wagen. Nate aber hatte sich auf Audis spezialisiert.

Sein einziger Trost war, dass Jamie sich in Sicherheit gebracht hatte. Sie wusste ja nicht mal, was das Dungeon war. Inzwischen musste sie bereits die Hälfte des Weges hinter sich haben, ab morgen würde sich wieder die Gräfin um sie kümmern.

Obwohl die Gräfin sich natürlich nie um jemand anderen als Nate gekümmert hatte. Er musste sich persönlich davon überzeugen, dass Jamie in Sicherheit war.

Er hatte die Stimme der Gräfin zwölf Jahre lang nicht mehr gehört, und liebend gern hätte er für den Rest seines Lebens auf dieses spezielle Vergnügen verzichtet.

„Ist Jamie da?“ Er bemühte sich erst gar nicht, seine Stimme zu verstellen – sie hatte ihm nie genug Aufmerksamkeit geschenkt, um ihn nach dieser Zeit erkennen zu können. Natürlich konnte Jamie noch längst nicht zu Hause sein – wenn sie nicht geflogen war. Aber zumindest wollte er herausfinden, ob Isobel etwas von ihr gehört hatte.

„Wer spricht da bitte?“

Dieses „bitte“ klang wie ein Befehl.

„Ich bin ein alter Schulfreund“, sagte er freundlich. „James MacPherson. Könnte ich sie bitte sprechen?“

„Sie ist nicht da.“

Am liebsten hätte er wieder aufgelegt, wenn da nicht plötzlich diese Angst gewesen wäre.

„Wo ist sie?“

„Ich kann mich nicht erinnern, dass sie jemals einen James MacPherson erwähnt hat“, sagte sie misstrauisch. „Und mit Sicherheit werde ich keinem Fremden erzählen, wo meine Tochter …“

„Wo zum Teufel steckt sie?“

„Dillon.“ Das war keine Frage, sondern eine Feststellung.

Er versuchte gar nicht erst, zu leugnen. „Ist sie auf dem Heimweg? Wissen Sie, wo sie ist?“

„Um genau zu sein, ja. Sie macht eine Pause auf ihrem Rückweg, aber ich habe nicht vor, Ihnen zu verraten, wo …“

„Scheiße.“ Er schloss die Augen. „Will sie vielleicht nach Connecticut fahren? Zum Dungeon?“

Das Schweigen der Gräfin reichte ihm als Antwort. Er knallte den Hörer auf, verfluchte sich und jeden, den er kannte. Wie hatte er nur so dumm sein können? Nates Nachricht hatte nicht nur ihm gegolten, sondern auch Jamie. Nate hatte seine kleine Cousine nie leiden können, schon bevor er wegen Dillon so eifersüchtig auf sie wurde. Er wusste vermutlich genau, was Dillon und Jamie die letzten Tage getan hatten, sein Hass musste ins Unermessliche gewachsen sein. Er wollte nicht nur Dillon töten.

Wenn er nicht rechtzeitig beim Dungeon war, musste Jamie sterben. Dann würde es ihm auch nicht mehr nützen, Nate mit bloßen Händen in Stücke zu reißen.

Aber das durfte nicht geschehen. Er musste rechtzeitig beim Dungeon ankommen.

Er musste einfach.

20. KAPITEL

Der Schneesturm folgte ihr nach Osten wie ein hungriger Geist, der sie verschlingen wollte. Immer wieder hoffte sie, ihm davonfahren zu können, aber er hielt mit ihr Schritt. Im Radio hörte sie den Wetterbericht, der auch nicht gerade ermutigend klang. Der Sturm bewegte sich in östliche Richtung, ein anderer kam von Süden, und beide würden sich in der Mitte vereinigen.

Als Mädchen hatte sie Schnee geliebt, weil er alles mit diesem reinen Weiß zudeckte, weil die Schule ausfiel und man plötzlich in einem Winterwunderland lebte.

Aber jetzt erschien er ihr nicht weiß. Er kam ihr düster und beklemmend vor, er verdunkelte den Himmel und verwandelte die Straßen in eine glatte Eisfläche; sie hatte das Gefühl, durch diesen verhängnisvollen Sturm in ihren Untergang zu fahren.

Es war bereits früher Nachmittag, als sie endlich in Danvers ankam. Sie verließ die Autobahn und fuhr über die Landstraße. Sie hatte erwartet, dass es hier so ähnlich aussehen würde wie in Rhode Island: alte Kolonialhäuser, stattliche Bäume, New England von seiner besten Seite.

Doch der Ort wirkte verlassen. Auf der Hauptstraße gab es ein paar heruntergekommene Läden, deren Schaufenster mit Brettern zugenagelt waren. Irgendjemand hatte es wohl gut gemeint und eine Weihnachtsbeleuchtung aufgehängt, an der jedoch die Hälfte der Lämpchen kaputt war, sodass der Schneemann eher wie ein Fragezeichen aussah.

Sie hielt an einer Tankstelle, um den gefräßigen Tank des Cadillacs wieder aufzufüllen, und war ganz überrascht, als ihr ein Tankwart entgegenkam.

„Ich kümmere mich darum, Ma'am", sagte der alte, runzlige Mann. „Das ist keine SB-Tankstelle. Soll ich Ihren Ölstand überprüfen?"

„Nein, der ist in Ordnung. Ich habe ihn gerade erst kontrolliert."

„Der Wagen ist ein echtes Schmuckstück", sagte der Mann. Er musste mindestens Ende sechzig sein, auf jeden Fall alt genug, um solche Autos noch aus seiner Jugendzeit zu kennen. „Läuft er gut?"

„Absolut."

„Der muss von einem echten Profi hergerichtet worden sein. Sie haben bestimmt 'ne Menge Kohle dafür hinlegen müssen."

„Der ist nur geliehen."

Der Mann pfiff leise durch die Zähne. „Der Typ muss Sie wirklich lieben. Ansonsten würde ein Mann so ein Auto wohl niemals hergeben."

Jamie lachte freudlos. „Ich fürchte, er glaubt nicht an die Liebe. Nur an Autos."

„Wo ist der Unterschied?" fragte der Mann. Auf seine altmodische Uniform war der Name Wilfred gestickt.

„Dieses Baby ist mindestens fünfzig Riesen wert. Passen Sie gut drauf auf."

Jamie blinzelte. Der Mann musste verrückt sein – so viel konnte ein altes amerikanisches Auto doch niemals kosten. Und wenn, dann hätte Dillon es ihr sicher nicht gegeben. Und schon gar nicht gesagt, sie solle es einfach irgendwo stehen lassen, wenn sie es nicht mehr brauchte.

„Dieser Ort sieht ziemlich tot aus", sagte sie beiläufig, um das Thema zu wechseln.

„Er ist tot. Die Fabriken haben vor fünfundzwanzig Jahren geschlossen, und jedes Jahr gehen mehr Geschäfte kaputt; die Leute ziehen fort. Hier gab es einmal fünf Tankstellen – und nun bin ich als Einziger übrig und habe auch kaum noch Kunden. Die Leute ziehen näher an die Stadt. Nicht mal die reichen Typen kommen mehr hierher, um Urlaub zu machen. Auf diesem Land kann man nichts anbauen außer Tabak. Aber kein Mensch will ja mehr Tabak, seitdem so viele vermeintlich gute Menschen Regeln für Leute aufstellen, obwohl sie das gar nichts angeht."

„So sind die Menschen eben", entgegnete Jamie unverbindlich und nahm ein paar Zwanzigdollarscheine aus Dillons Brieftasche. Zum Glück hatte sie genug Bargeld und Kreditkarten – dieses Auto musste alle hundert Meilen voll getankt werden, mit Superbenzin, versteht sich.

„Was hat denn eine junge Frau wie Sie in einer solchen Geisterstadt verloren?" fragte Wilfred, als er den Tank wieder schloss. „Heutzutage trifft man selten Fremde so weit ab vom Schuss."

Sie hatte genug Zeit gehabt, sich verschiedene Erklärungen zu überlegen, und ihm gegenüber wählte sie die, die ihr am besten gefiel. „Ich will mir ein altes Anwesen anschauen, es heißt Dungeness Towers."

„Das Dungeon? Warum wollen Sie da hin? Da gibt es nur noch ein paar Türme, die jeden Moment einstürzen können, und vielleicht ein paar Geister. Es ist wirklich nicht ungefährlich dort – die Polizei hat schon längst Verbotsschilder aufgestellt. Natürlich gehen die jungen Leute noch immer zum Knutschen dahin oder um Geister zu jagen. Aber für eine Lady ist das nicht der richtige Ort. Schon gar nicht nach Anbruch der Dunkelheit und während eines Schneesturms."

Jamie blickte durch die riesige Windschutzscheibe des Cadillacs. „Ich glaube, es hat aufgehört zu schneien."

„Es wird aber auch wieder anfangen", entgegnete Wilfred düster. „Was wollen sie denn überhaupt beim Dungeon?"

„Ich bin Autorin", behauptete sie. Ausgerechnet sie, die überhaupt nicht lügen konnte. „Ich schreibe einen Artikel über die skrupellosen Geschäftemacher von Connecticut, und so bin ich auf die Dungeness Towers gekommen."

„Skrupellose Geschäftemacher? Ja, ich schätze, so könnte man den alten James Kincaid bezeichnen. Er hat die Fabrik aufgemacht, in der jeder hier arbeitete. Er war eigentlich gar nicht so schlimm, aber sein Sohn, der war ein kaltblütiger Mistkerl. Er hat die Fabrik an ein Unternehmen verkauft, das sich überhaupt nicht für die Wirtschaft in Danvers interessierte. Die haben den Kauf einfach von der Steuer abgeschrieben und die Fabrik geschlossen."

„Aber der Sohn hat danach noch hier gelebt, oder? Im Dungeon. Er ist dort auch ums Leben gekommen, nicht wahr?"

„Genau. Er und seine Frau. Eines Tages brach ein Feuer aus, und die beiden saßen in einem der Türme fest. Es war Nacht, es schneite, und die Feuerwehr erreichte das Anwesen erst, als es schon zu spät war. Der arme Junge saß zusammengekauert im Schnee und hatte die ganze Zeit die Schreie seiner sterbenden Eltern hören müssen. Ich habe mich immer gefragt, was wohl aus ihm geworden ist. Von so einer Tragödie kann man sich doch niemals erholen."

Plötzlich begannen die Wunden unter ihrem T-Shirt, die sie beinahe vergessen hatte, wieder zu brennen. Sie heilten zwar langsam ab, doch immer wieder schien ein Feuerblitz durch ihre Brust zu schießen.

„Es war bestimmt hart für ihn", sagte sie ruhig. Der Junge, mit dem sie aufgewachsen war, schien nicht im Mindesten traumatisiert gewesen zu sein. Sie hatte immer angenommen, dass er damals nicht zu Hause gewesen war. Und wie sich nun herausstellte, war er der einzige Zeuge, der einzige Überlebende.

„Wenn ich Sie wäre, würde ich die Kincaids überspringen“, sagte Wilfred. „Diese Familie war dem Untergang geweiht, und es gibt nichts mehr, was von Interesse wäre. Vor zehn Jahren haben Drogendealer dort ihr Lager aufgeschlagen, außerdem vermutete die Polizei, dass dort gestohlene Autos verhökert wurden, aber sie haben niemanden geschnappt.“

„Gestohlene Autos?“

„Ja, die werden auseinander genommen und dann so zusammengebaut, dass sie hinterher völlig anders aussehen. Damit kann man ganz gute Geschäfte machen, aber man muss schon sehr schnell und sehr gut sein, damit das funktioniert.“

Jamie umklammerte das große Lenkrad des Cadillacs. Doch warum war sie überrascht? War doch klar, dass Dillon sich mit Drogen und gestohlenen Autos seinen Lebensunterhalt verdient hatte. Aber Nate hätte sie so etwas nie zugetraut.

„Ich möchte mir das Grundstück trotzdem mal ansehen, bevor es dunkel wird. Ein paar Fotos machen. Das Licht ist kurz vor der Abenddämmerung am besten.“

Wilfred schüttelte den Kopf. „Wie Sie meinen, Miss. Die Straßen sind in einem schlechten Zustand – keine Menschenseele fährt dort mehr hin. Sagen Sie hinterher nicht, dass ich Sie nicht gewarnt habe.“

„Ich habe ein Handy dabei, falls es Probleme gibt."

„Das wird Ihnen nichts nützen. Dort gibt es keine Funkverbindung. Zu viele Berge."

„Nun ja, wird schon alles gut gehen. Wenn überhaupt, dann gibt es dort nur Geister, und ich glaube nicht an Geister."

„Nein? Ich wäre mir da mal nicht so sicher. Manchmal kann man dort Lichter sehen, obwohl niemand in der Nähe ist."

„Das sind bestimmt keine Geister", sagte sie mit fester Stimme.

„Nun, dann viel Glück. Leider hat das Motel auf der Route 3 vor ein paar Jahren geschlossen – ein Zimmer bekommen Sie erst wieder ungefähr fünfundzwanzig Meilen von hier bei Cranston."

Genau da sollte sie hinfahren, das wusste sie. Sie war den ganzen Tag unterwegs gewesen, sie war erschöpft, und bald wurde es dunkel. Eine kluge Frau würde sich ein Bett für die Nacht suchen und erst am nächsten Morgen mit der Suche beginnen, bei Tageslicht.

Aber sie hatte inzwischen ja schon mehrfach bewiesen, dass sie eine komplette Idiotin war. Was hatte sie also zu verlieren?

„Könnten Sie mir vielleicht sagen, wie ich zu der Ruine komme?"

„Ach verdammt, wenn Sie unbedingt wollen. Fahren sie dort vorne links. Die Ampel ist seit Jahren defekt, also fahren Sie vorsichtig auf die Kreuzung. Allerdings ist die Wahrscheinlichkeit, einem anderen Auto zu begegnen, in dieser Stadt sowieso nicht besonders groß. Dann fahren Sie etwa drei Meilen geradeaus, bis links eine schmale Straße abgeht. Sie wird zugewachsen sein, womöglich werden Sie sie gar nicht sehen.“

„Darauf lasse ich es ankommen. Und das ist dann die Auffahrt zu dem Grundstück?“

„Wenn Sie es so nennen wollen. Sie ist über eine Meile lang, und je weiter sie kommen, umso schlechter ist der Zustand. Ich fände es schrecklich, wenn Sie dieses hübsche Auto ihres Freundes zu Schrott fahren.“

Freund. Dieses merkwürdige Wort aus der Schulzeit. Damals hätte sie alles dafür gegeben, wenn der Bad Boy von Marshfield ihr Freund gewesen wäre. Unabhängig davon, was alle anderen gesagt hätten.

Aber verdammt, besser spät als nie. „Mein Freund würde mir das schon verzeihen“, sagte sie. „Er liebt mich.“

Wilfred der Tankwart hatte Recht – beinahe hätte sie den Weg übersehen. Es sah auch eher wie ein Pfad aus. Es war verrückt, in der Dämmerung über diesen einsamen Weg zu fahren. Aber sie war auch verrückt genug gewesen, mit Dillon Gaynor ins Bett zu steigen. Verrückt genug, um ihn nach all diesen Jahren noch immer zu lieben, ihn für immer zu lieben, egal, was geschah.

Der Cadillac war definitiv nicht für solche Wege gemacht. Sie war schon fast eine Meile weit gefahren, als ein umgefallener Baum sie aufhielt. Sie trat gerade noch rechtzeitig auf die Bremse und saß dann erstarrt da, während das riesige Auto weiter über den Schnee rutschte und nur Zentimeter vor dem dicken Baumstamm zum Stehen kam.

Sie blickte über die Schulter nach hinten in die Dunkelheit. Hier konnte sie nicht wenden – die einzige Möglichkeit war, eine Meile lang rückwärts über den zugewachsenen, gewundenen Weg zurückzufahren.

Was sie irgendwann auf jeden Fall tun musste. Aber da sie nun schon einmal so weit gekommen war, konnte sie den Rest des Weges auch zu Fuß zurücklegen. Falls Nate noch am Leben war, würde er dort auf sie warten. Er hatte sie eingeladen, und sie war doch immer gekommen, wenn er nach ihr rief. Er konnte ihr die Antworten geben, die Gründe für das, was geschehen war. Auch Gründe dafür, warum er diese Worte in ihre Haut geritzt hatte?

Aber wieso war sie sich auf einmal so sicher, dass Nate es gewesen war? Nate hatte sie geliebt – er hätte ihr doch niemals wehgetan.

Sie schaltete die Lichter aus, und sofort war der Wald in tiefe Dunkelheit getaucht. Es war noch nicht einmal vier Uhr, aber der Schnee und die gewaltigen Bäume ließen kaum Licht hindurch. Sie öffnete das Handschuhfach, in der Hoffnung, eine Taschenlampe darin zu finden. Doch es war leer, nicht einmal ein Fahrzeugschein war darin.

Was für ein Glück, dass ich nicht angehalten worden bin, dachte sie grimmig.

Sie griff unter den Sitz, ihre Hand stieß gegen etwas Zylinderförmiges. Sie zog es hervor und ließ es sofort wieder fallen. Eine Pistole.

Um sie genauer zu betrachten, machte sie das Innenlicht an. Sie gehörte Dillon und war mit Sicherheit illegal, denn soweit sie wusste, durften verurteilte Straftäter keine Waffen tragen. Sie mochte keine Waffen, aber ihr Vater war der Meinung gewesen, dass man sich zumindest damit auskennen sollte.

Deswegen erkannte sie, dass es sich um eine gesäuberte und geladene 9-Millimeter handelte. Selbst sie wusste, wie man dieses verdammte Ding abfeuerte.

Sie langte noch einmal unter den Sitz und fand eine Schachtel Patronen und tatsächlich eine Taschenlampe. Ob Dillon wusste, dass er sie mit einer Waffe im Auto hatte wegfahren lassen? Es war alles so schnell gegangen, vermutlich hatte er nicht mehr daran gedacht.

Auch wenn Dillon nicht der Typ war, der so etwas einfach vergaß.

Sie machte das Licht wieder aus, knöpfte ihren billigen Wintermantel zu und kletterte aus dem Wagen. Dann schob sie die Pistole wieder unter den Sitz. Wen sollte sie damit schon bedrohen? Nate? Dillon? Das war nicht sehr wahrscheinlich.

Die Stiefel, die sie in einem Discountladen gekauft

hatte, waren nicht wasserdicht, Schnee durchweichte das Vinyl, als sie den Weg entlangstapfte. Es waren keine Reifenspuren zu sehen, kein Anzeichen dafür, dass in letzter Zeit jemand hier gewesen war. Somit hatte sie eigentlich auch keinen Grund weiterzugehen; ihr war kalt und sie hatte Angst. Und doch lief sie weiter, bis sich zwei Türme vor dem dunklen Himmel abzeichneten.

Oder eher eineinhalb – denn der zweite war nicht viel mehr als ein Haufen Schutt. Der erste sah auch so aus, als ob er jeden Moment einstürzen würde. Am Fuße der Türme häufte sich Asche und verkohltes Holz auf, verbogenes Metall und zerbrochenes Glas lag herum. Offenbar hatte sich seit dem Brand vor vielen Jahren wirklich niemand um das Grundstück gekümmert.

Sie lief um die Trümmer herum und betrachtete den eingefallenen Turm. Er wirkte wie ein dunkles, grausiges Mahnmal, das sie warnen wollte. Doch sie hatte sämtliche Warnungen der letzten Woche in den Wind geschlagen.

Zuerst dachte sie, sie würde sich das Licht nur einbilden. Sie kniff die Augen fest zusammen, doch es war windig und hatte wieder angefangen zu schneien; sie konnte kaum mehr als ein paar Meter sehen.

Sie ging weiter. Ein Baumzweig schlug ihr ins Gesicht, ihr Schmerzensschrei hallte durch die Stille des schneebedeckten Waldes.

Wie dumm sie war. Als ob sie in der letzten Woche

nicht schon genug durchgemacht hätte. Gerade wollte sie umkehren, als der Wind sich drehte und sie das Licht nun ganz deutlich erkennen konnte. Sie umklammerte die Taschenlampe und lief darauf zu.

Was hatte der alte Mann gesagt? Dass hier gestohlene Autos auseinander genommen worden waren? Wenn das stimmte, würde sie die Werkstatt schon finden. Sie lag wahrscheinlich im Erdgeschoss des zweistöckigen Gebäudes, oben hatten vermutlich die Hausangestellten gewohnt. Das Licht schien matt hinter einem zugefrorenen Fenster im ersten Stock. Da wusste sie, dass sie bald finden würde, wonach sie suchte. Antworten auf all ihre Fragen.

Sie versuchte gar nicht, leise zu sein, als sie die Tür zur Werkstatt öffnete. Die Treppe war eng und dunkel, ähnlich wie in Dillons Haus, aber hier war es so kalt, dass tote Ratten zu Eisklumpen gefroren wären.

Die Stufen knarrten unter ihr, ansonsten hörte sie kein Geräusch. Mit klopfendem Herzen lief sie weiter, bis sie vor einer Tür ankam.

Natürlich hätte sie anklopfen können, doch das erschien ihr ziemlich dumm. Stattdessen drehte sie am Knauf und drückte die Tür auf.

„Auf der Suche nach Geistern, Jamie?“ Nate saß in einem Sessel vor dem Fenster, auf seinem Schoß lag ein Jagdgewehr. „Dann hast du einen gefunden.“

21. KAPITEL

Dillon suchte in seiner Tasche nach Zigaretten. Dann fiel ihm Mouser ein und der Grund, warum er keine finden konnte. Er unterdrückte ein Fluchen.

Nach zehn Jahren hatte er es immer noch drauf, er fuhr noch immer schneller und besser als so ziemlich alle anderen Autofahrer, mied Radarfallen und Polizei und wechselte die Fahrbahnen so schnell, als wäre er selbst ein Geist. Mit dem alten Bel Air ging das auch ganz gut. So harmlos er auch aussehen mochte, unter der Motorhaube befand sich ein Monster, das er zudem auch noch hochgetuned hatte. Bevor die anderen Autofahrer ihn überhaupt bemerkten, war er schon wieder verschwunden.

Da er nicht rauchte, konnte er sogar noch mehr Gas geben. Er konzentrierte all seine nervöse Energie auf das Dungeon, trommelte aufs Lenkrad und pfiff leise vor sich hin.

Jamie hatte zwar bereits vierundzwanzig Stunden Vorsprung, aber sie war sicher nie schneller als fünfundsechzig Meilen pro Stunde gefahren. Der Cadillac schaffte zwar locker einhundertzwanzig, aber eine solche Geschwindigkeit hätte sie bestimmt nervös gemacht, außerdem waren die Straßenverhältnisse wirklich nicht die besten.

Er hingegen fuhr durchschnittlich neunzig Meilen, manchmal über einhundert, wenn die Straße frei war. Er hielt nur zum Tanken an, während Jamie sicher irgendwo übernachtet hatte – sie musste sowohl körperlich als auch seelisch völlig erschöpft sein.

Aber er brauchte weder Schlaf noch etwas zu essen, er brauchte überhaupt nichts. Außer Jamie.

Doch zuerst musste er ihr das Leben retten, korrigierte er sich selbst. Inzwischen fiel der Schnee langsam und in dicken Flocken. Er wäre aber auch auf blankem Eis gefahren, wenn es nötig gewesen wäre; er wusste, was zu tun war, wenn ein Auto ausbrach, und raste weiter.

Er wollte gar nicht darüber nachdenken, wie das alles enden würde. MacPherson würde vermutlich nicht herausfinden, wem der Volvo gehörte – Dillon hatte nicht umsonst ein Jahr lang geklaute Autos umgebaut. Und die Leiche würde niemand mit Cooperstown in Verbindung bringen.

Nein, MacPherson hatte vielleicht einen Verdacht, aber keine Beweise. Mouser hatte immer gesagt, dass er eines Tages verbrannt werden wolle, und diesen Wunsch hatte Dillon ihm erfüllt.

Er vermutete, dass Jamie für Nate nur ein Mittel zum Zweck war. Nate würde sie nicht töten, bevor er da war, denn sollte Jamie bereits tot sein, wenn er ankam, würde nichts und niemand Dillon davon abhalten können, Nate mit seinen bloßen Händen zu töten.

Andererseits war es ja genau das, was Nate wollte. Dillon zur Raserei treiben, damit er selbst ein leichtes

Spiel hatte. Denn es gab nur zwei Möglichkeiten, entweder Nate würde ihn töten oder er würde Nate töten. Das wussten sie beide. Hatten es womöglich immer gewusst. Sie waren zu tief in ihre Beziehung verstrickt gewesen, und Nate gehörte nicht zu denen, die nachgeben konnten.

Das war ihm schon vor langem klar geworden – er war ja nicht blöd, von diesen idiotischen Dingen einmal abgesehen, die er als Jugendlicher getrieben hatte. Er hatte gewusst, dass Nate eine zwanghafte Zuneigung zu ihm entwickelt hatte. Trotz seiner zahllosen Freundinnen schien er immer ganz auf Dillon konzentriert gewesen zu sein. Fragte ständig, mit wem *er* schlief, wen *er* begehrte.

Er hätte ihm niemals von Jamie erzählen dürfen. Aber verdammt, damals war er siebzehn und total bekifft gewesen, davon abgesehen, dass Nate sowieso ein Meister darin war, anderen Leuten Informationen aus der Nase zu ziehen.

Damals hatte er erwartet, dass Nate ausflippen würde, wenn er herausfand, dass Dillon scharf auf seine fünfzehnjährige Cousine war. Doch er schien eher amüsiert zu sein und hatte sich einen Spaß daraus gemacht, die beiden immer wieder aufeinander treffen zu lassen.

Dillon überlegte, wie viele Vorwürfe er sich wohl wegen dieser einen Nacht gemacht hatte. Er hatte schließlich gewusst, was Jamie für ihn empfand, hatte alle Anzeichen von Verliebtheit an ihr erkannt. Er war ein

Bad Boy, einer von diesen gut aussehenden Leckt-mich-am-Arsch-Typen, den alle Mädchen liebten. Deswegen überraschte es ihn auch nie, wenn Jamie ihn mit großen Augen voller Verlangen verstohlen beobachtete.

Was für ein Idiot er gewesen war, damals nicht mit ihr zu schlafen. Nate hatte sie doch zusammengebracht, und auch wenn seine Motive zweifelhaft waren, so hätte er sicher nichts dagegen gehabt. Und er hatte Jamie mit jeder Faser seines Körpers begehrt.

Er begehrte sie noch immer.

Doch damals hatte er beschlossen, edelmütig zu sein. Sie passte viel besser zu einem Streber, zu jemand, der in Harvard studieren wollte. Und so jagte er sie direkt ihrem Vergewaltiger in die Arme.

Er hatte für seinen Fehler bezahlt. Nicht dafür, dass er Paul zu Brei geschlagen hatte, sondern dafür, dass er auf Nate gehört hatte. Denn Nate war es gewesen, der ihn überhaupt erst auf die Idee brachte, dass Paul der perfekte Junge für Jamies erste Party sei.

Der Prozess, der ihm dann gemacht wurde, verlief schnell. Nate bezahlte seinen Anwalt. Er wurde zu achtzehn Monaten verbrummt, die U-Haft wurde angerechnet, und er hatte die Zeit überlebt. Nun war er ein verurteilter Straftäter, aber was spielte das schon für eine Rolle. Er trug eine Waffe, ob es erlaubt war oder nicht. Die Bewährung war längst abgelaufen, er arbeitete selbstständig, und dass er niemals in die Army aufgenommen werden würde, war ihm nun wirklich scheißegal. Was vorbei war, war vorbei.

Nur, dass es eben noch längst nicht vorbei war.

Es wartete auf ihn.

Er musste daran denken, wie sie nach seiner Entlassung aus dem Gefängnis bei Dizzy gefeiert hatten. Sie alle waren stockbetrunken und mit allen möglichen Drogen voll gedröhnt gewesen. In den Morgenstunden hatten sich dann Pärchen gebildet. Er war viel zu betrunken und apathisch, um eines der vielen Angebote anzunehmen, irgendwann döste er einfach auf dem Sofa ein. Als er ein paar Stunden später aufwachte, schlief die eine Hälfte der Leute, die andere Hälfte vögelte herum.

Was ihn nicht störte – bis sein Blick auf Nate fiel, der es einem Mädchen von hinten besorgte. Das wäre ja auch in Ordnung gewesen, wenn er dabei nicht unablässig Dillon angestarrt hätte.

Danach fielen Dillon alle möglichen Kleinigkeiten auf. Dass Nate beispielsweise immer versuchte, ihn zu einem Dreier zu überreden. Oder wie besitzergreifend er sich benahm, wenn sie mit anderen Leuten zusammen waren. Und dann wachte er eines Nachts im Dungeon nach einem Vollrausch auf und musste feststellen, dass Nate in seinem Bett lag, fest an ihn geschmiegt, mit einer Hand auf seinem Schwanz, während er sich mit der anderen selbst befriedigte.

Er flippte nicht etwa aus. Nein, er schob Nate einfach

weg und sprang aus dem Bett. Er hatte selbst eine Erektion – kein Wunder, nachdem er im Schlaf gestreichelt worden war –, aber als Nate das sah, bewegte er seine Hand nur noch heftiger, bis er schließlich kam, ohne Dillon auch nur eine Sekunde aus den Augen zu lassen.

Dillon sagte kopfschüttelnd: „Nee, Mann, ich liebe dich wie einen Bruder, aber … nein."

Danach drehte er sich um und ging aus dem Zimmer. Es war Frühsommer, er war barfuß und noch ganz schön müde. Er hatte Angst, dass Nate ihm folgen würde, was aber nicht geschah. Im Stockwerk über der Werkstatt blieb es dunkel und still.

Nate hatte diesen Vorfall nie mehr erwähnt. Himmel, vielleicht konnte er sich gar nicht mehr daran erinnern, vielleicht hatte es ja auch gar nichts bedeutet. Womöglich war er aus Versehen in Dillons Bett gestiegen statt in das seiner aktuellen Freundin. Dillon wollte das alles nur so schnell wie möglich vergessen. Denn wenn überhaupt, dann machte er sich selbst Vorwürfe – möglicherweise hatte er Nate aus Versehen in die Irre geführt. Außerdem tat es ihm Leid, dass er seinem Freund nicht geben konnte, was er sich wünschte, nach allem, was er für Dillon getan hatte. Schließlich hatte er verhindert, dass Dillon für fünfzehn Jahre in den Knast wanderte.

Ein paar Monate später verließ Nate das Dungeon ohne ein Wort. Es gelang ihm, einfach vom Erdboden zu verschwinden – nun, zumindest hatte Dillon das geglaubt, bis Nate fünf Jahre später plötzlich vor seiner Werkstatt auftauchte. Das war der erste von vielen Besuchen. Nate dealte inzwischen in ganz großem Stil, während Dillon all seine Kraft brauchte, um Tag für Tag gegen seine Alkoholsucht anzukämpfen. Was Nate im Übrigen sehr amüsant fand. Er machte sich einen Spaß daraus, vor Dillons Augen Drogen zu nehmen. Die zwölf Schritte der Anonymen Alkoholiker rezitierte er gerne in einem höhnischen Singsang. Außerdem brachte er immer wieder Frauen mit in die Werkstatt und trieb es dann mit ihnen in Dillons Bett.

Er hatte das alles toleriert. Erstens, um sich zu beweisen, dass er dazu in der Lage war, und zweitens um der alten Zeiten willen. Nur weil er selbst langsam auf dem Weg der Besserung war, hieß das ja noch lange nicht, dass er kein Mitleid mit jemandem wie Nate haben konnte. Mit jemandem, der ihn liebte, auch wenn das nicht gerade die Liebe war, die er sich wünschte.

Mouser hatte ihn immer gewarnt. Er und Nate konnten einander von der ersten Sekunde an nicht leiden, was ihn überraschte, denn Mouser kam normalerweise mit jedem aus. Doch Dillon hatte seine Warnungen nicht ernst genommen. Bis er von dem Mädchen hörte.

Natürlich gab es keine Beweise, sonst hätte er persönlich die Polizei gerufen.

Mouser hatte ihm die Fakten erzählt. Zuerst wollte Dillon ihm nicht glauben. Wollte nicht glauben, dass Nate irgendetwas mit der Dreizehnjährigen zu tun hatte, die in der Charles Street vergewaltigt und ermordet worden war. So nah bei der Werkstatt.

Er hatte sich die ganze Zeit eingeredet, dass der Tod dieses anderen Mädchens im Dungeon nur ein Unfall gewesen war. Ihren wirklichen Namen hatte er nie erfahren – sie nannte sich Cheyenne, aber sie sah eher skandinavisch als indianisch aus. Sie nahm so ziemlich alle Drogen, die sie zwischen die Finger bekam, genauso wie jeden Mann. Sie hing immer im Dungeon rum, und die letzten Wochen vor ihrem Verschwinden hatte sie in Nates Bett verbracht. Ihr verstümmelter Körper tauchte eines Tages im Wald in der Nähe des Dungeons auf. Offenbar war sie von einem der Türme gestürzt oder gestoßen worden, ihr nackter Körper zerschellte auf dem Steinboden. Was allerdings die Messerstiche nicht erklärte.

In den folgenden Jahren gab es immer wieder Frauen, deren Verschwinden nie aufgeklärt wurde. Aber irgendwie hatte er sie nie mit einem bestimmten Menschen in Verbindung gebracht, was ihm im Nachhinein unerklärlich war.

Nate war eigentlich zu clever gewesen, um sich mit den falschen Leuten einzulassen. Doch einen Drogendeal in Chicago hatte er völlig in den Sand gesetzt, wie er erklärte, als er wieder mal in der Werkstatt aufgetaucht war. Und zwar ziemlich übel in den Sand gesetzt. Und ein Mann wie Orval Johnson tolerierte keine Fehler. Wenn er schon kein Geld zu sehen bekommen sollte, dann wenigstens Blut.

Dillon konnte nicht länger so tun, als wisse er nicht, was für ein Mensch Nate in Wahrheit war. Als einer von Johnsons Männern drei Tage später in der Werkstatt auftauchte, ließ Dillon ihn rein und verriet ihm, wo Nate war. Dann saß er alleine in der Küche und hörte zu, wie Nate zu Tode geprügelt wurde.

Er hätte auch gehen können. Das wäre vermutlich am Klügsten gewesen, aber er betrachtete das als eine Art persönliche Buße. Dafür, dass er nicht begriffen hatte, wozu Nate fähig war. Und dafür, dass er seinem Treiben kein Ende bereitet hatte.

Doch wie es nun aussah, war Nate noch immer nicht tot. Offenbar hatte er gewusst, dass Johnson hinter ihm her war und ihm nicht mehr viel Zeit blieb.

Aber warum war er Monate nach seinem Tod wieder in der Werkstatt aufgetaucht? Oder war er vielleicht überhaupt nie weggegangen?

Er wollte jetzt nicht darüber nachdenken. Er musste sich aufs Fahren konzentrieren, musste sich beeilen, damit er noch rechtzeitig kam.

Wenn ich noch einen letzten Rest Verstand hätte, dachte Jamie, würde ich mich umdrehen und weglaufen. Aber schließlich war sie hergekommen, um eine Erklärung zu finden.

„Nate“, sagte sie mit gebrochener Stimme und trat einen Schritt näher.

Er drehte das Gewehr so, dass es genau auf ihre Brust gerichtet war.

„Bleib stehen, Schätzchen“, sagte er höhnisch. „Nicht, dass ich etwa Angst vor dir hätte. Du kannst mir schließlich nichts antun, aber ich nähere mich Menschen nicht sonderlich gerne.“

„Wenn ich dir nichts antun kann, warum zielst du dann auf mich?“

„Weil ich dir hingegen alles Mögliche antun kann. Wenn der Zeitpunkt gekommen ist. Schließ die Tür, Jamie, und komm rein. Möchtest du deinen toten Cousin nicht anständig begrüßen?“

Es war ihre letzte Chance zu fliehen. Doch sie schloss die Tür. „Wo bist du die letzten drei Monate gewesen?“

„Ich war tot. Komm näher, Sweetheart. Ich möchte dich richtig ansehen können. Ich habe immer nur Blicke von dir erhascht, während du es meinem alten Kumpel mit dem Mund gemacht hast oder er dich von hinten nahm. Wer hätte gedacht, dass aus meiner süßen, kleinen, verklemmten Cousine eines Tages so eine Nutte werden würde?“

Ihr war die ganze Zeit schon kalt, doch seine Worte entzogen ihrem Körper den letzten Rest Wärme. „Du hast uns zugesehen?“

„Ich schaue gerne zu. Gegen Schluss bist du ja recht einfallsreich geworden. Nun, Frauen konnten Killer noch nie widerstehen. Ich habe jahrelang zugesehen, wie er rumgevögelt und Frauen dazu gebracht hat, alles zu tun, was er wollte. Ich habe ja nie recht kapiert, warum er damals die Finger von dir gelassen hat, obwohl er so verrückt nach dir war, aber ich schätze, das hat er letzte Woche alles nachgeholt."

„Nate …"

„Ich will, dass du herkommst, Jamie. Setz dich hin und sei ein braves Mädchen. Wir warten noch auf Besuch. Ich wusste, dass du zuerst hier sein würdest – du warst schon immer ein kluges, kleines Ding. Killer hingegen musste sich erst um Mousers Leiche kümmern. Natürlich wusste er, dass ich ihm eine Falle gestellt habe, aber er brauchte noch etwas, um herauszufinden, dass du der Köder bist. Ich vermute, dass er irgendwann in den nächsten vierundzwanzig Stunden hier auftaucht, und bis dahin werden wir einfach auf ihn warten."

„Weshalb?"

Nates Lächeln war noch immer genauso charmant wie früher. „Nun, weil ich ihn natürlich umbringen werde. Nachdem ich dich getötet habe."

Sie ging an ihm vorbei, setzte sich auf einen Stuhl vor dem Fenster und schlang die Arme um ihre Knie. Er roch. Nicht wie ein Toter, sondern wie jemand, der sich seit Monaten nicht mehr gewaschen hatte. Er war bis auf die Knochen abgemagert, seine dunklen Augen wirkten riesig in seinem ausgemergelten Gesicht. Jamie sah weg.

„Es ist kalt hier, Nate", sagte sie. Sie sprach mit vernünftiger Stimme, wie eine Lehrerin, die versuchte, ein jähzorniges Kind zu beruhigen.

„Tote können nicht frieren, meine Süße. Wir brauchen keine Heizung, kein Essen, wir …“

„Und offenbar auch weder Wasser noch Seife“, unterbrach sie ihn bissig. „Wenn du wirklich tot wärst, wäre das ja in Ordnung, Nate, aber das bist du nicht. Du sitzt hier in voller Pracht mit einem Gewehr in der Hand vor mir, ich kann dich sehen und vor allem riechen. Du bist nicht tot.“

„Versuchst du, mich wütend zu machen, Süße? Nun, ich habe keine menschlichen Emotionen mehr.“

„Selbstverständlich hast du die. Warum bin ich sonst hier? Warum sonst willst du Dillon töten? Wenn du keine menschlichen Emotionen mehr hast, warum sitzt du dann nicht Harfe spielend auf irgendeiner Wolke?“

Nates Lachen klang unheimlich und hohl. Wenn sie nicht seinen Atem in der kalten Luft hätte sehen können, hätte sie womöglich wirklich geglaubt, dass er ein Gespenst war.

„Dummes Mädchen. Leute wie ich kommen nicht in den Himmel, falls es so was überhaupt gibt. Wir fahren direkt in die Hölle.“

„Warum bist du dann nicht dort? Ich halte dich gewiss nicht auf.“

Nate lachte wieder. „Du bist ja ganz schön vorlaut geworden. Obwohl, du hattest eigentlich immer ein recht freches Mundwerk. Ich hätte allerdings nie gedacht, dass du damit mal meinen alten Freund Dillon verwöhnen würdest."

„Versuchst du, mich in Verlegenheit zu bringen, Nate? Das funktioniert nicht. Ich sitze hier und erfriere, mein eigentlich toter Cousin zielt mit einem Gewehr auf mich, und vermutlich werde ich innerhalb der nächsten Stunden sterben. Im Vergleich dazu ist Verlegenheit ein ziemlich bedeutungsloses Gefühl."

„Du wirst nicht vermutlich sterben, Schätzchen, sondern ganz sicher."

„Warum erledigst du es dann nicht gleich?" Blöde Frage, aber sie wollte ihn ablenken, ihn dazu bringen, weiterzusprechen.

„Weil ich auf Dillon warte. Es wird viel mehr Spaß machen, wenn er dabei zusehen muss."

„Du könntest auch mich zusehen lassen, wie du Dillon umbringst. Du hast eine Menge Möglichkeiten."

Er schüttelte den Kopf. „Das wäre nicht dasselbe. Weißt du, du bist mir im Grunde egal. Es spielt keine Rolle, ob du leidest oder nicht."

Das war einfach absurd. Sie saß in einem eiskalten Zimmer mit einem Mörder und hatte das Gefühl, geohrfeigt worden zu sein. „Ich bin dir egal?" wiederholte sie.

„Du bist so naiv, Jamie. Ich habe dich immer nur geduldet. Wenn wir in jener Nacht nicht von der Polizei angehalten worden wären, hätte ich dich schon damals getötet. Du warst für mich immer nur eine Ärgernis, du hast versucht, mir Tante Isobels und Onkel Victors Liebe abspenstig zu machen. Mit Tantchen hat das nicht geklappt – du weißt selbst, dass du bei ihr immer nur an zweiter Stelle gekommen bist. Onkel Victor war etwas misstrauischer, aber dann ist er gestorben, und das alles spielte keine Rolle mehr."

Langsam löste sie sich aus ihrer Starre. Doch dafür machte sich kaltes Entsetzen in ihr breit. „Du hast ihn doch nicht umgebracht?"

Nate schüttelte den Kopf. „Das war gar nicht nötig, er war sowieso krank. Davon abgesehen: kenn ich, weiß ich, war ich schon. Ich hasse Wiederholungen."

„Was meinst du damit?"

Nates Lächeln wirkte seltsam unschuldig. „Ich spreche von meinen Eltern, Schätzchen. Oder warum, glaubst du, waren sie in dem Turm eingesperrt, während ich entkommen konnte? Natürlich hat man einem Zehnjährigen so etwas nicht zugetraut. Ein Fehler, glaub mir."

Sie hätte sich am liebsten übergeben. „Aber warum?"

Nate zuckte die Achseln. „Einfach so. Sie hatten darüber gesprochen, mich in ein Internat zu schicken, also beschloss ich, die Sache selbst in die Hand zu nehmen. Mir war klar, dass Tante Isobel mir meine Freiheit lassen würde. Sie hatte sich immer einen Sohn gewünscht, und dann hatte sie mich, Blut von ihrem eigenen Blut."

„Hattest du keine Angst, dass sie herausfinden würde, was du getan hast?“

„Oh, ich bin mir ziemlich sicher, dass sie es vermutet hat. Und dafür hat sie mich nur noch mehr geliebt. Still!“

In der Ferne konnte man ein Auto hören. „Er ist schneller, als ich gedacht habe. Er scheint dich wirklich zu lieben, Schätzchen.“

„Er liebt mich nicht. Ich bin ihm völlig egal.“

Nate schüttelte den Kopf und bewegte das Gewehr auf seinem Schoß, als der Motor abgestellt und eine Autotür geöffnet wurde. „Du warst doch früher nicht so dumm. Vielleicht hat er dir ja dein Hirn weggevögelt. Er träumt von dir, seit du fünfzehn bist. Obwohl er sich natürlich geirrt hat, er hat nicht wirklich dich gewollt.“

„Nein?“

Er schüttelte den Kopf. Jemand öffnete die Eingangstür. Jamie überlegte, ob sie ihn warnen sollte. Das würde ihren sicheren Tod bedeuten, aber vielleicht war es das ja wert.

„Er hat immer nur mich gewollt“, sagte Nate. „Mich hat er geliebt. Er hat das nicht gleich kapiert und sich deswegen in jemanden verliebt, der mir ähnlich ist. Er konnte die Tatsache nicht akzeptieren, dass er mich liebte, und hat sich deswegen eingeredet, meine Cousine zu lieben.“

„Ich bin dir nicht ähnlich, wir sind nicht verwandt. Vergiss nicht, ich wurde adoptiert.“

Sein Gesicht verdunkelte sich. „Hör auf, mich durcheinander zu bringen. Er wollte dich nur, weil er mit seinen Gefühlen für mich nicht zurechtkam.“ Seine Stimme wurde schrill, er verstärkte den Griff um das Gewehr, als ob er sich selbst nicht wirklich überzeugt hätte.

„Gut“, sagte sie besänftigend. „Aber warum legst du das Gewehr dann nicht weg? Du willst doch nicht wirklich jemanden erschießen, oder?“

Nate lächelte, seine gute Laune war zurückgekehrt. „Aber selbstverständlich will ich das, Süße. Ich habe noch nie jemanden erschossen. Normalerweise benutze ich ein Messer. Ich möchte aber auch mal wissen, wie es ist, ein Gewehr zu gebrauchen.“

Jemand kam die Treppe hinauf, nicht bemüht, leise zu gehen. Es war ein merkwürdiges Geräusch, ein schleifendes Geräusch, als ob ein riesiges Monster die Treppe heraufkriechen und immer näher und näher kommen würde. Doch das wahre Monster saß nur ein paar Meter neben ihr und hob das Gewehr, als die Tür sich langsam öffnete.

„Komm herein, Tante Isobel“, sagte Nate mit zuckersüßer Stimme. „Ich dachte mir, dass du vorbeikommen würdest.“

Jamie hatte bereits den Mund geöffnet, um einen Warnschrei loszulassen, egal, was mit ihr geschehen würde, fiel aber erleichtert zurück, als sie ihre Mutter sah. Sie stützte sich auf ihre beiden Krücken und krümmte sich vor Schmerz. Es musste ein gewaltiger Kraftaufwand gewesen sein, hierher zu kommen. Seit fünf Jahren hatte sie das Haus nicht mehr ohne ihre Krankenschwester verlassen.

„Nate“, sagte sie mit sanfter Stimme. Sie klang nicht annähernd so fordernd und schrill, wie wenn sie mit Jamie sprach. „Mein lieber Junge …“

„Willst du nicht auch deine Tochter begrüßen, Tante Isobel?“

Ihr Blick fiel kurz auf Jamie und kehrte dann zu Nate zurück. „Du musst hier weg. Ich habe Geld mitgebracht. Du könntest einfach verschwinden – es muss doch niemand erfahren, dass du noch am Leben bist. Du hättest mit mir sprechen sollen. Aber es ist noch nicht zu spät. Du kannst noch einmal ganz von vorn anfangen.“

Nates Lächeln war gruselig. „Aber Jamie weiß doch alles. Du glaubst doch nicht, dass sie schweigen würde, oder?“

Ihre Mutter musterte sie abschätzend. „Jamie wird tun, was ich ihr sage.“

Nate warf Jamie ein selbstzufriedenes Grinsen zu. „Siehst du, Jamie? Du kommst immer nur an zweiter Stelle. Nicht wahr, Tante Isobel?“

„Lieber Junge …“, begann ihre Mutter wieder, doch plötzlich war da ein Blitz, gefolgt von einer Explosion. Isobel Kincaid fiel nach vorne. Ihre Krücken rollten über den Boden, während sich unter ihr eine Blutlache bildete.

„Weißt du was“, sagte Nate ruhig. „Ich glaube, es gefällt mir, Leute zu erschießen.“ Dann zielte er auf Jamie.

22. KAPITEL

Jemand schrie laut. Jamie sprang auf, als ihre Mutter nach vorne fiel, und erst da bemerkte sie, dass sie es war, die schrie.

„Sei still!“ kreischte Nate, warf sich herum und schlug ihr mit dem Gewehrkolben ins Genick.

Sie hatte das Gefühl, als müsse ihr Kopf explodieren, sie taumelte zurück, als der nächste Schlag sie traf. Dann stürzte sie zu Boden, ihr Blick wurde unscharf, in ihrem Kopf drehte sich alles. Sie blinzelte; Tränen des Schocks und des Schmerzes liefen über ihre Wangen, sie starrte den verkrümmten Körper ihrer Mutter an. Die Blutlache unter ihr war größer geworden und berührte bereits Jamies Fingerspitzen. Entsetzt kroch sie in eine Ecke. Sie konnte zwar nicht verhindern, dass er sie anbrüllte, aber zumindest, dass er sie totschlug. Mit zufriedenem Blick betrachtete er sein Gewehr. „Es so zu benutzen, macht auch Spaß“, sagte er. „Hört sich nett an, wenn es auf Haut und Knochen trifft. Da habe ich bisher ja richtig was verpasst.“

Sie konnte nicht mehr sprechen. Sie rieb die mit dem Blut ihrer Mutter besudelten Hände an ihrer Jeans ab. Ihr Gesicht fühlte sich taub an, geschwollen, ihre Lippen schienen nicht mehr richtig zu funktionieren. Sie leckte mit der Zunge darüber und schmeckte Blut.

„Was hast du vor?“ fragte sie schließlich erstickt.

Nate legte den Kopf schief wie ein neugieriger Vogel und schien seine Möglichkeiten abzuwiegen. „Nun, vielleicht war ich etwas voreilig. Wir können nicht länger hier bleiben, der Spaß ist vorbei, sie hat hier eine ganz schöne Sauerei hinterlassen, findest du nicht? Das würde ihr gar nicht gefallen. Sie war immer so pingelig, so etepetete. Mit dem Gesicht nach unten in ihrem eigenen Blut zu liegen, fände sie bestimmt unschicklich."

„Ist sie tot?"

Nate zuckte mit den Schultern. „Keine Ahnung. Wenn nicht, dann wird sie es jedenfalls bald sein. Steh auf, Jamie. Auf dem Boden zu kriechen, gehört sich nicht für eine Kincaid, nicht mal für eine adoptierte. Tante Isobel würde das sicher nicht gutheißen."

Sie schaffte es irgendwie, sich aufzurichten. Ihre Ohren summten von der Gewalt seiner Schläge, sie konnte auch nicht richtig scharf sehen. „Wirst du mich erschießen?"

„Ich warte erst noch auf Dillon, bevor ich das entscheide. Ich hoffe eigentlich, dass ich *ihn* dazu bringen kann, dich zu töten, aber das ist vermutlich nur eine dumme Idee von mir."

„Warum sollte er mich umbringen wollen?" fragte sie verblüfft.

„Deinetwegen hat er schließlich achtzehn Monate seines Lebens verpasst. Dann hat er sich jahrelang nach dir verzehrt. Und jetzt, wo er es endlich geschafft hat, mit dir in die Kiste zu steigen, hat er möglicherweise genug von dir. Hass ist schließlich die andere Seite der Medaille. Dillon hasst dich. Das weißt du doch, oder nicht? Ganz tief in seinem Innern hasst er dich, er wünscht sich, du wärst tot. Unbewusst wollte er die ganze Zeit, dass ich mich darum kümmere, damit wir endlich zusammen sein können."

Sie sah ihn nur an. „Du bist wahnsinnig", sagte sie schließlich. Zu spät fiel ihr ein, dass eine solche Bemerkung im Augenblick sicher nicht das Klügste war.

Doch er lachte nur. „Für viele Leute vermutlich schon. Für dich kleine Spießerin ganz bestimmt. Ich betrachte mich aber eher als Visionär. Als jemanden, der tut, was getan werden muss." Er fuchtelte mit dem Gewehr herum. „Komm schon, Schätzchen. Wir haben eine Verabredung mit dem Schicksal."

Sie glaubte nicht, sich bewegen zu können, aber sie hatte keine andere Wahl. Sie ging vor ihm zur Treppe. Er stieß ihr immer wieder mit dem Lauf in den Rücken, und sie erwartete jeden Moment, von ihm erschossen zu werden. Aber offenbar war er zunächst ganz zufrieden damit, sie wie Vieh vor sich herzutreiben.

Inzwischen war der Mond aufgegangen. Isobels alter Mercedes stand mit laufendem Motor neben der Garage. Offenbar hatte sie einen anderen Weg gekannt.

„Sie hat ja noch immer diese Karre", überlegte Nate laut. „Und mit was für einem Auto bist du gekommen? Sicher nicht mit deinem Volvo. Du bist viel zu zimperlich, um mit einem Leichenwagen zu fahren. Ach, ich weiß – er hat dir bestimmt den Cadillac gegeben. Wie romantisch! Hab ich Recht?“

„Fahr zur Hölle.“

„Ich frage mich nur, welches ich nehmen soll, wenn ich hier verschwinde“, sagte er mit träumerischer Stimme. „An den Cadillac habe ich ja hübsche Erinnerungen, aber ein Mercedes würde mir auch gut gefallen. Nun, im Grunde hängt es davon ab, mit was für einem Auto Dillon kommt.“

„Er wird nicht kommen.“

Er drückte den Lauf fester in ihren Rücken, sie stöhnte vor Schmerz auf. „Natürlich wird er das. Deinetwegen und meinetwegen. Die Frage ist nur, auf wen er am Ende treffen wird.“

Er packte sie am Arm, zerrte sie zum Mercedes und öffnete die Tür, um den Motor abzustellen. Jamie konnte Isobels Parfüm riechen, Chanel No. 5.

„Wie konntest du sie nur umbringen?“ fragte Jamie erschüttert.

„Was interessiert dich das? Sie hätte dich jederzeit für mich geopfert. Du warst ihr nie so wichtig wie ich. Im Grunde warst du ihr immer egal.“

Als sie sich zu ihm umdrehte, zielte er mit dem Gewehr direkt auf ihre Brust. „Aber sie war mir nicht egal“, sagte sie nur.

„Umso schlimmer“, sagte er. „Und jetzt komm.“ Er

zog sie weiter auf die zerstörten Türme zu, die sich gegen den Nachthimmel abzeichneten.

Er schlug die morschen Bretter, mit denen die Eingangstür vernagelt war, einfach ein und schleifte sie dann die verwinkelte Treppe hinauf. Ihr war noch immer schwindelig, sie spürte, wie warmes Blut an ihrem Bein herablief, hatte aber keine Zeit, sich darüber Gedanken zu machen.

Sie war überrascht, als sie plötzlich wieder in der kalten Abendluft standen. Der oberste Teil des Turms existierte nicht mehr, sie standen im Freien.

„Nun, ist das nicht schön? So können wir rechtzeitig die Scheinwerfer von Dillons Auto sehen und sind zugleich an der frischen Luft. Bei Tante Isobel zu bleiben, wäre nicht gut gewesen. Leichen beginnen nach einiger Zeit, schlecht zu riechen."

Doch sie hatte keine Lust, darüber zu diskutieren oder auch nur zu fragen, woher er das wusste. Das war gar nicht nötig, sie wusste es auch so.

„Es ist eiskalt", sagte sie stattdessen.

„Ja, nicht wahr?" stimmte er zu, seine Stimme klang zufrieden. „Auf die Knie, Jamie."

Sie hatte sich an eine kaputte Wand gelehnt, doch als sie seine Worte hörte, richtete sie sich auf.

„Na komm, Jamie. Du hast es für Killer getan, und nun kannst du es auch für mich tun." Er begann, seinen Reißverschluss zu öffnen.

„Dann kannst du mich gleich erschießen", sagte sie schlicht. „Denn ich werde dich nicht anfassen."

Er lachte amüsiert. „Du bist wirklich entsetzlich wählerisch. Und ich dachte, du hättest Geschmack daran gefunden. Macht nichts, du bist sowieso nicht mein Typ. Streck die Arme aus."

Sie rührte sich noch immer nicht. Er stellte das Gewehr weg, und sie überlegte, ob sie es mit ihm aufnehmen konnte. Er war zwar größer als sie, bestand aber nur noch aus Haut und Knochen. Wahrscheinlich war er sehr geschwächt.

Doch das stimmte nicht. Sie konnte seine Kraft spüren, als er sie weiter die Stufen hinaufzerrte. Der Wahnsinn machte ihn stark.

Schließlich wickelte er eine dünne Plastikschnur um ihre Handgelenke. „Vielleicht gefällt dir das ja, Schätzchen", sagte er freundlich. „Ich werde dich so fesseln, dass du dich nicht rühren kannst." Er zog die Schnur um ihre Taille und über ihre Schultern. Dann drückte er sie zu Boden, aber wenigsten schien er seinen Ekel erregenden Vorschlag von eben vergessen zu haben. Er umwickelte ihre Fußgelenke, die Knie, die Ellbogen und Hände, führte die Schnur dann fester um ihren Hals, sodass sie das Gefühl hatte, weder sprechen noch atmen zu können.

Er machte einen Schritt zurück, um sein Kunstwerk zu bewundern. „Vermutlich hast du bereits bemerkt, wie fest ich dich gefesselt habe, Schätzchen. Wenn du dich zu sehr bewegst oder versuchst zu schreien, um Dillon zu warnen, dann erwürgst du dich selbst. Die Schnur wird deinen Kehlkopf zerquetschen, und du wirst an deinem eigenen Blut ersticken. Vertrau mir, erschossen zu werden geht schneller."

„Dir vertrauen?" Ihre Stimme war kaum mehr als ein Flüstern. „Du weißt doch gar nicht, was Vertrauen bedeutet. Oder Mitgefühl."

Grausam lächelnd kam er näher, zog einmal kurz an der Leine, und sie bekam keine Luft mehr, bis er wieder losließ.

„Um genau zu sein, kenne ich mich mit Vertrauen und Mitgefühl sogar bestens aus, Jamie", sagte er und hockte sich auf seine Fersen. „Ich kann nur nicht viel damit anfangen. Stimmt's, Killer?"

Sie hatte ihn nicht gehört, hatte ihn nicht gesehen, aber jetzt ragte er drohend hinter Nate auf und sah selbst aus wie ein Geist.

„Vertrauen und Mitgefühl?" wiederholte er. „Das ist nun wirklich nicht dein Stil."

Nate fuhr mit der Hand über Jamies Oberkörper, berührte ihre Brüste, und sie konnte nichts tun, als sich zu winden. Doch bei jeder Bewegung zog sich die Schnur fester zusammen. Er strich über ihren Bauch und fasste zwischen ihre Beine, während er Dillon über die Schulter anblickte.

„Wenn du näher kommst, stirbt sie“, erklärte er beiläufig. Im Mondlicht konnte sie ein Messer aufblitzen sehen. „Mir hat das mit dem Gewehr Spaß gemacht, und die Vorstellung, dass sie an ihrem eigenen Blut erstickt, gefällt mir auch gut, aber letzten Endes ist ein Messer noch immer meine Lieblingswaffe. Sobald du dich rührst, Dillon, werde ich ihr die Kehle durchschneiden, dann kannst du zusehen, wie sie verblutet. Das nächste Krankenhaus ist zu weit weg, als dass sie eine Überlebenschance hätte.“

„Dann werde ich mich nicht rühren“, sagte Dillon tonlos. „Was willst du, Nate?“

„Hat es sich gelohnt, so lange auf sie zu warten, Killer? Dein halbes Leben lang hast du dich nach ihr verzehrt. Es dann wirklich zu tun, muss doch eine Enttäuschung gewesen sein.“

„Was willst du von mir hören? Dass sie eine Niete im Bett ist? Dass ich sie nicht schnell genug loswerden konnte? Dass du Recht hattest und sie nur Ärger macht? Gut, so ist es. Aber deswegen verdient sie es doch nicht zu sterben.“

Jamie starrte ihn über Nates gekrümmte Schultern an. Tränen brannten in ihren Augen, am liebsten hätte sie losgelacht. Ihr Cousin war kurz davor, sie zu töten, und sie machte sich Gedanken darüber, was Dillon von ihr hielt. Sie war mindestens genauso verrückt wie Nate.

„Du kannst mir viel erzählen“, murmelte Nate und

streichelte mit der Messerspitze über ihren Hals. „Aber stimmt das auch?"

Dillon antworte nicht. „Was willst du von mir, Nate?" fragte er wieder. Er beugte sich nach vorne und drückte den Lauf seiner Pistole an Nates Schläfe.

Nate lächelte nur. „Wer ist wohl schneller?" Seine Stimme klang ruhig. „Kannst du mir das Hirn wegpusten, bevor ich ihr den Hals aufschlitze? Ich glaube kaum. Somit befinden wir uns in einer Sackgasse. Leg jetzt die Pistole weg, bevor ich noch ausrutsche und etwas tue, was ich noch gar nicht tun will. Geh einen Schritt zurück."

Als Dillon sich nicht rührte, drückte Nate fester zu. Sie spürte warmes Blut über ihren Hals laufen.

„Geh zurück", sagte er noch einmal freundlich.

Dillon gehorchte. „Sehr gut", sagte Nate. „Und jetzt leg die Waffe auf den Boden und schieb sie mit dem Fuß zu mir rüber."

Sie hörte, wie die Pistole auf den Boden fiel. Nate drehte nicht einmal den Kopf.

„Ich frage dich zum letzten Mal, Nate. Was willst du von mir?"

Nate blickte auf, seine verrückten, schönen Augen schwammen in Tränen. „Ich will, dass du mich liebst", sagte er, hob die Hand und wollte zustechen.

Schnell rollte sie sich zur Seite, das Messer blitzte neben ihrer Schulter auf, zum zweiten Mal hallte ein Schuss durch die Nacht. Was auch immer Dillon auf den Boden geworfen hatte, die Waffe war es jedenfalls nicht.

Nate erhob sich, das Messer noch immer fest umklammernd. „Du sollst mich doch nur lieben“, flüsterte er; der Blutfleck auf seiner Brust weitete sich aus. Dann knallte das Messer auf den Boden, er stolperte nach hinten über die eingestürzte Mauer. Die Schnur, mit der er sie gefesselt hatte, hielt er noch immer in den Händen.

Sie würde sterben. Ersticken, so, wie er es ihr prophezeit hatte; sie versuchte, einen Ton von sich zu geben, aber heraus kam nur ein ersticktes Stöhnen.

Doch plötzlich konnte sie wieder atmen. Dillon hatte die Schnur mit dem blutverklebten Messer durchgeschnitten. Seine Miene war völlig ausdruckslos.

Sie wollte, dass er sie festhielt. Sie wollte seine Arme um sich spürten, ihr Gesicht an seiner Brust vergraben und weinen. Aber da erinnerte sie sich an seine Worte und blieb starr liegen, während er die restlichen Fesseln löste.

„Ist er tot?“ Ihre Kehle schmerzte beim Sprechen.

Dillon stand auf und blickte über die Mauer. „Ziemlich“, sagte er kühl. Er berührte sie nicht, er stand einfach nur da und wartete. Sie wusste nur nicht, worauf.

„Meine Mutter …“, sagte sie. „Er hat meine Mutter erschossen …“

„Wo ist sie?“

„In einem Zimmer über der Werkstatt. Ich weiß nicht genau, ob sie tot ist." Ihre Stimme war kaum hörbar, aber er schien sie zu verstehen.

„Ich schau nach ihr", sagte er. Er trug eine Jeansjacke, die auch schon mal bessere Tage gesehen hatte. Er zog sie aus und warf sie ihr zu. „Was für eine Kälte", sagte er.

Doch die war nichts im Vergleich zu seinem Verhalten. In der Ferne hörte sie Sirenen heulen; die Polizei war auf dem Weg. Sie hatte Angst. Angst um ihn.

Sie drückte sich hoch und holte mühsam Luft. „Du musst hier weg", krächzte sie. „Die Polizei …"

Er schien völlig ungerührt, vermutlich hatte er die Sirenen schon lange vor ihr gehört. „Ich sehe jetzt nach deiner Mutter", sagte er noch mal.

„Aber dann musst du verschwinden. Niemand wird erfahren, dass du überhaupt hier gewesen bist – mir wird schon etwas einfallen."

Er schüttelte den Kopf; sie wusste nicht, ob er ablehnte oder sich wunderte. Und dann verschwand er ohne ein weiteres Wort aus ihrem Leben.

23. KAPITEL

Jamie musste eine Nacht im Krankenhaus bleiben, wo ihre ganzen Wunden genäht wurden. Am nächsten Tag wurde sie in einem Polizeiwagen nach Rhode Island gebracht. Detective Drummond saß neben ihr, befragte sie die ganze Zeit, bekam aber keine andere Antwort als gelegentlich ein bedächtiges „Hm". Sie erzählte ihm überhaupt nichts, berief sich auf Schock und kurzfristigen Gedächtnisverlust, und irgendwann gab er auf. Sie hoffte, Dillon schützen zu können, auch wenn es dafür sicher zu spät war. Aber zumindest wollte sie es nicht noch schlimmer machen, indem sie irgendetwas verriet. Die Quelle des Bösen war vernichtet – sollten sie doch Dillon in Ruhe lassen.

Wenigstens hatte er es geschafft zu fliehen. Natürlich konnte er nicht in sein Haus zurückkehren, dort würden sie als Erstes nach ihm suchen. Nein, vermutlich versuchte er, irgendwo ein völlig neues Leben zu beginnen. Sollte sie ihn jemals wiedersehen, dann vielleicht mit sechzig, wenn er nicht mehr zu erkennen war.

Wobei – so wie er lebte, konnte er sich glücklich schätzen, auch nur fünfunddreißig zu werden.

Ihre Mutter musste noch zwei Wochen im Krankenhaus bleiben, dann kehrte sie mit Pauken und Trompeten nach Hause zurück, ganz so, wie es sich für eine Gräfin gehörte. Sie hatte viel Blut verloren, aber glücklicherweise hatte die Kugel keine lebenswichtigen Organe getroffen. Isobel benahm sich, als wäre nichts geschehen. Sie weigerte sich, auch nur ein einziges Wort über Nate zu verlieren. Es war nicht aus ihr herauszubekommen, ob sie den weiten Weg nach Connecticut gefahren war, um Jamie zu retten oder Nate.

Es spielte auch keine Rolle. Überhaupt nichts spielte mehr eine Rolle. Ein Tag folgte dem anderen. Nate wurde in aller Stille im Familiengrab beigesetzt, nur Jamie und Detective Drummond, der extra aus Danvers angereist kam, waren dabei. Zu diesem Anlass stellte er weitere Fragen, die Jamie sich weigerte zu beantworten. Isobel hatte erklärt, zu schwach zu sein, um an der Zeremonie teilzunehmen. In Wahrheit weigerte sie sich noch immer, Nates Tod anzuerkennen.

Aus Tagen wurden Wochen, und irgendwann hörte die Polizei auf, Fragen zu stellen. Die ganze Sache wurde ordentlich abgeheftet, von Nate Kincaids kurzem, gewalttätigem Leben blieb nur noch eine Akte übrig.

Und von Dillon kein Wort.

Weihnachten würde dieses Jahr ein besonders freudloses Fest werden. Ihre Mutter bestand auf einem Weihnachtsbaum, obwohl sie beide keine Lust hatten zu feiern. Sie überließ es Jamie, den Baum zu kaufen, zu dekorieren und so zu tun, als ob alles wie immer wäre.

Mit gebrochenem Herz, dachte Jamie, sind solche Feiertage besonders einsam. Sie spazierte durch die Reihen frisch geschlagener Weihnachtsbäume. Fröstelnd zog sie die Jeansjacke fester um sich. Isobel hasste diese Jacke, obwohl sie nicht einmal wusste, wem sie gehörte. Doch Jamie hatte längst aufgehört, sich für die Meinung ihrer Mutter zu interessieren. Sie nahm die Jacke sogar mit ins Bett. Wenn Dillon ihr altes Kleid behalten konnte, dann durfte sie sich wohl wenigstens an diese Jacke klammern, die er ihr gegeben hatte, als sie sich das letzte Mal sahen.

Die Weihnachtsbäume dufteten himmlisch. Niemals würde ihre Mutter einen unechten Weihnachtsbaum akzeptieren, sie bestand darauf, ihn mit kleinen weißen Lichtern, deutschen Glasfiguren und französischen Weihnachtskugeln zu dekorieren, wie es die Kincaidfamilie seit Generationen tat.

Jamie griff wahllos nach einem Baum. Dillon war Vergangenheit. Warum weinte sie dann?

Sie ließ den Baum wieder gegen den Zaun fallen und lief zu ihrem Auto. Keiner dieser Bäume würde den Anforderungen ihrer Mutter genügen, sie musste in den nächsten Ort fahren.

Sie hatte den Cadillac genommen, das war immer ein Fehler, wenn sie sich so schlecht wie heute fühlte. Doch in Isobels Mercedes passte nun mal kein Weihnachtsbaum. Diese Karre soff Benzin wie ein verdurstender Mann Wasser. Sie fuhr an die nächste Tankstelle und nahm ihre Kreditkarte aus der Tasche.

Der Tank war noch nicht mal halb voll, als ein Polizeiwagen neben ihr hielt. Sie sah, wie Lieutenant Drummond ausstieg und auf sie zukam. Ihr Magen krampfte sich zusammen, aber ihr Gesichtsausdruck blieb völlig gelassen.

„Hübsches Auto", sagte er zur Begrüßung.

„Es gehört einem Freund von mir." Sofort warf er ihr einen fragenden Blick zu. Am liebsten hätte sie sich auf die Zunge gebissen. Lieutenant Drummond war zwar immer sehr höflich und nett mit ihr umgegangen, aber sie traute ihm nicht über den Weg.

„Muss ein glücklicher Mann sein", murmelte er. „Bleiben Sie über Weihnachten hier?"

„Warum? Bin ich dazu verpflichtet?"

„Nein, Ma'am. Der Fall ist abgeschlossen. Es war einfach nur eine höfliche Frage."

„Entschuldigen Sie", sagte Jamie. „Nach allem, was in den letzten Wochen passiert ist, bin ich wohl etwas empfindlich. Nein, ich habe nicht vor zu verreisen. Ich werde meiner Mutter an Weihnachten Gesellschaft leisten."

Drummond schüttelte den Kopf. „Ihre Mutter ist ein ziemlich eigener Mensch, oder? Irgendwie macht sie mir fast ein wenig Angst, obwohl ich ständig mit den schlimmsten Verbrechern zu tun habe."

„Ja, meine Mutter kann ziemlich einschüchternd wirken."

Drummond grinste und fuhr sich mit der Hand durch sein schütteres Haar. „Nun, ich habe in der Nähe zu tun und da dachte ich, ich könnte Ihnen schöne Feiertage wünschen und mal nachschauen, wie Sie mit dem Ganzen so zurechtkommen."

„Das ist nett, Lieutenant Drummond. Uns geht es gut."

„Nein, ich spreche von Ihnen", sagte er. „Ich dachte, ich sollte Ihnen auch sagen, dass Gaynor inzwischen von jedem Verdacht befreit ist. Womöglich hat Ihr Cousin Ihren Wagen in diese Schlucht befördert. Ich habe da zwar so meine Zweifel, aber ich finde, Gaynor hat schon genug durchgemacht."

Sie blinzelte. „Gaynor?"

„Kommen Sie, Miss Kincaid. Glauben Sie denn wirklich, dass wir nicht wussten, was da vor sich gegangen ist? Wir hatten Dillon bereits verhaftet, bevor sie noch im Krankenhaus angekommen sind. Er hat bei Ihrer Mutter auf uns gewartet. Nicht, dass sie besonders dankbar gewesen wäre. Sie hat ihn furchtbar beschimpft."

„Er war dort? Und dann?" fragte sie schwach. So irritiert war sie nicht mehr gewesen, seit Nate ihr mit dem Gewehr ins Gesicht geschlagen hatte.

„Er war drei Wochen Gast des Staates, tut mir Leid. Bei seiner Vorgeschichte dachten wir, dass er in diesem Fall vielleicht nicht ganz unschuldig wäre. Aber die DNA-Proben haben dann alles aufgeklärt – das Wunder der modernen Technik. Er wurde am Donnerstag entlassen, jetzt ist er wieder in Wisconsin."

„Er war die ganze Zeit in Connecticut? Im Gefängnis?“ Sie hatte das Gefühl, sich übergeben zu müssen.

„Ihre Mutter hat es gewusst. Sie sagte, wir sollten Sie mit dieser Information nicht belästigen, Sie würden sich nur aufregen.“

„Da hatte sie Recht.“

„Nun, war schön, Sie zu sehen. Fröhliche Weihnachten!“

„Fröhliche Weihnachten“, entgegnete sie geistesabwesend.

Nebenan gab es einen Wal-Mart, und dort fand Jamie in Rekordzeit, was sie suchte. Einen pinkfarbenen Plastikbaum mit blinkenden Lichtern und einem sich drehenden Fuß, aus dem Weihnachtslieder ertönten.

Isobel hielt ihr Nachmittagsschläfchen, als Jamie zurückkam. Sie brauchte fünfzehn Minuten, um den Baum aufzustellen, fünf Minuten, um eine kurze Nachricht zu schreiben, und zehn Minuten zum Packen. Dann war sie verschwunden.

Sie warf ihre Sachen und Dillons Brieftasche auf den Rücksitz des alten Cadillacs, betrachtete kurz die Sitze und dachte daran, wie sie zum ersten Mal darauf gesessen hatte. Und das letzte Mal.

Als sie die Grenze zu Wisconsin erreichte, begann es zu schneien. Beinahe hätte sie gelacht. Im Radio liefen Weihnachtslieder, die Heizung war so hochgedreht, dass man den halben Staat hätte heizen können. Es war beinahe

Mitternacht, als sie vor dem Schild *Gaynor's Reparaturwerkstatt* hielt.

Sie stellte den Motor ab und saß einen Moment lang in der Dunkelheit. Mouser gab es nicht mehr, und bisher hatte sie noch gar nicht um ihn getrauert. Natürlich war es verrückt, ohne Ankündigung hier aufzutauchen, das Beste wäre wohl, wenn sie wieder verschwand, bevor Dillon sie bemerkte.

In der Werkstatt brannte Licht, Nirvana schallte durch die Nacht. Sie könnte einfach ins Haus gehen, Schlüssel und Brieftasche auf den Küchentisch legen und zu Fuß zur nächsten Straße laufen. Sie hatte ja seine Jacke. Gut, da war noch das Problem mit ihren Koffern. Die konnte sie vielleicht irgendwo verstecken und wieder abholen, sobald sie sich einen Leihwagen genommen hatte.

Sie stieg aus; ihre Turnschuhe versanken im Schnee. Sie schnappte seine Brieftasche und ging durch die Tür.

Sie war tatsächlich unverschlossen wie immer. Doch die Küche war nicht leer. Dillon saß am Tisch und starrte sie sprachlos an.

Beinahe wäre sie panisch davongerannt, aber dazu war es jetzt zu spät. Also trat sie in den warmen Raum und warf die Tür hinter sich zu.

„Was zum Teufel willst du hier?" Diese Worte kamen ihr bekannt vor. Sie schluckte. Irgendwie sah die Küche anders aus. Ein neuer Kühlschrank, der Küchentisch sah allerdings noch ramponierter aus als vorher. Es gab nur einen Stuhl, der offenbar mit Klebeband repariert worden war. Und kein Zigarettenqualm.

„Hast du mit dem Rauchen aufgehört?“ platzte sie heraus.

„Ja, vor ein paar Wochen.“ Seine Stimme klang ausdruckslos. „Was willst du hier?“

Sie ging so vorsichtig auf ihn zu wie auf einen hungrigen Polarbären im Zoo. Und ungefähr genauso erfreut sah er auch aus. „Ich bringe dir deine Brieftasche zurück. Ich weiß nicht, wie viel Geld drin war, aber wenn du’s mir sagst, kann ich dir einen Scheck ausschreiben und …“

„Halt die Klappe, Jamie. Ich will dein Geld nicht. Und die Brieftasche hättest du mir auch schicken können. Zur Hölle, du hättest sie auch im Gefängnis abgeben können.“

„Ich wusste nicht, dass du dort warst. Sonst hätte ich dich besucht.“

„Und mir einen Kuchen mit Feile gebacken?“ fragte er spöttisch. „Aber gut, dass du es nicht gewusst hast. Ich wollte dich sowieso nicht sehen.“

Noch eine Ohrfeige, aber inzwischen hatte sie sich ja zur reinsten Masochistin entwickelt. „Ich habe dir auch den Cadillac gebracht. Den konnte ich nicht so gut mit der Post schicken.“

„Ich finde, wir sind quitt. Ich habe dein Auto verschrottet – also war ich dir was schuldig. Aber ich hätte mir natürlich denken können, dass der Cadillac das

Letzte ist, was du willst. Wenn du mir ein bisschen Zeit gibst, werde ich dir einen Wagen besorgen, der genauso gut ist wie deiner, vielleicht sogar mit weniger Meilen."

„Mir ist mein Auto egal."

„Schön. Mir ist der Cadillac auch egal. Und jetzt?"

„Nichts, schätze ich. Ich dachte nur, wir sollten das irgendwie zum Abschluss bringen. Uns Aufwiedersehen sagen oder so."

„Auf Wiedersehen", sagte er prompt. Sie hatte keine andere Wahl. Sie drehte sich um und stolperte beinahe über eine Katze, die sich an ihre Beine schmiegte. Sie nahm sie hoch, und sofort begann die Katze zu schnurren und den Kopf an ihrem Gesicht zu reiben.

„Wo kommt denn diese Katze her?"

„Ich habe drei. Eine Hinterlassenschaft von Mouser. Ich kann sowieso Hilfe mit den Ratten brauchen, jetzt, wo Nate nicht mehr hier ist."

Diese Äußerung schockierte sie so sehr, dass sie beinahe losgelacht hätte. Doch stattdessen setzte sie die Katze wieder auf den Boden und streichelte sie ein letztes Mal.

Sie wollte nicht gehen. Konnte nicht gehen. Aber er gab ihr überhaupt keine Chance.

„Meiner Mutter geht es gut", sagte sie plötzlich. „Die Kugel hat ihr Herz verpasst."

„Die Gräfin hat überhaupt kein Herz. Und außerdem habe ich dich nicht nach ihr gefragt. Sie ist mir nämlich scheißegal."

„Klar“, sagte sie. „Natürlich. Ich wollte dich nicht nerven.“

„Du nervst mich immer.“ Ihre Hand lag schon auf dem Türknauf, doch etwas in seiner Stimme hielt sie zurück. Ein letzter verrückter Funke Hoffnung blitzte in ihr auf.

„Bitte mich zu bleiben“, sagte sie mit dem Rücken zu ihm, so leise, dass er sie vermutlich gar nicht hörte.

Doch er hatte sie gehört. „Bleib.“

Sie drehte sich um und sah ihn an. „Einfach so?“ fragte sie.

Er stand auf. „Einfach so.“ Er durchquerte die Küche und zog sie in seine Arme.

Dillon küsste sie nicht. Das brauchte er auch nicht. Er hielt sie einfach fest an seine heiße Brust gedrückt, und zum ersten Mal seit langem fühlte sie sich als ganzer Mensch.

Er schob die Hand unter ihr langes Haar und umfasste ihren Nacken. „Das kann überhaupt nicht funktionieren“, murmelte er.

„Selbstverständlich nicht“, entgegnete sie und rieb ihr Gesicht an seiner Brust. „Aber denk nur, wie wir meine Mutter und Nate damit ärgern.“

Sie hörte ihn tief und laut lachen. „Das ist gut“, sagte er und küsste sie leidenschaftlich.

– ENDE –

Deutsche Erstveröffentlichung

Band-Nr. 25192
7,95 € (D)
ISBN: 3-89941-285-0

Jackie Collins
Der Meisterspieler

Hollywood-Expertin und Glamourautorin Jackie Collins at her best: Die schöne Journalistin Madison wird entführt. Will sich jemand an ihrem Vater rächen? Denn der mächtige Michael Castelli, charismatisch und vermögend, hat über die Jahre eine beispielhafte Karriere gemacht. Und ist dabei manchmal über Leichen gegangen …

Sharon Sala
Wie ein stummer Schrei

Lange lag das Kinderskelett in seinem versteckten Grab. Jetzt werden die Knochen des kleinen Opfers gefunden und stellen wortlos Fragen, auf die es nur tödliche Antworten gibt …

Band-Nr. 25193
7,95 € (D)
ISBN: 3-89941-286-9

Deutsche Erstveröffentlichung

Sharon Sala
Im Zeichen der roten Rose
Band-Nr. 25149
7,95 € (D)
ISBN: 3-89941-188-9

Sharon Sala
Eiskalte Versuche
Band-Nr. 25142
7,95 € (D)
ISBN: 3-89941-181-1

Sharon Sala
Das Tattoo
Band-Nr. 25122
7,95 € (D)
ISBN: 3-89941-161-7

Sharon Sala
Eine fast perfekte Lüge
Band-Nr. 25103
7,95 € (D)
ISBN: 3-89941-139-0

Anne Stuart
Das Haus der
toten Mädchen
Band-Nr. 25123
7,95 € (D)
ISBN: 3-89941-162-5

Anne Stuart
Mitternachtsschatten
Band-Nr. 25085
7,95 € (D)
ISBN: 3-89941-112-9

Elizabeth Flock
Ich & Emma
Band-Nr. 25182
7,95 € (D)
ISBN: 3-89941-240-0

M. J. Rose
Die Magdalenen Morde
Band-Nr. 25201
7,95 € (D)
ISBN: 3-89941-294-X

Erica Spindler
Der Albtraum
Band-Nr. 25169
7,95 € (D)
ISBN: 3-89941-227-3

Erica Spindler
Gefangene des Ruhms
Band-Nr. 25151
7,95 € (D)
ISBN: 3-89941-190-0

Erica Spindler
Im Schatten des Mörders
Band-Nr. 25129
7,95 € (D)
ISBN: 3-89941-168-4

Erica Spindler
Spiel mit dem Tod
Band-Nr. 25183
7,95 € (D)
ISBN: 3-89941-241-9